毒猿

SHINJUKU ZAME

DU YUAN

大澤在昌

ARIMASA OSAWA

ARIMASA OSAWA 大澤在昌作品集 2

城市孤島中的正邪孤島──《毒猿》

小說家 伍臻祥

推理文壇一般將大澤在昌歸類為日本「冷硬派」作家，與前輩生島治郎、藤原伊織等人齊名。「冷硬派」一詞緣自美國的犯罪懸疑小說，最具代表性人物就是瑞蒙．錢德勒，我最近有幸重讀了錢氏的名作《漫長的告別》，對其冷冽的書寫風格、強硬的嘲諷批判和深刻的人物刻劃皆印象深刻；順勢再讀了大澤，發覺他還真有錢德勒的影子。

介紹《毒猿》之前先要回顧此系列的首部《新宿鮫》，出版於一九九一年，成功塑造了一位嫉惡如仇的邊緣刑警鮫島，面對犯罪就如嗜血的鯊魚般緊咬不放，六親不認的個性讓正邪勢力聞之喪膽，結果警署和黑道皆欲除之而後快。

《新宿鮫》讓大澤初嘗成功滋味，當年他才三十五歲，已展現驚人的社會觀察力和角色創造力，把鮫島警部和新宿這個犯罪孤島寫得活靈活現，層次分明。

《毒猿》做為續集難免要克服先天的劣勢。《新宿鮫》裡鮫島的個性已勾勒完畢，經歷過的人性衝突自然不能再炒一遍，環繞身旁的生命危險感也消退了；他依舊是不受歡迎的人物，但被黑白兩道容忍著。主要配角如樂團主唱女友青木和防犯課課長桃井淪為點綴，鑑識官藪則消失無蹤。相對之下主場景「歌舞伎町」顯得更為重要，出生名古屋的大澤對這個充斥暴力和犯罪的淵藪瞭若指掌——從甲苯興奮劑的毒品買賣、外國人流連的常設賭場、提供性服務的酒店、到各個暴力團事務所的組織文化規矩——所有細節都能信手拈來，充滿真實感與活力，大澤的筆觸簡潔明快，有其特殊節奏，閱讀起來有如欣賞犯罪電影般舒暢。

犯罪小說有項不變的定律：反派有多壞，英雄才有多強。讓《毒猿》從首部陰影下脫穎而出的真正祕訣是反派主角——宛如亞洲版的「藍波」與盧貝松電影殺手「里昂」的合體，喜歡用連續殺人犯那招，在被害者屍體留下「簽名」式的猿猴木雕，意在警告旁人「勿聽、勿視、勿言」。《毒猿》的主軸故事環繞著這個職業殺手如何遭人背叛，以及他如何一步步完成復仇計劃，如果以屍體數來給小說壞蛋排名，毒猿絕對名列前三之內。

《毒猿》的情節直線發展，無多少「理」好「推」，但它是第一部成功結合臺灣和日本黑道的犯罪小說。書中對於聚居在新宿的臺灣人有鮮活描寫，這是個由酒女和流氓跨海形成的黑暗世界，存在於賣春酒店、深夜餐廳、按摩院、常設賭場中，與臺灣社會的脈動息息相關，讓人既熟悉又陌生。其中兩隻臺灣孤鳥先後遇上新宿鮫這隻日本孤鳥：一個是日語流利的臺北刑警郭，請假自費赴日追捕過去軍中同僚，最後還壯烈犧牲自己；另一個自然是超級殺手毒猿，愛恨分明有仇必報，刀槍炸藥無所不能。兩者皆與臺灣人既有的自我印象相去甚遠，有日本人如此「看得起」我們，難免感到受寵若驚，這將是本地讀者另一層次的閱讀樂趣。

什麼時候我們也能見到臺灣的鮫島，遊走於萬華西門町一帶，在龍蛇出沒的刀鋒邊緣打擊犯罪呢？

推薦序2

男人的浪漫

推理作家 寵物先生

冷硬派，說穿了就是「男人的浪漫」。

讀過前作《新宿鮫》的讀者，想必會有類似的體認。一位無法升遷的邊緣警察，總是獨自遊走犯罪大街，他的敵人是新宿的罪惡源頭——黑道，有時也得面對扯後腿的警界官僚，唯一的慰藉便是身為搖滾歌手的女友，他打擊流氓，不顧全團體大局，只求遂行自身信念。

這就是主角鮫島，一頭緊咬惡勢力不放的頑固鯊魚。他跳脫以往日式冷硬派的典型，既不是淡漠的旁觀者，也不是國際陰謀的攪局者，他所對抗的，是一種明確而寫實的「社會之惡」。

這樣的主角，必須同時具有「公權力」與「孤獨」這兩項在現實中看似牴觸的特質。具有公權力的警察往往成群結隊，不可能孤獨，於是大澤在昌設定鮫島是個握有足以撼動警界秘密，同僚不敢親近的危險份子，藉以塑造主角職場上的孤立，也成就了冷硬派。

這麼一個孤獨的背影，我們稱之為「硬漢」。

然後我們來到《毒猿》。這回，硬漢的背影增加至三名，除了主角外，還有緬懷軍中回憶，與鮫島聯手追查昔日同袍下落的台灣刑警郭榮民，以及背負愛人死亡傷痛，執意復仇的台灣殺手「毒猿」。鮫島有了夥伴，孤獨色彩轉淡，「男人的浪漫」卻逐漸加深。

本作出版於一九九一年，深入描寫當時旅日華人圈的底層社會。白色恐怖、水鬼仔、一清專案、四海幫、黑星、紅星……這些台灣人耳熟能詳的名詞不斷出現，不僅讀來倍感親切，也為系列的新宿街頭染上一股國際交鋒的色彩。內文對話論及九〇年代的台灣黑道特質，亦提到台北的萬華區，看過電影「艋舺」的讀者，或許可與書中情況做對照。

男性角色大抵分屬四大集團：日本警方、日本黑道、台灣警方與台灣黑道，這些角色互有類比（如鮫島與郭的相似，台日黑幫的類比），其間的恩怨結構（友情、仇恨）是劇情推演的主要來源。女性角色也不遑多讓，中國的殘留孤兒奈美與殺手這對亡命鴛鴦，對照鮫島和晶的平穩（但其中也存在職業差異的不穩定因子），也是書中一個鮮明的對比。

表面上，讀者看到的是一部殺戮、爆破、槍戰、格鬥交織而成的動作片，實則是作者大澤在昌利用生離死別的悲劇特質，凝聚每個段落角色的情感張力，構成一幕幕扣人心弦的人間劇場。經由這些衝突，我們看見警匪火拚底下的人性糾葛，有男人之間的惺惺相惜，也有男女之間的義無反顧，更有幫派之間的勾心鬥角，這些心思透過日本與台灣、警察與黑道所勾勒出的四個象限，給清楚的描繪出來。

於是我們會發現，重點並非打鬥與床戲本身，而是其背後支持的情愛與信念。對逝者的憐憫，對故人的思念，對所愛之人的體貼，以及對正義的一股執著，凡是能引發感性的一切元素，皆是浪漫。

那麼，請翻開這個屬於硬漢們的故事。

1

藥頭身穿深藍色運動外套搭黃色棉褲，長度蓋住半個耳朵的長髮從阿波羅帽❶下露出來。

鮫島判斷，對方年齡大約二十三、四。那人站在即將迎接黃昏尖峰時段的新宿車站西口，人潮急速增生的雜沓當中，背靠在一根粗柱子上，彷彿在等人，暗銀色鏡面太陽眼鏡在帽簷下閃著光。

鮫島躲在距離七、八公尺外的另一根柱子後，身穿T恤牛仔褲，把毛衣綁在腰際蹲著。他戴著晶在歌舞伎町路邊攤買來當禮物的太陽眼鏡。鏡片是圓的，戴著這副眼鏡再穿上西裝，看起來儼然是「中國黑道殺手」。

蹲著，是為了讓自己看起來邋遢。

藥頭不太可能一個人出來做買賣，通常都有偽裝成陌生人的把風者，負責注意有沒有巡邏的警察或者像鮫島這種刑警埋伏在附近。

他已經認出把風者，是一個身穿西裝，在距離二十公尺左右外商店旁敞著八卦報看的男人。穿著樸素灰色西裝，繫著紅色領帶。

鮫島注意到，男人的視線偶爾會從報紙上抬起，環顧四周。這兩個人都是新面孔。的屋系❷的幫派本鄉組涉足稀釋劑❸，似乎是最近的事。不知道他們貨源從何而來，經手的都是「純甲苯」或「白粉❹」等高級品。

大約是在兩個月前，鮫島聽說一些本鄉組的藥頭，在西口賣「純甲苯」。

現在很難買到的「純甲苯」要價不菲，聽說一個小飲料瓶左右的份量就要五千日圓。而且，只要嚐過一次「純甲苯」，就會覺得那些模型店就能買到的稀釋劑太辛辣、難以入口，所以客人往往一試成癮，想方設法要弄到手。

鮫島很有把握，藥頭不會認得自己的長相。不過為求保險，他還是換了服裝、換了髮型，只求不讓藥頭或把風者察覺。

鮫島強忍住想抽菸的衝動。打火機的火或煙雖然不太明顯，還是會引人注意。而且這附近並沒有菸灰缸，要是自己的腳邊丟了大量菸蒂，哪怕不是藥頭也會覺得很奇怪吧。

鮫島看著把風者。那個男人現在將折起的報紙拿在左手，正喝著右手上的健康飲料。男人是不是會把喝光的瓶子帶回去呢？鮫島突然想到這個問題。帶回去之後，再把不知從哪弄來的稀釋劑裝瓶，五千日圓的商品就這麼完成了。

以前鮫島曾經破獲一個成員全是外行人的甲苯地下交易組織，起因是看到一個少年從自動販賣機旁邊的空瓶專用垃圾桶裡，專挑健康飲料的空瓶收集。

那個少年是個十六歲的高中生，他聽說有個地方可以拿一百個以上的空瓶去換五千日圓，所以才這麼做。鮫島從少年口中問出地點，埋伏在當地，跟蹤現身交換空瓶的男子，因而破了交易集團的據點。

❶類似棒球帽，但帽舌上加有月桂樹刺繡。
❷攤商系統。日本江戶時代起，在祭典時從事露天商業活動的「的屋」（攤商組織）與「博徒」（賭博組織），為現代「暴力集團」的起源。
❸會揮發出有機溶劑甲苯的液體，原多用於稀釋油漆。
❹海洛因的俗稱，又稱四號、細仔等。

該男子是酒店的次男，店裡的小貨車上滿載著用這種方式買來的健康飲料空瓶，堆得像山一樣高。

男子在酒店認識一位剛滿二十歲的酒店小姐，也正在據點裡，這個小姐就是慫恿他從事毒品交易的主腦。男人從小的玩伴油漆行的兒子，也被吸收到販毒集團裡。這兩個男人都是第一次觸法，反觀那女人經驗就豐富多了，十三歲加入暴走族，順手牽羊、賣春、恐嚇，接受輔導的次數多到數不清。這個組織的首領就是最年輕的這個女人，一開始的偵訊中，她堅稱自己什麼都不知道，只是在這裡打工幫幫忙而已，但是其他兩個男人臉色蒼白馬上就全部供出來，警方才發現主犯原來是這個女人。

而且那個女人跟這兩個男人都有關係，兩個人都相信自己才是正牌男友。其實女人的正牌男友另有其人，那個男人因為犯下傷害罪正在牢中服刑。

把風男將空瓶丟進垃圾桶，鮫島沒猜中。

他這時發現，自己差點錯過客人出現的關鍵時刻。

客人從連接東口通路的方向走來，年紀大約二十，身穿紅色膠皮運動外套。臉上戴著白色口罩，留有染髮痕跡的頭髮隨意亂翹在後頸。口罩下露出的臉頰，長著許多青春痘。

大約在一星期之前，他發現到口罩是雙方交易時相認的信號。

在稀釋劑、甲苯買賣中的共通暗號，是把手放到嘴邊。客人先假裝咳嗽，把拳頭放到嘴邊，在藥頭可能等待的地方徘徊。這麼一來，眼尖的藥頭就會悄悄接近，輕聲地問對方需要的數量。

不過這種暗號已經太過有名，很容易被取締，所以最近出現了許多種不同的形式。

「西口純甲苯」的白色口罩，就是其中的一種。

頭上還有染髮痕跡的年輕人，雙手插進運動外套口袋，駝著背走路。

藥頭看了一眼把風者。把風者迅速地觀察周圍，送回一個「安全」的暗號，這時候的動作是稍微輕觸一下領帶。

以前鮫島曾經看過把風者在巡邏警官經過時，很快伸手將頭髮往上撥了撥。看到這些動作，他忍不住想發笑。

用手指圈成一個環形，放在額前，是全國共通指的「條子」暗號。但是，這個動作當然不能在警官面前做，那一定一眼就被認出是把風者。

不過，可能是反射性將手放到額前的這個習慣很難改掉，所以乾脆改為撩頭髮的動作來當作區域暗號。

背倚在柱子上的藥頭俐落地站起身，走近通過自己面前那個留有染髮痕跡的年輕人。他的嘴巴微動，年輕人也接著回答。鮫島緊盯著兩人雙手之間進行金錢交易的經過。

藥頭左手搭上了留有染髮痕跡年輕人的肩，右手接過年輕人遞出的一疊折好紙幣，順便將藏在搭肩左手裡的鑰匙交給年輕人。

這是新宿車站裡無數投幣式置物櫃之一的鑰匙。

藥頭再次對年輕人輕聲說了些什麼，一定是在指示置物櫃的位置。

年輕人一轉身，走向來時的方向，兩人的身體這才分開。

年輕人來到剛剛指示的投幣式置物櫃前，用鑰匙開了門。打開之後門裡面等著的是裝在健康飲料瓶裡，用紙袋包起的「純甲苯」。

年輕人的身影隱沒在人潮之中，很快就找不到了，這時藥頭才慢慢邁開腳步。

把風者並沒有移動。

鮫島站了起來，他等的就是這一刻。

藥頭收取現金之後，把藏著稀釋劑的投幣式置物櫃鑰匙交給客戶，但是他身上並不會有幾十把投幣式置物櫃的鑰匙。

萬一被逮到，如果身上帶著大量鑰匙，那麼放在置物櫃裡的東西全部會被扣押，而且帶著這麼多鑰匙，就等於供出自己是藥頭。

所以藥頭頂多只會隨身帶著兩三把鑰匙，其他的等到用完了再補貨。

補貨的部分由不同於把風者的另一個人負責。藥頭一旦被逮，多半把風者也會一起被逮，所以不會讓把風者保管補貨備品。

藥頭走向西口百貨公司的地下賣場入口。

入口前排著好幾臺金屬製花車。

為了吸引過路客，正在舉辦甜點麵包和廚房用品、飾品等花車特賣。

藥頭站在成排的花車盡頭，掛著項鍊或別針的櫃檯前。銷售員是個四十歲左右身穿三件式西裝，頭髮很少的小個子男人。

藥頭伸手去拿吊在花車上別針，小個子銷售員開始說話。

小個子男人身後跟百貨公司展示櫥窗之間些微的縫隙，放著一張圓椅子和保管業績的手提式保險箱。小個子男回頭，打開金庫的蓋子。

就是他。

鮫島開始跑，眼角餘光可以看到把風者神色驚慌地舉起手。

藥頭背向鮫島，小個子男人眼睛還看著手提式保險箱。

把風者發了瘋似地揮手，但看到對方並沒有發現，轉而開始一步步往後退。他打算在鮫島表明身分的那一刻，如狡兔般逃走。

小個子男關上手提式保險箱的蓋子，回頭望向藥頭時，鮫島已經走到藥頭背後。

小個子男人臉上寫滿狼狽，鮫島抓住藥頭的右肩。

「就這樣別動！」

藥頭一臉呆然回頭望著鮫島，同時注意到把風者已經不見蹤影，臉色更加蒼白。

鮫島對兩人亮了亮警察手冊。換了語氣說話。

「我是新宿署防犯課的鮫島。可以讓我看一下你手裡的東西嗎？」

小個子男人臉上的表情消失。不待鮫島說，他伸向藥頭的右手中，明擺著握有三把投幣式置物櫃的鑰匙。

「怎樣，這、這跟你沒關係吧？」

藥頭一邊乾嚥著口水一邊說。

「是嗎？你們幹什麼勾當，我已經觀察很久了。」

鮫島對藥頭說。

「你、你在說什麼，哪有什麼勾當！」

「這是投幣式置物櫃的鑰匙吧。裡面放了什麼？」

鮫島沒理對方，繼續問下去。要證明藥頭在販賣稀釋劑的方法有得是。問題是這個花車特賣的小個子男。

「是……是商、商品。」

小個子男說。

「是嗎？那請你跟我一起去打開置物櫃，讓我確認一下可以嗎？」

他剛說完的那個瞬間，藥頭就甩開鮫島的手，鮫島向企圖逃跑的他掃了一腿，大聲怒吼。

「還想跑！」

周圍的空氣頓時凝結，行人都停了下來。藥頭的太陽眼鏡掉到地上，發出清脆的響聲。

被壓倒在人行道上的藥頭呻吟著，咬著自己的嘴唇。

「媽的……」

「要我上手銬嗎？啊！」

「饒了我吧。」

「好。那你站起來。」

鮫島把藥頭拖起來，對小個子男說：

「給我看看保險箱裡面。」

小個子男面無表情，遞出手提式保險箱。鮫島抓住藥頭的右手腕，繼續說下去。

「你來開。」

小個子男打開保險箱蓋，裡面有裝紙幣和硬幣的小盒子。

「把那個盒子拿起來。」

他拿出小盒子。鮫島看著小個子男，小個子男眼睛看著地下。

小盒子下放著二十多把投幣式置物櫃的鑰匙。

在鮫島的要求下，派來了四名制服警官，以及另外兩名新宿車站的鐵路警察官。包含鮫島在內的七名警官，將小個子男和藥頭夾在中央，在新宿車站裡移動。

有鐵路警察官在，置物櫃的所在馬上就知道。小個子男或許是已經放棄，老實供出每把鑰匙的投幣式置物櫃位置。

鮫島他們一一打開這些投幣式置物櫃，扣押裡面的稀釋劑。

接下來必須間不容髮地破獲稀釋劑的裝瓶「工廠」。把風者已經逃了，時間所剩不多。

眾人來到第七個投幣式置物櫃前，那裡是東口人潮最多，也是使用率最高的置物櫃。

扣押的飲料瓶超過二十瓶，兩位警官拿著大手提袋，把瓶子逐個裝進袋裡。

置物櫃前擠滿了手拿著行李的使用者，這是新宿車站乘客人數僅次於早上的尖峰時段。

「下一個呢？」

在這座置物櫃打開兩扇門，扣押瓶子之後，鮫島問這小個子男。

小個子男從剛剛就惜言如金，只說最小限度需要的話。鮫島猜，他可能全心都在想自己往後的事情吧。

姑且不管藥頭，這個小個子男一定有案底，或者也可能是本鄉組的正式成員。今後自己即將被判的刑、被抓的結果，還有導致幫裡蒙受損失的責任等等，現在他應該滿腦子都在盤算這些吧。

看起來這個小個子男的手指都還齊全，但不久的將來，其中一根勢必會消失。

表面上的名義是違反幫裡的規矩買賣稀釋劑，必須斷指以示負責，實際上則是處罰他阻斷組裡重要資金來源。

小個子男在偵訊中可能會堅持，他是出於自己個人意志從事稀釋劑買賣的，絕對不可能承認這是幫裡的命令。

要是他承認這是幫裡的命令，本鄉組自頭目以下的主要幹部，都會被連根鏟起。

到時候可不是一兩根手指就能了事。

周圍人潮裡響起的小聲慘叫，讓鮫島回過神來。

置物櫃前，因為多位制服警官在場而好奇圍觀的人潮圈子，頓時崩潰。

一個手持發亮物體，膚色微黑的高個子男人突然出現。

不是日本人——看到他微黑的肌膚，鮫島心裡馬上閃過這個念頭。

男人身穿深藍色連帽運動外套，搭配有許多口袋的工作褲。白色沾滿髒汙的厚重工作鞋從褲管下露了出來。但是長褲對男人來說褲管太短，可以看到一半的褐色襪子。

男人的臉上沒有表情，只有眼睛透露出被逼急了般的銳利光線。鮫島晚了一步才注意到，他手上拿著不鏽鋼製的萬用菜刀。

這時要發出警告的叫聲已經太遲。膚色微黑的男人，發出應該是母語的聲音，背朝置物櫃，撞向站著的小個子男。

小個子男大叫了一聲，站在身旁的警官驚訝地看著小個子男。小個子男的背往後彎曲，抓住警官的肩膀。

鮫島的身體終於動了，他用全身力量衝向那個微黑男人，用肩膀撞倒他。

微黑男人倒地之後，警官們和周圍的圍觀人群才終於了解發生什麼事。

眾人異口同聲地發出慘叫。萬用菜刀插在小個子男的右腰稍微上方，幾乎只露出握柄。

小個子男發出幾乎震響周圍耳朵的叫聲。

「痛啊！好痛啊！」

他的眼睛瞪得斗大，眼角彷彿要裂開，嘴巴張大到拳頭幾乎可以放進去。鮮血激烈地噴出，腳邊沒一會兒就形成了一攤血泊。

「好痛，警察大人，好痛、好痛啊，痛死我啦。」

小個子男現在緊抓著兩邊警官的制服衣領兩邊。

站在最旁邊的鐵路警察官大叫：

「啊！」

奔向一屁股坐在地上的微黑男人。另外兩位警官也隨即趨前，四人接連著蹲在車站地上，圍成一圈。

「救護車！」

鮫島對站在另一邊手拿警棒、正要邁步跑的警官怒吼。警官放下警棒，急忙抓起肩上行動收訊器的麥克風。

「喂！你振作一點！」

鮫島將雙手伸到雙腿發軟的小個子男雙肩下。急速加沉的重量，使得被他抓住的警官踉蹌了幾步。

小個子男的嘴還張得老大，但卻已經發不出聲音，只有嘴唇不斷震動。

他臉色迅速發白，黑眼珠翻到眼皮下。

在背後支撐他的鮫島，衣服轉瞬就被小個子男人的鮮血染得鮮紅。

「讓他坐下！快讓他坐下，把重心放低。」

小個子男頹然一癱，倒在地上的身體就像人偶般對折成兩半。他的頭剛好垂落在警官兩腳之間。

「怎麼會這樣……這、這，怎麼會這樣……」

藥頭睜大了眼睛喃喃念著。

圍成一圈的警官分散，身體被押住的微黑男被拉起來。小個子男失去血色的嘴唇不間斷地動著，鮫島蹲在他面前。

「喂！喂！振作一點，聽得見嗎？喂！」

小個子男的眼瞼蓋下了一半。臉色直接跳過發白的階段，呈現近土色。

「看來快不行了。」

支撐著他的警官臉色蒼白。戴著灑滿血跡的白手套，測著男人的脈搏。

「別管這麼多，救護車來之前繼續跟他說話，讓他保持清醒。」

藥頭膝蓋撞到正打算回望微黑男人的鮫島肩頭，應該是盡量想離微黑男人和警官們的圈子遠一點。

藥頭就這樣一屁股坐在地上。

哭聲從喉嚨漏出，就像貓的哭聲一樣。

「饒了我吧、放過我吧，這什麼啊，喂，怎麼搞的啊，饒了我吧。」

他雙手用力交抱在胸前，蹲在地上低聲喃喃念著，眼睛一直看著那個微黑男人。恐懼包圍著他。

微黑男人的兩手和頭髮被三個警官抓住。他的嘴唇還在動，嘴角沾著快乾掉的白色唾沫。

眼睛和喉結都明顯地突起。鮫島深呼吸了一口氣站起來，站在男人面前。

男人看來沒有抵抗的跡象。

「夠了，銬上手銬吧。」

被銬上手銬的時候，男人的嘴唇不斷地抖動。他的眼睛越過鮫島，凝視著坐在地上只剩下一口氣的小個子男人。

鮫島再次深深吸了一口氣，男人濃烈的體臭竄進他的鼻子裡。

這時候他才終於發現。

從男人嘴唇流洩出來的，是祈禱的話語。

2

小個子男到醫院之前就因出血過多而死亡。鮫島猜得沒錯，他是本鄉組的成員，名叫佐治的四十一歲中堅成員。

刺殺他的亞洲人，只說自己名叫阿里，幾乎不會說日文。警方用英文問他殺人的理由，他只不斷說著自己的母語。

總之，他們先將阿里帶回新宿署。

鮫島致電警視廳，請求口譯。本廳的警務部教養課有口譯中心，裡面有能協助英文、法文、西班牙文、葡萄牙文、俄羅斯文、北京話、廣東話、韓文、他加祿語、泰文、烏爾都語會話翻譯的職員。這些口譯有的是在大學專攻語言後，以專業身分進入警視廳，也有的是先進入警視廳之後再學習語言。接電話的職員推測出阿里的國籍，說馬上就派口譯來。

阿里和藥頭分別被帶進兩間相鄰的偵訊室。原本這種情況下，會等到藥頭心情稍微平緩之後再進行偵訊，但是現在把風者已經逃走，再加上鮫島急於知道阿里跟稀釋劑買賣之間有什麼關係，所以希望馬上展開偵訊。

阿里的偵訊必須等到口譯到了之後才能開始。如果口譯在偵訊藥頭時來了，將由防犯課長桃井跟刑事課的人一起接手。

鮫島跟藥頭隔著桌子面對面坐著。偵訊記錄由剛分發到防犯課的新人丸山這位年輕刑事來負責。

「叫什麼名字？」

鮫島說道。藥頭身上沒有任何能證明身分的東西，佐治身上有裝證件的套子，警方就是從裡面印有代紋❺的名片得知他是成員。

「川崎。」

藥頭用空洞的聲音說。他還不知道佐治已經死了。

「川崎什麼？」

「川崎一郎。」

「因為住在川崎，所以叫川崎一郎是嗎？只要一核對指紋，馬上就知道是不是真名。」

藥頭挑起眼來瞪著鮫島，像是在鬧彆扭。

「你也知道這次鬧的事情不小吧？你是本鄉組的嗎？」

藥頭搖搖頭。

「好。我再問你一次。你叫什麼名字？」

「戶田。」

「戶田……？」

「戶田治樹。」

「治樹，你賣了多少？」

「什麼多少？」

「時間、量、人數。」

「我今天是第一次。」

❺代表各幫派的獨特圖案。

「喂喂，你覺得我是剛好經過附近，碰巧盯上你的嗎？」
「——你注意我多久了？」
「你說呢？」
「一星期。」
「你們不是挺高明的嗎，一星期我逮得到嗎？」
「兩星期？」
「現在是我在問話。」
戶田沉默了下來。他一定是在揣測佐治的傷勢，佐治如果傷不重、能夠接受偵訊，那自己現在說謊就太無謂。萬一佐治和盤托出，只有自己一個人守密，那肯定會被狠狠修理一場。相反地，如果佐治什麼也沒說，或者已經死了，那警方只能從自己口中獲得所有情報，最好不要多說什麼。
「佐治他——狀況怎麼樣？」
「不怎麼樂觀。」
「什麼意思？」
「那個男人打算殺了佐治。」
「為什麼？」
「為什麼呢……你以前見過他嗎？」
「沒有，第一次看到。」
「這就奇怪了。」
鮫島說。戶田安靜了下來。

「那個男人已經看到附近有警察巡邏。他也看到除了你跟佐治之外，還有很多制服警官在附近，但他還是殺了佐治。明知道這麼一來一定會被逮啊。」

「……我不知道。」

「是嗎？如果把你跟那傢伙關在同一間牢房裡，是不是會幫你想起來呢？現在下面擠得很呢。」

「拜託！千萬別這樣！」

「明明知道你和佐治已經被抓了，那傢伙還是要殺他。這代表什麼意思，你想想看。」

戶田低著頭，乾嚥著口水。鮫島甚至可以聽到咕嚕一聲吞嚥的聲音。

「應、應該是想要封口吧。」

「封什麼口？」

「沒什麼。」

「把你跟他關在一起就知道了吧？」

「別、別這樣。那傢伙可能是來殺我們的。」

「殺你們？為什麼。」

「因為我們被抓了吧。可能是其他組裡的人看到我們被警察抓住，想要封住我們的嘴，所以給那傢伙錢，來殺我們。」

「原來如此。」

「先殺了佐治、再殺我。對了，目木先生逃走了，一定是目木先生跟組裡聯絡的，他……」

「目木。把風的人名字叫目木是嗎？」

戶田點點頭。
「是目前的目和木頭的木這兩個字嗎？」
「我不知道怎麼寫。」
「算了，本鄉的名冊一翻就知道了。」
戶田點點頭。這表示對方確實是本鄉組的人。
「看來本鄉很重視這樁買賣，不惜解決掉你們。」
戶田不假思索地點頭。
「我想也是。你昨天賣了多少？」
「七。」
「是指錢還是瓶？」
「錢。」
七十萬，也就是賣了一百四十瓶。
「挺好賺的嘛。『純甲苯』是哪裡來的？」
「不知道。」
「你以為我會相信嗎？東西是你賣的吧？」
「真的，我只是給人差遣的。」
「給人差遣的？那還要特地花大把銀子僱人來滅口？」
戶田抬起頭看著鮫島。鮫島發狠地瞪著戶田，戶田的眼裡浮現出恐懼。
「抵賭、賭博欠下的債。」
「怎麼抵？」

「詳細的事我真的不清楚。聽目木先生說，好像是一家搞工業用甲苯公司的老闆破產，付不出錢來，所以把貨拿到頭子這裡來。」

「頭子是指本鄉的頭目？」

戶田點點頭。

「別光點頭，要說『是』才可以。要是不說出來，就無法記在筆錄裡。」

「是。」

很不可思議地，戶田竟然這麼說。目前為止他頂多點點頭，也不曾這麼說。

鮫島拿出香菸，叼了一根在嘴裡，然後將菸推到戶田面前。戶田點了點頭，拿過香菸。

這次說不定能逮到本鄉頭目。如果佐治還活著，或許就沒辦法，因為他可能會在審判時主張戶田全是胡說八道。

這麼一來，即使那個叫目木的把風者逃走，最糟，本鄉組也得交出代替頭目的幹部。有權力決定用東西來抵銷賭博欠債的人，不是頭目，就是接近頭目的幹部。

「佐治他，現在怎麼了？」

可能是抽菸後心情平靜了一些，戶田再次開口問。

「還不清楚。先別提這個，剛剛動手的外國人，你真的第一次見到嗎？」

「在本鄉組附近沒看過。」

「你常去事務所嗎？」

「沒有，只去過一次。」

「他們請你吃過飯嗎？」

他點點頭，回答：

「有。」

「女人呢？」

「只有一次，他們招待我去土耳其浴。」

「誰請的？」

「佐治先生和目木先生。」

「你拿多少？」

「一、五。」

「賣一瓶五百嗎？」

「對。」

「一天七萬，你油水也不少嘛。存了不少錢吧？」

「我愛打麻將。而且……」

「你自己也買嗎？」

鮫島看到戶田不整的齒列和積口水說話的習慣，作出這樣的猜想。戶田沒有說話，只是點點頭。長期施打稀釋劑和甲苯，會讓牙齦萎縮，露出牙根。還有牙齒咬合變差，嚴重口臭、流口水等現象。

「你自己買的話多少？」

「四千圓……」

「這麼苛。誰決定的？」

「目木先生。」

「你們當中目木的地位最高嗎？」

鮫島覺得佐治年紀比目木大。

「年紀是佐治先生比較大，但是目木先生很看不起他。他說佐治先生很遲鈍，很笨。」

「所以他這把年紀還在賣稀釋劑嗎？」

通常超過四十歲的幫派分子，不會出現在稀釋劑交易現場。這種工作屬於年紀輕、腳程快的基層組員。由佐治來做這件事，就證明了組裡沒有其他更好的人選。

「佐治先生很喜歡賭馬，所以借了不少錢，聽說他拜託了不少人，才要到這份工作的。」

「他借了很多錢嗎？」

「嗯。」

在流氓社會裡，謹慎的人也不會出現在危險的地方。年輕的時候或許會被當作消耗品對待，但等到嶄露頭角之後就不一樣了。佐治的小指還在，不是因為他為人謹慎，可能純粹是運氣好。到最後，他可能保住小指，卻保不住自己的命。

「本鄉用外國人嗎？」

「我不知道。」

「那有幫人介紹嗎？」

戶田眨著眼，陷入深思。

「目木先生以前好像說過，有用幾個工人。」

「那可能是其中的一個吧。他讓這些人賭博嗎？」

「誰知道呢。不過那些人好像不太賭博，錢幾乎都寄回國去了。」

「這麼認真工作的人，為什麼要殺人？」

「不知道。說不定，拿了很多錢……」

「如果是你，多少你會幹？」

「啊？」

「給你多少錢你會殺人？」

戶田臉上浮現出硬擠出來的笑容。

「我才不幹呢。」

「是嗎？如果你想吸『麵包❻』想得不得了，但是又沒有錢這時候有人說要讓你吸個飽，你會怎麼辦？」

看到戶田上唇上浮現汗珠，鮫島這麼說。

戶田沉默著。

「說不定那傢伙也是這樣。」

「我才不幹呢，就算給我錢，我也不會殺人。」

鮫島緊盯著戶田。

「你幹的事跟殺人沒什麼兩樣。你敢說沒有人因為你賣的『麵包』搞壞身體、頭腦變得不清楚跑去放火或者毆打自己父母親嗎？啊？『麵包』跟興奮劑都一樣。你自己也吸『麵包』，應該很清楚吧？這對身體到底有多毒，是不是？你賣的『麵包』讓那些人吸得跟你一樣、甚至比你更多。如果不是你賣這些東西，就不會有這種事了！給我好好反省，這個渾蛋！」

這番話讓戶田聽得臉色蒼白。鮫島站了起來，這時他心想既然目木已經逃了，還沒有搬到新宿的剩餘「純甲苯」，一定會被搬到其他地方。

戶田的供詞送到本廳搜查四課後，搜四高興極了，認為這次一定能把本鄉組一網打盡。

鮫島決定暫停對戶田的偵訊，走出房間。

桃井站在走廊上。桃井是個五十出頭的警部，大家都叫他「饅頭」。「饅頭」指的是死人，十五年前，他開車發生的一場事故中，獨生子在那次意外中過世，據說，他從此以後對所有事物都喪失了熱情。事實上鮫島之所以會分派到新宿署防犯課，是因為身為負責人的桃井，沒有拒絕接收他。

新宿署其他部署的所有負責人都拒絕接收鮫島，理由是「會擾亂團隊秩序」。

鮫島的階級是警部，這跟新宿署裡七個課的課長為同等階級。

桃井留著一頭乾澀沒有油脂、黑白夾雜的頭髮，身穿咖啡色的西裝。臉色暗沉，要不是面無表情，就是透露著憂鬱。

但是鮫島知道，這個看起來似乎已經燃燒殆盡的半老男人心裡，其實還住著真正的警察魂。從前這個男人曾經冒著受懲戒和送命的危險，射殺一名兇惡犯救了鮫島。

「怎麼樣？」

鮫島發現桃井正從隔壁偵訊室走出來。

「招了嗎？」

「嗯，『純甲苯』的來源，聽說是給本鄉頭目抵賭債的。」

桃井稍微抬起頭。

❻吸食稀釋劑等有機溶劑者，多將其置入塑膠袋中，用雙手摩擦搓揉後再以口鼻吸食，由於狀似吃麵包，故有此俗稱。

「你打算怎麼辦？」
「交給搜四。」
桃井的嘴角浮現一絲苦笑。
「那些人會全部當作自己功勞的。」
「無所謂。這下子終於可以連根剷斷西口的『純甲苯』了。」
「你埋伏多久了？」
「斷斷續續的，前後大概三星期左右吧。」
「幹得不錯。」
桃井點點頭，鮫島也點頭回禮。雙方都沒有期待更多褒獎。
「你那邊呢？」
「口譯來了之後沉默了一會兒，不過丼飯一端出來，什麼都招了。」
鮫島輕輕點頭，原來是用食物來換取自白。
「現在大概哭得很慘吧。那個口譯人很好，正在拚命安慰他。」
「發生什麼事了呢？」
兩人肩並著肩走，進入防犯課的房間。桃井脫掉外套，披掛在自己位子上的椅背。
「聽說他是兄弟倆一起到日本來幹活當建築工人。他說他弟弟小他二歲，大概十九歲吧，他連自己的年齡都不太清楚。他們兩個人一起工作、一起寄錢回家，但是弟弟先染上吸膠，是宿舍有個傢伙強要他吸。後來他完全上癮，不再去工作，不管再怎麼要他戒，他都不聽。有一天他硬是把弟弟拖到工地，要他工作，結果弟弟腳一個踩空掉下去，兩隻腳都摔斷了，醫生說他一輩子都得坐輪椅。

他知道弟弟在哪裡買『麵包』的。只要在新宿車站的置物櫃前埋伏，藥頭就會來藏『麵包』的瓶子。他打算趁這個時候殺了對方。他說，是自己和藥頭，毀了弟弟的人生。」

鮫島點點頭。

不管是「麵包」或是興奮劑，這類悲劇都不勝枚舉。中毒者只求自己快樂吸食的時候還算好，但是最後這些人的身邊一定會出現犧牲者。有為了讓孩子戒毒，而殺掉自己親生孩子的父母親，相反地，也有因此被殺掉的父母親；有精神錯亂對自己妹妹施暴的哥哥；有因為過度亢奮在自己家放火的人，嚴重的甚至整間公寓都被燒掉，連無關的鄰居母子都被燒死。

當然，這時候藥頭不會被判殺人罪。

「麵包」和興奮劑對幫派來說都是很有效率的資金來源，相當有賺頭。而這龐大的利益，卻建立在不特定多數的犧牲上。

跟興奮劑相比，很少有便服刑警對打擊「麵包」交易管道懷著熱情。扣押興奮劑不但會上報，也是一項評價很高的功勞。相反地，跟興奮劑相比，甲苯或稀釋劑屬於制服警官的管轄，一向被認為是小孩子的玩具。可是除了中毒者以外，在產生被害者這一點上，同樣不輸給興奮劑。另外，不管是哪一種，要鎖定藥頭，再循線找到上游大盤的搜查行動，都需要可觀的忍耐和勞力。

許多興奮劑走私之所以能破獲，大部分都是因為密告。多半是跟金錢有關的糾紛，或者為了防止市場內出現競爭對手的便宜商品——密告的大部分都是出自犯罪者。如果搜查員想不依賴密告找出這些密賣管道，必須背負非比尋常的辛苦。甲苯和稀釋劑的檢舉難度當然也一樣，另外刑警們也知道，甲苯和稀釋劑這些商品的存在本身跟興奮劑不同，並不違法，所以很難有效警告大盤藥頭。不管說到氣勢或者搜查員的眼光，對興奮劑都投注了比甲苯和稀釋劑更重的份量。

最大的差別，就是持有時會不會以現行犯的名義被逮捕。

對鮫島來說，兩者之間沒什麼不同。尤其是那些讓還不成熟的年輕人鋌而走險幹這些買賣，而自己卻坐抽利潤，出入有高級車代步、每天到高級俱樂部飲酒作樂，這些幫派幹部最讓他無法原諒。

鮫島之所以是大家聞之色變的「新宿鮫」，不僅因為他在現場取締年輕流氓毫不手軟，更是因為他一口尖銳的尖牙，對那些自以為安全而悠哉過活的幹部也毫不放鬆，隨時準備出擊。

3

對本鄉組的搜查如同鮫島的希望，由本廳的搜查四課繼續接手。

交接的手續全部結束後，過了兩天的早上六點半，鮫島站在大久保一丁目某棟專門出租的公寓前。

走出位於野方的自家木造公寓，鮫島沒有到新宿署，而直接到這裡來。

公寓沒有電梯，樓梯通到四樓。住在這附近公寓的人，幾乎都在新宿從事跟特種行業相關的工作。有些公寓裡半數以上住的都是臺灣人或韓國人。

鮫島爬樓梯上了三樓，建築物裡一片寂靜。入住者大部分都在清晨三、四點才回到家，六點半對這些人來說，等於是大半夜。

鮫島的目標是三樓最旁邊的房間。看來最近才剛重新粉刷過的奶油色鋼門，跟顏色暗沉的外牆給人異樣不協調的印象。

半個月前住在這裡的酒保搬走後，警視廳和新宿署馬上跟房東租下，說好只租一個月。

站在門前的鮫島沒有敲門就打開。門沒有上鎖，濃重的菸味和男人們的體臭竄進了鼻子。

三坪加上兩坪多的房間，是典型的一房一廳格局。後面的和室裡有四個男人，其中兩個是新宿署防犯課員，剩下兩個是警視廳保安一課的人。

便利商店的塑膠袋被拿來當作垃圾袋，裡面塞滿了空便當盒和空咖啡罐，放在玄關進房間後高起的邊緣處。

四個人中的兩人回頭望著玄關，感覺很刺眼般瞇著眼睛，鮫島無言地舉起右手。

四個男人中有三人圍成圈面對面坐著，看著小小的電視。電視上延伸出來的電線連接到和室窗邊、設置在窗簾和窗簾間狹窄縫隙的VTR攝影機上。

只有一個身穿襯衫的男人，站在固定攝影機的三腳架旁，是鮫島陌生的面孔。

鮫島小心地不發出聲音，輕輕帶上門，進了房裡。

電視旁的防犯課齊藤刑事站起來。齊藤今年二十九，在防犯課裡屬於年輕一輩。

「新城感冒病倒了，我來替他。」

齊藤聽了鮫島的話點點頭，大大地伸了個懶腰。他身穿側邊有紅條裝飾的灰色運動套裝，邊起短髮，要說是幫派成員也不奇怪。

「西口那件事已經處理完了嗎？」

「對我們來說已經結束了。」

說著，鮫島低頭看著腳邊。另一位新宿署員河田盤腿坐著，雙手交叉，正點頭打著瞌睡。

鮫島用指尖搔搔他的膝蓋。河田一驚，張開眼睛，

「鮫島先生……」

聲音裡充滿驚訝。

「新城不能來，我來代打的。你可以回去了。」

河田今年三十五，跟鮫島年紀差不多。看來他對鮫島到這個房間來感到非常驚訝。

「可以嗎？」

「當然，你回去吧。」

河田用雙手摩擦著臉。他鬍子本來就長得快，只消一個晚上就長到會發出沙沙聲。他用力張大眼睛，看著雙手沾附的臉上油脂，對鮫島說：

「那真是太好了。」

他站起來。

鮫島望著剩下兩個人。在電視旁的是本廳保安一課吉田巡警部長，鮫島之前見過他。這位四十多歲的資深刑警戴著眼鏡，膚色白皙，長相很有老師的味道。

另一位站在攝影機旁的，看起來比鮫島年紀大一點，膚色微黑、長相精悍，算是挺俊俏的。除了臉之外，頭髮也被太陽曬成赤褐色。

「我是新宿署防犯課的鮫島，來交班。」

「辛苦了。」

說話的是吉田。微黑男人點點頭，只回了句：

「有勞了，我是荒木。」

之後眼光馬上又回到窗外。

鮫島脫下薄夾克，坐在電視機前。

「現在狀況怎麼樣？」

「從兩點開始，那時候有四個人，都是男的。三點四十分一對情侶。五點二十四分有兩個女的和一個男的。」

吉田翻開手邊的筆記本。

電視畫面中出現隔壁公寓的二樓走廊，走廊上有天花板和扶手，但是沒有牆壁，攝影機可以拍到來往行人的上半身。

畫面中央是公寓某間房間的門，出入這扇門的人全都被錄起來。
「麻將嗎？」
鮫島問。齊藤和河田已經開始準備離開。
「嗯，打麻將。前天到隔壁房間外送拉麵的人，說聽到了牌的聲音。」
吉田回答。
「幾桌？」
「兩桌或三桌吧。最近客人很少。」
荒木說。
以VTR影像檢舉常設賭場，需要各種條件的配合。首先賭場必須適合監視，另外攝影機要能設置在不容易被出入客人發現的地方。
這間大久保一丁目的公寓設有以臺灣人為客源的常設賭場，提供這條情報的是本廳的保安一課。新宿署防犯課接到本廳的協助要求，找到適合進行VTR監視的空房，組成共同監視小組。
新宿署這邊的小組長是防犯課的課長輔佐，新城警部補。但是今天早上桃井接到聯絡，知道本該來換班的新城得了感冒不能來，指示由鮫島來代替。
常設賭場的人員出入集中在晚上到清晨，因為這個現象，白天的監視人員通常比較少。
「那麼我先離開了。」
做好離開準備的齊藤和河田站在玄關。
「先告辭了。」
「兩位辛苦了。」

「辛苦了。」

兩人輕輕開門、關門離開。他們可能回家，或者在新宿署小睡，到下午四點之前再回來換班。

「本廳換班的人呢？」

鮫島叼著從夾克拿出的香菸，問道。

「在這啊。」

荒木說。鮫島盯著荒木。

「其實荒木先生那一組應該是今天早上開始，但是他昨天很晚就提早來了。『很晚來提早』，這話說起來還真矛盾……」

吉田笑著說。

「我會失眠，很難入睡。只要一喝酒就會想喝到掛為止，真是糟糕啊。」

荒木輕聲說。

鮫島點點頭。荒木散發出一股危險的味道。

「錢的進出很多嗎？」

鮫島問。

「怎麼說呢？一個晚上大概兩百左右吧。臺灣最近景氣也不好。」

吉田說。

他所謂景氣不好，是指在新宿的臺灣人。

臺灣人開始大量湧入新宿，是一九八〇年代中期。外出賺錢的陪酒小姐大批前進日本，臺灣酒吧、臺灣酒店進入全盛時期。有一陣子光是新宿就有超過兩百間店。

這種臺灣酒店的規模多半都不大，頂多一位媽媽桑再加上幾位陪酒小姐，店的業績幾乎全來自陪酒小姐賣春的收入。

但是這些收入現在開始大幅減少。最大的理由是因為臺灣本國景氣好轉，以及東京都廳搬遷到新宿。

因為臺灣本國的景氣好，所以即使不外出工作在國內也能賺取高收入，再加上都廳搬遷，所以新宿能用於應酬的高級酒店客數增加，大家不再喜歡去臺灣酒店這類小地方。

相反地，韓國酒店最近大幅增加。韓國酒店跟臺灣酒店不同，占地比較大，多半是陪酒小姐人數超過十個人的大型店，裝潢通常也很豪華。因為適合應酬，所以相當流行。

「不過他們還真愛賭呢。」

吉田說。

「臺灣本國禁止打麻將嘛，所以大家都跑來這裡打啊。」

荒木喃喃說著，說話的態度有點隨便。

「最近少很多了呢。」

鮫島說。臺灣人確實好賭，臺灣酒店的全盛時期，光是新宿一個地方就有數不清的常設賭場。

這些以臺灣人為對象的常設賭場，幾乎都是臺灣的流氓開的。

「因為最近掃黑行動比較平息了啊。」

荒木說。

「臺灣在八四到八五年曾經有過剷除幫派的『一清專案』。當時在臺灣國內待不下去的傢伙，全都逃亡跑來新宿。那些傢伙都變成臺灣陪酒小姐的小白臉，靠賭博賺零用錢，其中也有些人靠這大撈了一票。」

鮫島也聽過「一清專案」。當時臺灣整治幫派的手段相當嚴苛，逼使重罪犯為求立足之地，逃到日本或香港。

他們在外國沒有謀生之術，幾乎都是臺灣陪酒小姐的小白臉。漸漸地，他們將陪酒小姐聚集起來，開始麻將等賭博。後來陪酒小姐把客人裡出手大方的臺灣華僑也帶來，賭金的規模一舉攀升，光是場地費的收入就相當可觀。

流氓在哪個國家都一樣，只要有錢賺，就會像浮塵子❼般蜂擁而來。

當時光是新宿就有兩百多人的臺灣流氓在此跋扈。他們寄生在新宿的臺灣酒店，搾取以管理安全為名的保護費。

在這當中，日本流氓和臺灣流氓之間也不是沒有過小糾紛，但是稱得上爭鬥的糾紛卻一次也沒發生過。

這都是因為新宿這個繁華街的特殊性使然。

尤其是歌舞伎町，這裡有兩百多個幫派事務所，在這裡劃分地盤的組織數目也多達二十個。外國流氓踏入這種高密度地區，為什麼沒有發生紛爭呢？

簡單地說，就是因為這裡的地盤沒有「界線」的緣故。就拿保護費來說，每間店上繳收入的幫派都不一樣。

換句話說，原本在這種地方會劃定明顯界線，來決定各幫派收取保護費的地盤，但是這樣的界線在新宿並不存在。同一棟大樓、同一層樓、隔鄰的店，繳交保護費的組織可能都不

❼又名小綠葉蟬，身長五公厘左右的害蟲，大量繁殖成群的模樣，被形容為「宛若雲霞」。

相同。

因此，對新的店來說，幫派不能直接上門表示「這裡是我們的地盤」，這裡的規矩是先搶先贏。只要已經有其他幫派進入，收取保護費，其他組織就不能重複要求。因為這麼一來可能成為紛爭的導火線，而一旦發生抗爭，馬上就會引來警方注意。

日本流氓無法阻止臺灣流氓向臺灣酒店收取保護費，就是因為有這種特殊的地域性。

但是隨著臺灣酒店銳減，收保護費的對象和賭客變少，臺灣流氓也隨之變少。

可是能趁著景氣好的這幾年找到下個財源的人，就另當別論了。

許多臺灣流氓待在新宿的期間，也和日本流氓有不少交流。

對於受人照顧（照顧了別人）的重視，是流氓萬國共通的特質。

回想起在日本受照顧的恩情，回到臺灣後熱情招待日本流氓。臺灣流氓帶著日本流氓暢遊臺灣的聲色場所，認為這是筆相當划算的生意。

鮫島知道，台北這些地方在日本幫派撐腰之下開設了許多高級酒店、餐廳、咖啡廳，其中多半都是以新宿為大本營的幫派。

這些組織以當地臺灣人為名義上的負責人，在背後提供資金援助提高收益。這些收益透過稱為「錢莊」的地下銀行，轉換成其他的型態運到日本。

所謂其他的型態，就是指興奮劑和槍械。

現在日本走私的興奮劑和槍械，以來自臺灣的管道最多。

鮫島很好奇，為什麼本廳保安一課到現在才積極想取締臺灣賭場？當然，如果握有密告和情報，就表示確實有犯罪行為，進行舉發並不奇怪。

但是不惜動用到錄影監視這種手段也要徹底殲滅，確實有些積極過頭了。

難道高層有什麼理由，才採取這樣的監視體制？

換句話說，錄影真正的目的，或許不在取締賭場？

鮫島突然冒出這個念頭。

「出來了！」

吉田的話讓鮫島的注意力回到螢幕。

監視房間的門打開，身穿套裝看似陪酒小姐的兩個女人和一個男人，共三個人出現了。

「是剛剛進去的那些人。」

荒木低聲說。

兩個女人其中一個三十出頭，另一個二十一、二左右。男人體格結實，身穿咖啡色的兩件式西裝。身長腳短，脖子很粗，小腹有點突出，留著一頭短髮。

荒木操作攝影機，擴大這三人的影像。

男人一邊等著最後走出來的年輕女子，一邊轉著脖子。

接著他正面面對攝影機。

「脖子還真粗呢。」

吉田低聲說。

的確，鮫島也認為這長相並不平常。

四角形的臉上嵌著小眼睛，眼窩凹陷。外突的下巴透露著頑固，眼神異樣地銳利。

「應該是道上的吧，看這長相搞不好殺過一兩個人。」

吉田繼續往下說，鮫島也有同感。這男人視線的銳利並不一般。

男人面向攝影機，眼神正正地對準。
鮫島幾乎覺得這男人在瞪著自己。
這傢伙不是等閒之輩——鮫島把這張臉深深刻在腦裡。這張臉當然是第一次見到，但如果對方是以新宿為據點的臺灣流氓，不久的將來勢必會有見面的一天。
男人甚至好像已經注意到攝影機的存在。
他透過攝影機面向鮫島，有一瞬間露出雪白的牙齒。
（他在笑嗎？）
鮫島心想。但是下一個瞬間，白色的牙齒消失，男人側臉轉向攝影機。
他站在兩個女人之間，手搭上兩人的肩穿過走廊離開。
「之前見過嗎？」
鮫島問吉田。
「沒有，我也是第一次見到。荒木先生呢？」
「第一次。」
荒木調回攝影機焦距，回頭看其他兩人，欲言又止地歪著嘴角。
但回答的這句話卻很冷淡。
「是新面孔嗎？看他很快就出來，說不定是四海之類來日本觀光的大人物呢。」
吉田說。
鮫島發現吉田對荒木使用敬語。
吉田並不是個只要跟對方變熟，說話時就不太在乎上下階級的人。從他對鮫島的用字遣詞也可以感覺到，吉田知道鮫島的階級是警部，但他並沒有對鮫島使用敬語，並非出於他的傲慢，而是因為個性比較大而化之，再加上身在現場感覺比較放鬆的關係。在本廳的調查會議等場合，他當然不會對上司這麼說話。

由此推測，荒木可能是保安一課的課長等級，或者是新人。假設是新人，階級也一定比吉田高。

「四海啦、竹聯、牛埔啦，在他們那邊加入兩個以上的幫派是很稀鬆平常的。」

荒木說。

四海幫、竹聯幫、牛埔幫都是臺灣的幫派組織。

「說不定已經被通緝了，要不要把錄影帶送給國際搜查課？」

聽了吉田的話，荒木從襯衫胸前口袋掏出香菸，是HOPE短菸，他叼了菸之後說：

「不，應該沒必要吧。」

聽了之後吉田沒說話。

荒木看看手錶。

「吉田先生，你可以回去了。」

「啊？喔，都已經這個時間了啊。如果要等那些傢伙打完麻將，還不知道要等到幾點呢。」

說著，吉田對鮫島笑了笑。鮫島也對他點點頭，卻發現他的笑臉彷彿有些不自然。

「接下來就交給鮫島先生和我吧。」

「是嗎？那……」

吉田邊說邊起身。

「那我回本廳小睡一下，如果有事請隨時聯絡我。」

「辛苦了。」

鮫島說。

「您辛苦啦。」

荒木也說，挑著眼看著吉田。

吉田離開之後，只剩下鮫島和荒木兩個人。

荒木不怎麼熱切地看著螢幕裡公寓的門。

鮫島伸手拿起旁邊的筆記。

上面仔細地記錄著正在監視的常設賭場有什麼人出入。

日期、時刻、人數、特徵等，全都翔實地記錄下來。

根據上面的紀錄，開始監視約兩星期以來，共計有兩百人以上出入。集中的時段是星期日清晨到深夜，其中看來是常客的有二十幾人，半數是看似臺灣人的酒店陪酒小姐。

並沒有看到日本幫派成員的出入。

「現在在新宿混的臺灣流氓，沒什麼好東西。」

荒木說。根據筆記的內容，現在那間公寓裡包含莊家總共有十個人。莊家有四名，一個是跑腿的，吃的和香菸沒了負責去採買。

兩名負責跟客人打牌，另外一名通常負責管理會計，不會加入賭局。不過這畢竟是鮫島的想像，並不一定總是如此。

「裡面有在吃興奮劑嗎？」

鮫島問道。常設賭場中使用興奮劑的例子並不少見。如果看到疲倦的客人，就會主動推薦，說是可以提神。常見的手法是前一、兩次免費服務，等到客人知道興奮劑的好處，就開始收費。

這麼一來即使客人在賭局中大贏，也有可能回收費用。另外如果是上癮了的客人，在客人手氣好的時候故意不賣藥。藥斷之後客人會開始焦躁不安，失去賭博時的集中力，這下子就會一口氣把整晚賺來的份全吐出來了。

等到手氣開始走下坡，才終於賣藥給他們。當然，如果被客人知道明明有貨卻故意不賣，肯定會引起糾紛，所以通常會用「現在還沒送到」，或者「我也很想要啊，但是現在聯絡不上藥頭」等藉口，拖延賣藥的時間。相信這些說詞的客人，就此漸漸陷入泥沼。

「很難說。最近謹慎的人變多了呢。」

荒木回答。

日本人的常設賭場裡有些地方「禁止吸食興奮劑」，這裡當然沒有莊家，也不歡迎客人自己帶進來或者在賭場注射。

其中一個原因是擔心中毒的客人陷入幻覺狀態，引起騷動。另一個原因是萬一被檢舉，單純的賭博和扯上興奮劑的賭局，在偵訊、刑罰上的嚴格程度都完全不同。

賭場的檢舉中占絕大多數的，是客人的密告。輸得一塌糊塗的賭客付不出錢，於是向警察密告。當然，如果莊家是幫派，密告者也得冒生命危險。但他們也有相當的心理準備，不管怎麼樣，都可能因為還債而有生命危險，或者被債主投保高額壽險。

「密告嗎？」

鮫島說。他想知道這常設賭場的情報保安一課是從哪裡知道的。

荒木面無表情地看著鮫島，下巴稍微動了動。雖然點了頭，但好像不希望鮫島再細問下去。

鮫島沉默了下來，看來荒木不是能一起愉快工作的對象。

兩人就這樣不說話，聽憑時間流逝。

快九點了，監視的房間裡走出了一對四十多歲的情侶。兩人高聲地爭吵著，說的是中文。好像是把賭輸的原因歸咎到對方身上，互相痛罵著。

激烈的爭吵甚至透過緊閉的窗，傳到鮫島的耳裡。

兩人從賭場房間裡走出來後一直不斷爭吵，停在走廊中間繼續你一言我一語地互罵。

微胖矮個子的男人身穿POLO衫和圖案誇張的休閒式西裝外套，嘟起嘴脣激烈揮著手說話。而那女人身穿粉紅色的套裝，身材很瘦，她用力抱緊著手提包。她也不認輸，用手指著對方的胸口大叫著。

顯然是輸得很慘，雙方都氣急敗壞。女人偶爾還會出現跺腳踏地板的動作。

「喂，要是太吵鬧，當心有人打電話報警喔……」

荒木隨口輕聲念著。這句話彷彿傳了過去，原本關閉的賭場門打開了。

荒木迅速湊到攝影機前。

一個三字頭後段、臉色不太好的男人從門縫間探出上半身。身穿泛白開襟襯衫和帶光澤的灰綠色休閒褲，頭髮用髮油整齊地七三分邊。

男人口氣嚴厲地對走廊上的情侶丟下一兩句話。兩人閉上了嘴，很尷尬地回頭看那個男人。之後，男人把手放在內側門把上，環視著周圍。

「這下不妙了。」

荒木低聲說著，藏身在雙層窗簾的內側。

鮫島的身體沒有移動，繼續盯著畫面。

男人維持從門裡探出半身的姿勢一陣子，觀察著周圍。好一會兒才縮回去，關上門。情侶無言地離開走廊。

「蠢斃了。」

荒木動了動身體，看著鮫島。

「見過剛剛那傢伙嗎？」

「歌舞伎町二丁目附近看過幾次，好像在那附近的深夜餐廳當經理。」

「真清楚，不愧是鮫大爺啊。」

鮫島盯著荒木，荒木的嘴角浮現著挖苦的笑。

荒木吆喝一聲，盤腿坐著。

「你為什麼還繼續幹警察？」

他突然換了親暱的語氣問。從胸前口袋掏出香菸，放進嘴裡。

鮫島並沒有回答。

「干我屁事是嗎？其實我也是摔過一大跤啊。」

荒木說著，吐出一口菸。鮫島看著荒木的臉。

「我本來在大使館，因為出了點事，所以回來混個『視』。」

「是警視大人嗎？」

鮫島低聲說。

「現在借調到保安一課。本來是搜查協助，現在是國際搜查課。」

鮫島無言地點點頭。荒木跟鮫島一樣屬於官僚組，但是這個年紀還是警視，顯然是有過什麼不光彩的經歷，才從官僚組的樓梯跌落下來。

「你是警部嗎？」

沒等鮫島回答，荒木繼續說：

「我知道你的事。你是警部、我是警視，這真的很荒謬。本廳大家都知道你很能幹，不過也沒人敢接近你就是了。」

「是嗎？」

「什麼『是嗎』，本廳公安裡還有些人很怕你呢，宮本的遺書在你那對吧？」

「遺書？」

「公安三課的宮本警視啊。我那時候人在泰國，不過風聲倒是有聽過。」

「什麼風聲？」

「派系鬥爭什麼的我不懂，但是聽說有個傢伙背著所有祕密死了。那傢伙死前，把逼死他那些傢伙幹過的事一五一十地寫下來，寄給他的同期。那個同期是個很有膽識的角色，在縣警公安三課當主任的時代，跟偏右的當地警部補對幹上，對方拿日本刀砍了一刀，剖開他的腦子。」

鮫島苦笑著。

「要是真被日本刀砍一刀，就不會在這裡了。而且我腦子也沒被剖開。」

「但是大家都很驚訝。因為大家萬萬沒想到官僚組的人竟然有膽對抗非官僚組的老鳥，而沒嚇到尿褲子。」

鮫島沒有回答。

「不過那傢伙還真不走運。回到本廳如果老老實實待著，還是可以好好當個警視，偏偏一而再再而三的反抗，反抗到最後收到一封死人寄來的信。其實換個角度，這或許是個好機會。」

「機會？」

「對啊。用那封信當作交換籌碼，也有可能回到第一線大展身手。大家都逼著他，把信交出來不是嗎？這麼看來信裡應該寫了很多不太妙的事。」

「是嗎？」

荒木笑了。

「那個人就是太倔強了，最後被下放到警署。結果從二十五歲之後就沒變，一直是警部。上面的人一定以為，他會自暴自棄不幹了吧。沒想到到了警署之後，還是不走正常軌道。現在只要說起『新宿鮫』，新宿的黑道可不都光著腳忙著逃走嗎？」

「本廳竟然能接受這種廢物。」

「才不是廢物呢。」

說著，荒木直盯著鮫島。鮫島也回盯著他。

荒木身上有官僚組少見的粗暴、隨便的氣息。鮫島不知道這是來自他捨棄晉升的自暴自棄，或者是荒木這個男人原本就有的個性。

官僚制度可說是象徵著日本警察制度的矛盾。但是被挑選為官僚組的少數人，都擁有優秀的頭腦。

雖然如此，一桶蘋果裡一定會混著一兩顆腐爛的蘋果。

頭腦雖然優秀，但是卻在根本上欠缺身為警察的意識——誰也不敢擔保沒有這種人存在。

看到荒木，鮫島腦中不禁浮現這樣的想法。

同。

假使荒木跟鮫島一樣屬於官僚組裡的棄子，那其中的理由也絕對跟自己的理由完全不同。

鮫島不由得這麼想。

4

這是第三次看到店長變成這個樣子。第一次看到是奈美進入店裡後不久，大概是第二天或第三天。

店長扭著尖突的鞋尖，踹著趴在地上的新來少爺南的腰部。

南是從孟加拉來的年輕人，這是他在「玫瑰之泉」開始工作的第三天。他用結結巴巴的日文說：

「請敲我小南。」

南自我介紹後，奈美她們都笑了。那時候南不知道為什麼大家要笑自己，怯生生地眨著眼。

「不是請『敲』我小南，是請『叫』我小南。」

這麼教他的，是「玫瑰之泉」的老面孔香月。香月告訴店裡自己二十八歲，其實已經四十一歲，還有兩個孩子。

「玫瑰之泉」這間酒店在歌舞伎町一丁目。原則上有基本費用，分成五點之前入店，跟六點、七點、八點以後入店。

以前說什麼基本費用全是假的，能從客人身上撈多少油水就盡量撈。但是香月這些女孩該做的事也都做了，所以不太會有客人抱怨。

現在規定比較嚴，所以除了基本費用以外的服務費，會先告訴客人，以加點的形式收費。加點果凍和巧克力棒的套裝五千日圓，時間十五分鐘，另外送四條濕毛巾。

奈美從池袋的色情按摩店換到「玫瑰之泉」，已經是第四個月了。離開按摩店，是因為這裡雖然薪水比較低，但是可以晚一點上班。

「玫瑰之泉」分早班和晚班，早班四點、晚班五點半進店裡，店在晚上一點前關門。在按摩店上班的話有時候要十一點半上班，早上總是起不來，經常遲到。

按摩店和「玫瑰之泉」都不需要來真的。跟在按摩店上班時不一樣的，是一開始光用濕毛巾擦客人的那裡，就讓她作嘔，現在已經習慣了。而且每含一個客人，就要用消毒藥水漱口一次。

她很小心不要蛀牙。除了淋病和梅毒之外，萬一有細菌跑進去，可能會嚴重化膿。

「我在問你聽到了沒有，這個渾蛋！」

店長的尖聲讓他回過神來。

早班的日子從四點半開始有十分鐘的會議，這時候會針對待客態度、員工之間的禮儀，還有上個月的業績等等進行「反省會」。

南因為回答的聲音很小，所以被店長警告。

店長名叫亞木，大家都不喜歡他。這人平常有點娘娘腔，膚色白又瘦，不過要是火氣一來大發脾氣，沒人攔得了他。

——他是不是在吸毒啊？

說話的是店裡僅次於香月第二資深的杏。杏因為以前的男人吸毒，吃了不少苦。

——藥一斷，整個人就瘋了。那個樣子看起來根本就不像人。

說這些話時，杏總是笑得很淒涼。杏的大腿根部有很多道又細又白的線狀傷痕。是被那個男人用刮鬍刀割過的痕跡。

——刮鬍刀的傷口啊，如果太多道就不能縫了，一縫皮膚就會被扯到。一邊被拉扯，另一邊就會裂開，痛到讓人想死。

「坐好！給我坐好，你這個渾蛋。」

亞木踢了南的肩膀，南慢吞吞地起身，鼻子和嘴角流著血。

這種時候明知道亞木不講道理，也沒有人敢上前排解。亞木這個人很固執，如果打擾他所謂的「管教」，就會一直被嘮嘮叨叨，明裡暗裡找麻煩。

「聽到了嗎?!」

「是。」

南小聲地說。他的眼神空洞，鼻青臉腫的面容浮現畏縮的表情。

「我不是叫你大聲一點嗎！這個渾蛋！」

亞木在南的臉頰上甩了一巴掌，但不是用手掌，而是用拳頭內側。亞木右手戴著品味很差的寶石戒指，那戒指撞在南的門牙上，「鏗鏘」響起尖銳的聲音。

「是！」

腫脹的嘴唇發出嗚咽的聲音，南大叫著。他穿著黑褲白襯衫的制服，端坐在鋪設木板的地板上。地板上滲著啤酒和廉價雞尾酒，還有客人的嘔吐痕跡。

「夠了吧。」

他聽到有人小聲地說，是香月小姐的聲音。今天早班是香月和奈美還有郁三個人。郁才剛進來，而且有點遲鈍，所以嚼著口香糖面無表情地盯著牆壁。剛剛在狹窄更衣室見面時，聞到強烈的稀釋劑味道。

店裡另外只有一個少爺，姓楊。楊很沉默，絕對不會自己主動開口。可能因為他跟南一樣，日文說得不好，總是讓人猜不透他心裡想什麼。

奈美對楊的警戒心很強。只有一次，她看過楊在更衣室接受亞木「管教」。楊當時剛進「玫瑰之泉」。那是兩星期前的事，奈美正要到更衣室拿行李，聽到聲音停下來。

——我就是看不慣你這個眼神，你這個眼睛。

那一天亞木也很焦躁。

——懂了沒，啊？

——對不起。

楊不斷地重複。楊個子很高，是個胸口很結實的中國人。不知道是臺灣還是內地來的，體型比亞木高大。

——你在這裡幹麼，啊？我不是叫你把店門口掃乾淨的嗎！

亞木用拇指和食指掐住楊的兩頰，拉近他的臉。

——對不起。

楊再次道歉。

——我沒問你這個，我問你為什麼在這裡！

楊沒有反抗，老老實實。

——給我回答，這個渾蛋！

亞木用力地搖著楊的臉。楊留著一頭乾澀的頭髮，奈美看到楊的臉上苦悶的表情。

楊說著中文。

——說中文我聽不懂！給我說日文。

楊繼續說著中文，亞木甩了楊一巴掌。當時奈美發現亞木上半身赤裸，身上幾乎沒有肉，雪白的身體看來有點異樣。

——他說他肚子痛。

奈美忍不住說了，一瞬間，她心想，這下糟了。本來還要繼續打楊巴掌的亞木停下手，驚訝地看著奈美。

——妳說什麼？

——他說，他肚子痛……

奈美的聲音愈來愈小。在心中咒罵著自己，笨蛋、笨蛋、笨蛋。

亞木再次看著楊的臉。

——因為肚子痛所以休息是嗎？

——對不起。

楊再次道歉。亞木也注意到楊真的面如土色還冒著冷汗，左手用力按著胃的右下方。

亞木看著奈美，用令人作嘔的聲音叫著「奈美」。奈美一進「玫瑰之泉」，馬上看出亞木對自己有意思。

第一天到，亞木就邀她去吃烤肉，差點被帶到飯店去，她藉口生理期逃走。吃烤肉的時候她知道亞木別有用心，因為亞木一直藉機摸她的肩膀和腳。

她也不是沒想過，陪對方一次之後會比較輕鬆，但現在認為，還好沒跟他交往。要是真的在一起，這種人一定很囉嗦。

——奈美妳好厲害喔～竟然會說中文。

亞木故意把「喔」惹人厭的拉長，奈美努力裝作不在意。

——沒有。楊先生是用日文說的。
——啊？
亞木做作地皺起臉，瞪著楊的臉。
——你剛剛是用日文說的嗎？啊？
楊偷偷看了奈美一眼。奈美用眼睛對他說著，拜託了！
——是。
——騙人的吧。
——他說了，店長。
奈美連忙打斷。
——是嗎？算了算了。肚子痛的話就去吃藥，你們要是生病，我可沒功夫照顧你們啊。
——對不起……
——快點把店門口掃乾淨啦。
說完後，亞木從置物櫃上拿起手拿包，上半身赤裸地進了廁所。
端坐的楊站起來，按著側腹部，從奈美身邊穿過。
——謝謝。
聲音很低沉，奈美裝作沒聽到。
亞木看著香月。
「香月小姐，這傢伙雖然是新人，但是現在不教，以後會影響我們店裡形象的。」
「話是這樣說啦，可是小南還不太會說日文啊。」

香月很不耐煩地說。

「所以我才說啊，現在先學好，之後這傢伙也會感謝我的。」

「學什麼學啊……」

香月的聲音變低，似乎在猶豫著該不該說。但是——

「怎麼了，妳想說什麼？」

看到亞木逼上前來，香月也豁出去了，大聲地說：

「又打又踢的，這算什麼學習啊？而且你看看，滿臉是血又腫成這樣，只會嚇壞客人吧。」

「香月小姐啊，妳對別人說教之前，最好先考慮考慮自己的事吧。像妳這種歐巴桑啊，在店裡聲稱二十幾歲，在這麼陰暗的燈光裡，是沒有客人會注意到的啦。」

香月小姐最在意的就是年齡問題。聽到亞木這些話，奈美也沉不住氣了。

「要是警察來了怎麼辦？店長你也不希望這樣吧。」

亞木很快轉頭望向奈美，奈美直想閉上眼睛。

「警察？這些傢伙哪敢叫警察啊，他們的簽證早就過期了。他們不是來日本工作，是來玩的。所以，萬一被發現在這種地方工作，麻煩的是這些傢伙，誰敢有意見？妳要搞清楚，這些傢伙很想工作卻沒有人理，是我給他們工作的，他們靠這裡的收入寄錢回家。還不是因為他們想工作又沒法工作，看他們可憐，我們社長才收留他們的。算起來我們是他們的恩人呢，是吧，小南？」

小南微黑臉上的眼睛骨碌碌地轉動。他聽不懂亞木說的話，但南最害怕的，確實如同亞木所說，就是被店裡解雇。

「這、這根本是欺負弱者嘛。」

奈美說著。像這種時候，要說什麼重要的事情時，她的口氣總是會變得很小心。

「欺負弱者啊。」

亞木咧嘴一笑，下個瞬間他的表情一變。

「妳說什麼，這渾蛋！」

耳邊聽到一聲嘆息。是郁仰望著天花板，嘆了一口氣。

亞木把臉湊近奈美，近到不能再近，口臭很嚴重。

「就算是女人，也有不該說的話，我什麼時候欺負弱者了？」

奈美這次真的閉上眼睛，以為自己會被打。

「歡迎光臨！」

這時候聽到了響亮的叫聲。是楊的聲音，奈美睜開眼睛。

「歡迎光臨。」

香月也跟著說。穿著看似工廠制服上衣的兩個二十出頭男人，站在店門口，有點被嚇到的表情，怔怔站著，可能是看到南的樣子了。

「討厭啦，店長。把燈關暗一點啦，這樣我年紀會被發現的啦！」

香月小姐刻意拉高了音調說。開會時會把店裡的照明全都打開。

亞木的喉嚨震動，鼻子用力噴出一口氣。下個瞬間，他轉身面向客人，大叫著：

「您好，歡迎光臨！」

「這位客人，您運氣真好，今天早班的女孩每一個都個性大方又細心體貼。來吧來吧，請好好享受吧。基本費用兩個人加起來整整六千圓。來來來，請進請進。」

他一邊拍手、一邊堆滿笑容迎接客人。

綁著印有「玫瑰之泉」頭帶的楊，端著放有啤酒瓶的托盤穿過身邊。

南把照明開關關小。跟剛剛比起來，店裡暗得可以，幾乎伸手不見五指。擺設完客人桌面的楊走過他身邊，南向楊露出一口即使黑暗中也看得見的白牙。

楊的側臉完全沒有表情。南收起笑臉，大叫著：

「歡迎光臨。」

郁穿過奈美面前，坐到客人旁。

「無聊。」

奈美聽到她小聲地這麼說，之後的話，都被音量開到最大的有線廣播搖滾樂給蓋過去了。

5

比約定時間晚十五分鐘到的晶看起來很不高興。

西新宿大樓二樓的咖啡店，這裡離新宿署很近，但是署員幾乎不會來，常來的都是新宿附近的設計和編輯製作公司的人。他們共同的特色是上了年紀卻沒繫領帶，通常都戴眼鏡背著肩包，菸不離手。

晶穿著膝蓋破掉的牛仔褲和T恤，披著黑色布料的中長大衣，手裡拿著印有唱片公司商標的信封。

鮫島闔上讀到一半的文庫本，晶坐在他對面的椅子上。她什麼也沒說，拿起鮫島裝水的玻璃杯，連冰塊一起喝下，喀哩喀哩地嚼碎。

下個月就滿二十三歲的晶，把留到肩膀的頭髮剪得極短。聽說為了出道專輯的封面攝影，之後還要剪得更短。

認識以來頭髮某處總會有的挑染消失了。或許因為她五官端正，所以剪了短髮的小臉看起來確實有點男孩子氣。

但是只要看到她T恤胸口，沒有人會認為她是男的。在舞臺上一向不穿胸罩的上圍有八十八公分，鮫島都叫這「火箭波」。

「生什麼氣啊？」

鮫島把文庫本收進隨身的手拿包，這裡面還放了手銬和特殊警棒，拿起來遠比看起來重許多。跟齊藤交接完大久保一丁目公寓的監視工作，到署裡去了一趟後就到這裡來。

「那個渾蛋導演！」

晶瞪著鮫島說。晶生氣時的眼睛裡，有著貓科動物隨時都要撲向獵物的銳利，而笑的瞬間馬上又轉變為天真少女的開朗。鮫島很喜歡看到這樣的瞬間。

晶即將要以專業歌手的身分出道，每天都忙著錄音和開會。晶現在的工作是「Who's Honey」這個搖滾樂團的主唱。

鮫島跟晶認識是在一年半左右前，當時晶還是業餘歌手。

「被說教了嗎？」

「有沒有嗑藥？有沒有吸大麻？有沒有吸古柯鹼？酒不要喝太多，最好不要太接近新宿，媽的，那渾小子憑什麼說我啊！」

晶連珠砲似地說完，跟經過的女服務生點了蘇打水。

鮫島在喉嚨悶笑著。

「是個渾小子嗎？」

晶可能是聽到他竊笑的聲音，瞪著鮫島。

「可不是嗎？聽說大學的時候好像加入什麼輕音社吧，樣子看起來就像是個穿名牌在街上走的呆子。」

「聽說這種人在六本木附近，很受業界人的歡迎。」

「那傢伙老愛說『我啊』，『我啊，我覺得晶妳這樣不太好呢。現在是妳最重要的時候。』」

晶嘟起嘴脣，模仿起對方。

「我簡直想把冰咖啡的紙杯塞進他嘴巴裡。要不是周用眼神勸我……」

周是「Who's Honey」的吉他手。「Who's Honey」的成員除了晶之外還有四個人，鼓、吉他、貝斯、鍵盤，成員很簡單。

每個成員認識晶的時間都比鮫島久。晶火氣一來就沒人能控制的脾氣，大家都很清楚。

「這表示你們的音樂有這樣的價值。」

「他只是想擺架子而已。」

鮫島看著晶。不管職業或年齡，愛對其他人耍威風的人，最容易讓晶氣炸。除此之外，晶的耐力簡直讓人驚訝。

「那，多說一點那個製作人的壞話，再去吃飯吧？」

晶鬧起彆扭。可能是覺得被搶先了一步，很不甘心。

「算了，不用了。」

「嗯？」

「跟你發牢騷也沒有用。哼！我還以為警察會更關心青少年的煩惱呢。」

「不要這麼大聲。」

鮫島急忙說。

晶看著鮫島，彎起嘴角一笑。

「快給我東西吃。」

鮫島也對她笑笑，站了起來。兩人已經相隔十天不見了。之前見面的時候兩人一起吃了晚餐，馬上就分開了。因為鮫島開始追查「西口純甲苯」。

兩人走進西口一棟住辦混合大樓裡的義大利餐廳。晶點了橄欖和辣香腸的披薩，鮫島點了鯷魚披薩，另外又點了羅勒義大利麵和沙拉、生啤酒。

晶兩三下就把自己的披薩吃乾淨，拿了一半的義大利麵，又伸手去拿一片鮫島的披薩。
「明天有什麼打算？」
鮫島問。
她向經過的服務生再點一杯生啤酒後繼續說：
「我想一下，」
「工作一點開始。又要開會。」
「開會的時間都比錄音長了嘛。」
「誰知道啊，應該是要談出道的事吧，但是反正他們根本不想聽我們的意見。」
「要是不喜歡，就換家公司吧。想簽你們的不只那裡吧？」
晶喝了一口送來的生啤酒，回答道：
「話是沒錯啦，但是一開始好像不應該太任性，現在很多人都太任性了。怎麼說呢，只會把話說得好聽。」
「可是，那個製作人說不定覺得你們很好控制呢。」
「無所謂。」
「什麼無所謂？」
晶將捲在叉子上的義大利麵塞進嘴裡。
「這個真好吃。」
「是嗎？那就全吃掉啊。」
「不是說好一人一半的嗎？」
「好吧。妳說什麼無所謂是什麼意思？」

「本來就無所謂啊。我不在乎別人怎麼想，重要的是我們的音樂能不能確實傳達到想聽的人耳中，在這之前，別人要怎麼想，根本沒關係。如果那傢伙覺得我跟那些好控制的小鬼一樣，那他總有一天會發現自己的誤解，就算到時候再來囉嗦些什麼，我才不管呢。」

「其他人也都同意嗎？」

「嗯。」

晶點點頭。

「周說過，『樂團裡燃點最低的就是妳。如果妳能忍，那多半我們也能忍下來。』」

「不愧是主唱。」

鮫島笑道。

「你這人真討厭。」

說著，晶抓著生啤酒杯，也沒問就倒了一半到鮫島的杯裡。

「幹麼啊，都是泡沫。」

「你就吃泡沫吧。」

離開義大利餐廳，晶再次叮嚀。

「好了，別再提錄音的事。到歌舞伎町去吧。」

「被捲進麻煩事裡我可不管啊。」

「有人敢對『新宿鮫』的女人出手嗎？」

兩人坐進電梯裡。

「妳說誰是女人？」

鮫島說完，晶沒說話，用膝蓋踹了鮫島的屁股。原本就在電梯裡的上班族和ＯＬ風年輕情侶瞪圓了眼看著這一幕。

歌舞伎町的人潮依舊。新學期開始，出現不少學生打扮的年輕人集團。

這些集團在科瑪劇場❽附近圍成好幾圈聚在一起。另外還有叫聲、歌聲、電玩中心的電子音，偶爾夾雜著醉漢的怒吼。

這種氣氛對平常人來說或許很難放鬆，不過對晶卻不同。哪怕是一眼就看出是道上人物的傢伙成群結黨走在街上，她也敢大大方方看著對方。

「人真的很多呢。」

看著以光頭巨漢為中心的五人組流氓橫行在街上，穿過東亞會館前往西武新宿車站方向走去，晶說著。

「光是走在街上的人數，就是日本第一了吧。」

「說不定是世界第一呢。」

鮫島停下腳步，看著左右搭肩排成一橫排走來的學生走過。酒、汗水，還有些微的操場土壤味道，眾人合唱著聽起來像校歌的歌曲。

「我總覺得，這裡的溫度比其他地方高。」

晶邊跳邊走，一邊說著。

❽Koma Stadium，コマ劇場。一九五六年在歌舞伎町一丁目開幕，舞臺模仿希臘時代劇場式樣，採用圓形設計，同心圓狀配三重環迴的舞臺，可表現出旋轉與上下運動的多樣舞臺效果。日文名稱中的「コマ（陀螺）」，即取自此狀似陀螺的設計。二〇〇八年由於客數減少以及建築物老朽決定閉館，走入歷史。劇場拆除後與周邊土地一同進行再開發。

或許吧，鮫島心想。至少溼度肯定高個百分之十左右，手錶顯示的時間剛過八點，之後溼度還會繼續往上升。

「對了，上次開會時那個攝影師說，街頭攝影的時候六本木還好，他不喜歡去新宿拍。」

「為什麼？怕道上的人報復嗎？」

「不是的。如果在六本木，就算閃光燈不斷在路邊拍個不停，大家也會裝作沒看到從旁邊走過。但如果在新宿，人群很快就會聚集，覺得可能有名人在……」

「意思是說混六本木的人比較冷靜？」

「對，而且這裡比較不會有人來拍那種東西啊。大家都會覺得新奇，鄉下人又多。」

「那說不定，妳過不久也不能在這裡走動了。」

「我才不要。」

晶馬上接著說。

「我是在這裡開始玩、開始唱歌的，所以不管怎麼樣我都會到這裡來。」

鮫島曖昧地笑了。老實說，晶以專業歌手身分出道，之後會變成什麼樣子他完全猜想不到。要是晶成為知名歌手，跟自己之間或許會產生距離。

但是，如果鮫島現在說出這些話，晶一定會大發雷霆。

他從不懷疑晶對自己的感情，不過鮫島可沒有年輕到對於可能發生的問題，不作任何預測。

刑警和搖滾歌手的組合本身就是一種奇蹟。催生這奇蹟的，就是新宿這個地方。

說不定晶在無意識之間已經察覺到這一點，所以才不想離開新宿。

「我只熟這裡。」

晶用自己的左手勾上鮫島的右手。

「而且除了這裡以外，我也不想知道。」

走出區役所通的小同志酒吧，兩人到晶以前打工的小酒店，在歌舞伎町二丁目一棟住辦混合大樓裡。

酒店名叫「展覽會之畫」，跟兩人去的前一間店一樣，是只有吧檯的店。黑漆噴滿了吧檯和牆壁，吧檯盡頭放著唱機，後面的架子上收著五千多片的黑膠唱片，唱片大部分是六〇年代和七〇年代的搖滾樂。

留著一頭長髮，臉形細長坐在輪椅上的老闆，和他的妹妹一起打理這間店。同樣在新宿，這間店其實更適合黃金街那附近，不過鮫島以前聽晶說過，其實這個長髮男人是整棟大樓主人的兒子。

鮫島認得早上在大久保攝影機拍到的那個男人，就是因為他在這棟大樓的電梯裡看過好幾次。

大家都叫老闆阿拓。

大樓主人是臺灣人，鮫島知道這裡幾乎都出租給臺灣人做生意。可是他並沒有告訴晶這些事。

「喔，是小晶啊。歡迎啊，鮫島先生。」

看到兩人進了門，阿拓說道。

「啊，歡迎你們啊。」

正在換唱機唱片的阿拓妹妹愛美也打了招呼。這對兄妹的白膚色和細長臉形，都驚人地相似。阿拓大概三十出頭，愛美二十七、八歲，兩人都很照顧晶。

「喲！」

晶說著，坐在吧檯邊。看來從事媒體工作、沒打領帶的兩個人，坐在吧檯靠中間的位子。

「晚安。」

鮫島也打了招呼。混合了鄉村跟搖滾般的輕柔曲子，從牆上的擴音器流洩出來，是鮫島沒聽過的曲子。

「怎麼樣？」

推著輪椅，朝著晶前來的阿拓微笑著說。

「無聊死了。」

晶嘟著嘴說。愛美一邊笑，一邊排著印有「Who's Honey」名稱的白標瓶裝礦泉水、冰桶，阿拓將從大罐子倒進小盤子裡的果仁放在吧檯上。吧檯後方為了方便坐輪椅的阿拓活動，特別架高了一層。

「別太奢侈了，你不是想當職業歌手嗎？」

愛美一邊調著加水威士忌邊說。

「把喜歡的事情當作工作，就是這樣吧。」

阿拓溫和地笑著說。在前額中央分邊的長髮，用橡皮筋束著，長度稍微過肩。

鮫島後面的頭髮沒有那麼長，大約長得比後頸的髮根稍微長一點。最近晶一直慫恿他，索性留得更長，把那一撮頭髮綁起來。

鮫島自己並不討厭這種髮型，不過如果真綁起來會是令人印象深刻的髮型，可能會影響到埋伏或跟蹤行動。

「真想快點在舞臺上唱歌，管他是職業還是業餘的。」晶說。

「待膩了狹窄的金魚缸是嗎？」

「總覺得小晶應該去當七〇年代的美國搖滾歌手。你不覺得嗎？鮫島先生。」

阿拓露出笑臉。

「要真是那樣，她不是在嗑藥，就是酗酒吧。」

鮫島笑了。

「啊，那有什麼不好，可以跟傑克・丹尼爾⑨一起死。」

愛美睜亮了眼睛。牆壁上貼著珍妮絲・賈普林⑩的等身大海報。

「那這個人可能是粗壯的白人警察，用警棒揍我。」

「妳大概一星期或十天都不洗澡，每天沉溺在性愛跟毒品裡。」

「你把我當什麼啊！」晶用手肘頂了頂鮫島的側腹部。

「一直到我高中一年級左右，我一直覺得搞搖滾的人就是這樣。」

聽到鮫島這麼說，阿拓顯得很高興。

「這就是我們的年代啊。你是不是也蹺課去看過『胡士托⑪』。」

⑨ Jack Daniel's，美國田納西威士忌。

⑩ Janis Joplin，1943-1970。六〇年代美國搖滾歌手。

⑪ Woodstock，胡士托音樂節是美國紐約州鄉下小鎮Bethel在一九六九年舉辦的音樂表演活動。Bethel距離阿爾斯特縣的胡士托十三公里，為史上最成功的搖滾音樂節之一。一九七〇年的紀錄片「胡士托」與現場錄音專輯皆獲得相當大的成功。

鮫島沉默地點點頭，晶誇張地嘆了一口氣給他看。

「喜歡搖滾的大叔，比一般的大叔更糟。」

「好像有這麼一首歌呢，一個不知道叫什麼的年輕歌手。」鮫島說。

「你看，他就是這樣。」晶說，骨碌碌地動著眼珠子。

「說到這裡，前幾天我看到樓上餐廳的經理了。」鮫島不經意地說。

「喔，是嗎？吳先生對吧。最近好像不常到店裡來呢。」

愛美回答。

「店叫什麼名字。」

「『三堡』，深夜餐廳。」

「開很久了嗎？」

「還好。吳先生到日本才四年左右啊。」

「欸，老闆，我想聽『噴火⑫』。」

晶說完，阿拓點點頭。

「小晶，雖然討厭喜歡搖滾的大叔，可是卻喜歡大叔喜歡的搖滾樂呢。」

「這種奔放的感覺很棒啊。現在即使很重金屬的東西，聲音也很酷。以前的東西雖然比較粗糙，但是卻夠熱血。」

「妳還真會說呢。」

阿拓笑了，跟鮫島四目相對。

「老闆拜託了，不要讓這傢伙囂張地說：『我第一次聽這首歌的時候妳還沒生呢。』」

「這傢伙是指我嗎？」

鮫島輕聲地說。

「對，就是你。我最討厭別人拿年紀來壓我，這些東西請你到爵士咖啡廳裡去陶醉吧。」

「如果不是說教，只是聊聊以前的回憶呢？」

阿拓問道。晶用力搖搖頭。

「才不要。我一點都不存在他人生裡的時期，那時候的故事我才不想聽呢。」

「小晶個性還真激烈呢。」

正在招呼另一組客人的愛美笑著。

「真看不出來。」

「什麼？」

「什麼？」

鮫島和阿拓幾乎同時這麼說。愛美和晶聽了爆笑。

「不可以說！愛美。」

晶叫著。

「有什麼關係嘛。」

「不要、不要。」

愛美慢慢搖搖頭，含笑站在鮫島對面。因為吧檯後方的高低差，所以鮫島等於從正面仰望著愛美的臉。臉上雖然沒上什麼脂粉，但是白色皮膚上塗著淡淡的口紅，喉嚨到下巴的線

⑫ Tarkus，英國前衛搖滾樂隊埃默森，萊克和帕爾默的第二張專輯，發表於一九七一年。

條非常美麗，漂亮的額頭和細長的眼睛讓人感覺到知性。

鮫島聽晶說過，愛美很久以前就決定，要跟哥哥共度往後的人生。

阿拓因為二十多歲時發生的機車事故傷了脊椎。當時阿拓在自己的業餘樂團裡當鼓手，愛美是樂團主唱。愛美到橫濱朋友家玩太晚回來，阿拓因為擔心所以出去接她時，遇到了意外。不過，事實的真相是愛美當時被其他職業樂團挖角，跟對方成員見面。兩個人單獨見了面，地點也不是橫濱，而是東京都內的飯店。

這對兄妹在日本出生長大。辛苦了大半輩子的父親，並不希望孩子們從事特種行業。事實上「展覽會之畫」對這對兄妹來說，並不是支撐生活的財源。鮫島知道，他們兩人的父親擁有龐大的資產。

很多男性客人都深受愛美吸引，但是愛美已經決定將自己的一生寄託給血濃於水的親人，他們的心意永遠不會有回應。

「妳要說嗎？愛美。」晶的聲音有點尖銳。

「妳不讓我說我就不說了。」愛美微笑著，睜開眼盯著晶。

成熟的女人和孩子氣的女人。大家多半都會被成熟的女人吸引，但是自己卻愛上了一個孩子般的女人。鮫島這時候感觸良多地想。

「妳說啊。我去廁所。」晶從高凳上跳下來。阿拓露出笑臉搖著頭。

鮫島看著晶離開，視線又回到愛美身上。愛美一直盯著鮫島，雙肘抵在吧檯上。

愛美清澈的視線很有魅力，被這雙眼睛一望，很容易讓人誤以為愛美對自己有意思。

「小晶她說啊，鮫島先生還不認識自己的那段過去，她不想聽。」

愛美說。鮫島等著她繼續往下說。

廁所的門突然開了。「妳果然說了，討厭啦！愛美，不要再說了！」

愛美氣嘟嘟地鼓起臉頰。一回頭，看到像孩子般脹紅了臉的晶，雙手扠著腰站在廁所門口。

「這下糟了，難辦了。」阿拓說著，接著包含剛剛豎起耳朵聽著這段對話的其他客人，都響起一陣爆笑聲，籠罩著「展覽會之畫」。

6

「深夜餐廳」這個稱呼很久以前就有了，它跟新宿或六本木等地二十多年前就出現過的「晚餐俱樂部」，基本上沒什麼兩樣。

這些店是為了讓十二點左右就關店的銀座陪酒小姐，自己或者帶著客人吃飯、多喝幾杯的地方。現在最盛行的是卡拉ＯＫ，以前有的有樂團進駐，或者有鋼琴或吉他彈唱。

至於歌舞伎町裡，特別是臺灣人經營的「深夜餐廳」，型態又稍有不同。

首先，從前的「深夜餐廳」多半在下午八、九點開店，清晨四、五點關門，相較之下，現在就真的如同字面上在「深夜」的午夜零點或者一點開店，關門大約在早上八、九點。

這可能是因為清楚限定了客層，專做下班後臺灣酒店陪酒小姐生意的緣故。這些小姐工作之後會到「深夜餐廳」來休息或用餐，多多少少會有她們帶進來的日本客人，但說起來算是稀有的例子。

「深夜餐廳」的客人有陪酒小姐，也有牛郎。雖然沒有明白徵求店家同意，但當然也會有在店裡陪客人喝酒唱歌的情況。這裡提供的料理當然是臺灣料理，而且多半是臺灣人熟悉的臺灣家庭料理，不是日本人印象中的臺灣菜。

卡拉ＯＫ當然不可少。店裡的雷射卡拉ＯＫ唱機永遠沒歇過，歌曲自然幾乎是臺灣的歌謠。畫面的歌詞偶爾會分成上下二行，表示這是臺灣、香港都很紅的歌曲，字幕同時打上中文、粵語兩種語言的歌詞。

演出的明星、外景地，都來自臺灣。除了歌謠之外，也有民謠或童謠。

如果是有名的民謠，往往在不知不覺中店裡包含客人和員工所有人都開始大合唱，店內完全聽不到日文。

臺灣酒店的全盛時期，因為有大量在新宿工作的臺灣人作為客源，這種深夜餐廳的數量一口氣暴增。這裡是臺灣人之間使用中文縮短彼此距離的場所，同時也是交換故鄉情報和友人消息，還有今後即將在異鄉生活的人聆聽前輩意見的地方。

同時這裡對尋找獵物的臺灣流氓來說，也提供了交換情報、朋黨聚集的好地方。

在新宿這些地方的臺灣酒店，畢竟是以日本客人為對象，將異國情緒作為賣點的店，相較之下，這類「深夜餐廳」就真的是為了臺灣客人而存在的店。而這種型態的店家能夠維持經營，足見混跡新宿的臺灣人之多。

做日本客人生意的臺灣酒店，除了酒保和服務生以外很少看到臺灣男人。而且臺灣酒店因為面積不大，所以即便有這類男性員工，頂多也就一兩個人。

可是在「深夜餐廳」裡可以看到許多男性臺灣人。這裡的臺灣客人有長久待在日本、落地生根的華僑，也有投靠親戚而來的旅人，背景各自不同。

每間店的客人種類都不一樣。即使是日本人開的店，也分成只接正經客人的地方，跟偶爾有道上人物跋扈橫行的店，當然，這種「深夜餐廳」的氣氛也各有不同。

現在到日本來打工賺錢的臺灣陪酒小姐多半回故鄉去了，另外臺灣酒店的人氣也大不如前，所以「深夜餐廳」的數量逐漸減少當中。

其中如果有臺灣流氓常聚集的店，就會罕見地有日本常客出現。

那就是跟臺灣流氓進行交易的日本流氓。

鮫島和晶兩人離開「展覽會之畫」的時間，已經接近凌晨兩點。這剛好是樓上「三堡」開始熱鬧的時刻。

如果是日本人經營的「深夜餐廳」，警察還有可能假扮成客人進來看看狀況。可是在客人幾乎全是臺灣人的「三堡」，日本人一踏進去，就會受到異樣的注目。

不，在這之前，店方根本就不會允許他們進去。如果無論如何都要進去，只能找這裡的常客臺灣酒店小姐作陪，一起進去。這時候小姐就算用中文警告店家自己帶了刑警來，日本刑警們也聽不懂。

就算豁出去決定表明身分，嘗試在店裡問話，對方也可以用日文不好這個理由裝傻。

鮫島並不打算去「三堡」。他已經確認「三堡」的吳姓經理是常設賭場的莊家之一。但是現在如果輕舉妄動，就會擾亂祕密偵查行動。

如果發現被監視，吳應該馬上就會把賭場收起來。就算有監視影片，要取締常設賭場還是得發動突擊。

特別是非現行犯的客人，很難查出住址、姓名。除非運氣好掌握了莊家握有的「顧客名單」，否則搜查員很難知道不在場客人的名字。

鮫島沒有介入大久保一丁目常設賭場這件案子。今天的監視畢竟只是代打。當然，如果突擊等需要人員協助時他也會幫忙，但這畢竟是屬於本廳荒木和新宿署防犯課新城的案子。

即便如此，鮫島還是覺得這件案子當中有蹊蹺。

這都是因為早上從監視畫面上看到的那個男人。不是吳，而是那個鮫島到監視房間之後，馬上從常設賭場帶著兩個女人走出來的男人。

不只鮫島覺得那個男人不是一般人，本廳的老手吉田也說了同樣的話，荒木一定也對這個人有強烈的印象。

假使那個男人是來自臺灣的流氓，那他背的案子一定不小。刑警這種預感，很少會出錯。

然而從國際搜查課派來的荒木卻說，不需要請求國際搜查課確認身分。

這讓鮫島一陣緊張。吉田離開，只剩下他們兩人時，原本沉默寡言的荒木開始熱絡地跟鮫島說話，而且聊的都是關於鮫島的過去。

直覺告訴鮫島，荒木認識這個男人。荒木是不是為了打斷鮫島的興趣，才故意把他的過去拿出來談？

其實說起荒木從國際搜查課被派到防犯一課這件事本身，就有不自然的地方。再加上鮫島一開始就覺得奇怪，本廳保安一課為什麼現在才要積極取締做臺灣人生意的常設賭場。

鮫島總覺得，這些事似乎都跟那個男人有關。

荒木說自己失眠，所以提早許多來到監視房間，也可能是預測到那個男人的動向。

「都叫不到車欸。」

晶說。他們在歌舞伎町的風林會館前，亮著綠色夜間加乘燈的預約計程車，排成長龍等待客人。

「到大馬路上去看看吧。」

鮫島走向靖國通，往區役所通的方向走去。街頭不再有學生打扮的集團和一般情侶的身影。

路上只看到快步走路身穿套裝或和服的特種行業女性、繫著領帶的上班族，還有透露著危險味道、做休閒打扮的男人。

「去我家嗎？」

晶問道。晶一個人住在下北澤的出租公寓，鮫島住在中野區野方的木造公寓裡，也是一個人住。

晚上到晶的房間過夜時，鮫島總在清晨回家。晶到鮫島住處時，多半會留下來過夜。比起來，鮫島到晶住處的次數要多得多了。

「都可以。」

鮫島說著，停下了腳步。晶仰望著鮫島的臉。

鮫島的眼睛盯著隔著區役所通斜對面的大樓一樓。

那裡有間小小的臺灣餐廳。一個男人正推開門走出來。

他身穿銀灰色帶有光澤的布料製成的西裝，體格精壯，那短腿和粗脖子，都似曾相識。

男人扯著休閒褲腰帶附近，一邊往上抓、一邊環視著周圍。

鮫島認出那剃得短短的頭髮，凹陷的眼窩中嵌著銳利的目光，以及外突的下巴。

是那個男人。剛剛自己心裡想的那個男人，從臺灣餐廳裡走了出來。

男人只有一個人。他慢慢環視周圍，然後往靖國通的方向走去。

「怎麼了？」

晶的聲音變低。她瞬間察覺了鮫島表情的變化。

「幫個忙。」

說完，鮫島自己將手搭上晶的肩膀。

晶馬上發現，這是強調兩人是情侶的姿勢。但她只是哼了一聲，馬上把自己的左手疊上鮫島放在肩膀的右手。

鮫島帶著晶，穿過區役所通。過馬路的途中看到那男人剛走出的臺灣餐廳門打開，又有另一個男人走出來。

那是個身穿紫色兩件式西裝的年輕男人。身材精瘦，臉頰很尖。

年輕男人反手關上臺灣餐廳的門，看來有點慌張地環視著周圍。

鮫島察覺到那眼光也注意到自己，所以特意放慢了走路的速度。

年輕男人的眼神定在區役所通人行道，那逐漸走遠的銀灰西裝背影上，鮫島一直注意著他。

年輕男人動著嘴巴，好像在碎念著什麼。他用左手按著外套前側走著，眼光明顯盯著剛剛從同一間店走出來的那個男人背影。

鮫島收緊下巴，他心裡有種預感。

說不定不該讓晶待在身邊，但在說明這些狀況之前，必須先跟蹤這兩個男人。

走在前面那個在大久保見過的結實男人停下腳步，環視著周圍，好像在回想著什麼。

那是一條通往黃金街的小巷入口，進去之後左手邊有間柏青哥店，現在已經關門了。

男人似乎很有把握，往左轉入這條巷子。

年輕男人追在他身後。鮫島繼續攬著晶，加快了腳步。

由於都廳轉移帶來的土地收購，黃金街上開設的小酒店有三分之一左右都停業了。跟從前比起來，客人也減少了，除了少數幾家店以外，很少有生意繁盛的地方。

男人走過黃金街、中央通、花園三番街等，小酒店櫛比鱗次的窄巷右端。

前方的盡頭是花園神社，再往前是派出所。

走進黃金街右端的狹窄巷道，年輕男人迅速縮短跟前方的距離，兩人的間隔縮短到十公尺左右。
晶沉默地跟著，她現在好像了解了鮫島正在做什麼。
兩個男人一次都沒有回頭。尤其是年輕男人，或許是因為情緒高漲，一直縮緊下巴，瞪著前面那個壯碩男人的背後。
年輕男人的右手滑進外套內側。
鮫島的右手從晶的肩膀上放下，放在左手中拿著的手拿包拉鍊上。
這時候年輕男人左手邊一間還在營業的酒店門打開來。
兩個繫著領帶貌似上班族的男人互相抱著肩，搖搖晃晃地走了出去。
「喂，你們沒問題嗎？」
身穿長袖半身圍裙的中年婦女應該是送客出來，現身在門外大叫。
年輕男人的手從上衣抽出來，鮫島可以看到他沒地方放的拳頭一會兒握緊、一會兒放鬆。
「我、我跟妳說，沒、沒問題的啦，老闆娘。」
「真的嗎？喂，下次來的時候記得帶來啊！」
「是！遵命。喔!?」
「喂，走了走了。」
其中一個男人看著晶。
另一個男人再次抱著同伴。
「不錯嘛。妳哪間店的？」
「你這個笨蛋！對不起啊。」

上班族踢了偷看晶的同伴一腳，向鮫島道了歉。

年輕男人稍微回頭看了一眼。不過看起來似乎不怎麼在意，視線再次回到前方。

送客的女人關上用薄木板做的店門。

走在前面身穿銀灰西裝的男人，正要走上跟花園神社之間的路，派出所就在他的右前方。

年輕男人看來很急，加快了腳步。

鮫島等到那兩個醉漢離開，在晶耳邊輕聲說：

「妳待在這間店裡。」

晶安靜地看著鮫島。女人送客的時候，一眼就可以看到店裡沒有其他客人。黃金街的店家，每一間都從入口就可以一眼望遍店裡。

看到走出去的兩個客人就知道，這不是什麼敲詐客人的黑店。

晶嘟起嘴脣。

「記得來接我啊。」

她只說了這一句，點點頭。

「嗯。」

鮫島說完正要走，晶一把抓住他的手臂。

「還有，小心點。那招搖的西裝下面，搞不好藏著什麼。」

看來晶已經看穿了自己的行動，鮫島打從心底佩服晶的觀察力。

「知道了。要是情況不對，我就叫警察。」

「你這笨蛋。」

說完，晶轉過身去。左手打開店門。

「歡迎光臨。」

穿著圍裙的女人已經回到吧檯裡，她的聲音裡透露著訝異。鮫島看了一眼招牌，記住店名。

店名是「忍冬」。

晶關上門，鮫島加快了腳步。紫色西裝的背影，已經走到巷子盡頭了。

穿過巷子，看到年輕男人正爬上正面的樓梯。那是位於花園神社一角的樓梯。

爬上階梯之後可以連接到花園神社境內，晚上社務所會關門，因為樹叢的關係，暗處相當多。

這是從歌舞伎町通往新宿五丁目的捷徑，不過這條路上有不少搶劫和色狼。另外，這裡也是吸稀釋劑和甲苯的人聚集的地方。

鮫島快步登上階梯。

來到既黑又開闊的地方，可以想見前方的年輕男人隨時會動手。

他拉開手拿包的拉鍊。雖然可以順道到派出所請求支援，但是可能會來不及。

他從包裡取出金屬製成的特殊警棒，甩過之後還會變長。

如果年輕男人身上藏的是槍，那就無計可施了。鮫島沒有帶手槍。

進了花園神社境內。

鮫島快步走上從外圍繞著神社的路。

他聽到了叫聲。

鮫島開始跑。

年輕男人雙手扠腰站在從神社旁邊通往正面的路當中，右手似乎握著短刀，閃著亮光。

幾步之前，是那個銀灰西裝的男人。

他聽到叫聲回過頭。他的表情裡沒有驚訝或恐懼，而是一臉提防地皺著眉。

「……」

年輕男人不知大喊了句什麼。是中文。接著他將短刀握在胸前，筆直地衝向對方。

（糟了。）

鮫島閃過這個念頭，一邊大叫：

「喂！」

年輕男人和他攻擊的男人，只隔不到五公尺。而且從這年輕男人的架式看來，應該是帶著堅定的決心，速度又快，不太可能避得掉。刀尖筆直對準了對方男人胸部中心。

「……」

男人發出怒吼，就像在吠叫一樣。下個瞬間，他的左手肘高舉，身體往右邊大幅扭曲。他心知不可能完全避開，所以臨時擺出了這個姿勢，刀尖刺在左上臂，因此護住了胸部。

年輕男人低下頭，蹲低身子，衝向男人懷中。

鮫島向他跑近，看到這男人用力緊咬著臼齒，睜大了眼睛。

接著他將扭轉的身體轉回，同時右掌掌心拍向年輕男人的臉。這是一記相當有力道的還手，連鮫島也聽得到清亮的響聲。

年輕男人的身體一扭，也同時拔出刺在男人左手上的短刀。年輕男人右手緊握著短刀的把柄。

年輕男人一屁股重重摔在地面，他鼻子被打斷，鮮血答答滴個不停。

男人吐出一口氣勢十足的氣。在雙手手肘彎曲的狀態往下拉，下個瞬間，用右腳腳尖用力踢向眼前年輕男人的下巴。左腳筆直地伸長，用一隻腳支撐著受傷男人的所有體重。

「喝！」

被踢的年輕男人擺出萬歲的姿勢高舉雙手，身體往後倒、後腦勺著地。坐倒在地的下半身被踢到幾乎浮在空中，那是相當強勁的一記旋踢。

男人敏捷地把身體往後縮，擺好架式。但是年輕男人已經一動也不動了。

男人的身體轉了半圈。

「等等！」

鮫島出了聲。他知道那是準備對自己展開攻擊的預備動作。

不知道是空手道或是拳法，被短刀刺傷之後，男人的動作在在都顯示出他對武術的熟練。

他的右膝原本抬到半空中，彷彿拉向自己身體，現在男人放下右膝。

男人的身體雖然轉而朝向鮫島，但體重依然放在單獨一隻左腳上，這是隨時都準備踢向鮫島的態勢。

男人的眼光警戒地看著鮫島。他西裝左袖裂開，染上了鮮血，但是卻看不出痛苦的樣子。

那眼光銳利得讓人害怕。

鮫島雖然知道視線離開這對眼睛會很危險，他還是望向倒地的年輕男人。

年輕男人的臉染成鮮紅昏倒在地，短刀離開了那隻手。

他再次望向那個男人，鮫島感覺他的視線彷彿望向特殊警棒。

鮫島用左掌收起警棒。

「不要叫警察。」

男人突然說。

「我，沒關係。那個人，殺我。」

「我知道。那個男人一直在跟蹤你。」

男人眨了眨眼。鮫島跪在年輕男人身旁，摸著他的脈搏。沒死。

「我，沒關係。回去。那個男人，壞人。」

「他為什麼要攻擊你？」

「不知道。強盜？」

「在殺你之前那個男人說了什麼對不對？他好像認識你？」

男人搖搖頭。

「我不知道。不記得。我，覺得很麻煩。」

「那也難怪。你也受傷了。最好快到醫院去。」

「不要緊，只是有點痛，馬上就好了。」

「是嗎？看起來不只是擦傷啊。」

「你，是誰？」

男人還沒有鬆懈警戒。

「失禮了。我是新宿署署員，敝姓鮫島。」

「警察？」
鮫島點點頭，亮出警察手冊。他發現男人的表情變得柔和。體重放回雙腳。
「你，一直在這裡嗎？」
「沒有。我看到這個年輕男人舉動很可疑，才跟在後面。冒昧問一句，你是哪裡來的？」
「臺灣。」
「有帶護照之類的證件嗎？」
男人的嘴邊出現類似笑意的表情。
「身分證？」
「對。」
男人右手插進上衣，取出黑色皮套，交給鮫島。
「請。」
鮫島接過來打開。
刻了金鳥形狀徽章固定在皮套單面，上面還刻著號碼。
另一邊插著ＩＤ卡。附有男人上半身的照片。
「臺北市政府警察局刑警大隊」幾個字映入眼中，鮫島重新看著男人的臉，男人臉上清楚地浮現一絲淺笑。
「偵二隊　分隊長　郭榮民」
鮫島慢慢倒吸一口氣。這男人是從臺北來的刑警。

7

奈美發現楊的狀況不對，是快要關店的十一點半多時。

今天晚上客人不多，客人多的時候集中在月底或週末。

當時奈美正送要走的客人到出口。這是第四組客人，正想，今天晚上差不多要結束了。有時候快關店時會臨時有客人進來，多半都醉得差不多，連站都站不太穩。

楊坐在收銀機後方的暗處，那裡有一個小圓椅，平常是亞木的指定座位。焦躁地在店裡徘徊，只會發出煩人叫嚷聲的亞木，不久前不知道到哪裡去了。

楊看起來好像陷入沉思當中。

他垂著臉，雙手朝上放在膝上。

朝著關上的門低著頭，奈美看了看收銀機後方。收銀機面積一平方公尺，構造像個小箱子，放著一個照亮手邊的迷你檯燈。

檯燈現在關著燈。

「累了嗎？」

奈美問他。黃昏時要是楊沒有大聲招呼客人，自己一定會被亞木揍吧。要是沒有楊的聲音，客人一定會就此離開。

楊突然抬起頭，可能是受到驚嚇，表情看來很訝異。

奈美看著楊的臉。

楊無言地看著奈美。

奈美心想，他的表情真陰沉。不過仔細看看，楊的五官還挺端正的。鼻子雖然有點塌，但是額頭很寬，顴骨還滿高的。總是面無表情的眼睛，好像覆上一層薄霧，不讓人看透藏在眼睛後方的想法。除了乾澀蓬鬆的頭髮之外，長得滿有男子氣概，手腳實際上也都挺長。

「不要緊。」

楊面無表情地回答，他看著店內。

晚班兩個女孩跟郁都在招呼客人。最前面的是郁，她打開全裸身體上披的睡袍前襟，在客人膝上發出甜膩的聲音。

店裡的座位跟電影院一樣，一律朝向店後方。郁這些女孩子都坐在相反方向，所以都朝著入口方向。

郁發出貓耍脾氣般的聲音，客人的右手和郁的右手交叉，各自有韻律地動著。

郁瞥了奈美一眼，那是一雙不帶感情冰冷的眼睛。之後，郁的臉沉到客人的雙膝之間。客人的手垂落在座椅旁，頭部左右擺動。

更後面的座位淹沒在香菸的菸霧和黑暗當中，幾乎看不見。

奈美再次看著楊。

「你身體不舒服嗎？」

楊搖搖頭。

「我去買藥給你吧？」

「不要緊。」

奈美輕輕點頭，接著打算離開收銀機前。

楊低聲說：

「妳從大陸來的嗎？」

奈美突然停住了動作。是中文。郁的頭有韻律地動著，客人看來就快到達高潮，別過臉去。

奈美回頭，很快地小聲說：

「十三歲來的。在這裡不要說中文。」

楊無言地凝視著奈美，下巴稍稍動了一下。

奈美很快地離開收銀機前。聽到店門打開的聲音，一回頭，亞木正走進來。

奈美到現在還記得第一次到成田的時候。那時是夏天，看到每個人都穿著像紙做成般的輕薄衣物，心裡很是震驚。

奈美出生在黑龍江省。父親是老師，母親在紡織工廠工作。

她是十歲的時候知道母親是日本人。戰時奈美的母親被雙親拋下，由祖父母撫養長大。

有一天，雙親長談到深夜。當時還不了解為什麼，父母親告訴自己，三月後，要到日本去。

母親想住在日本，她對奈美說：

「只要到日本去，就有很多漂亮的洋裝，還可以交到很多朋友喔。」

奈美並不想跟黑龍江的朋友們分別。

不過，每天每天晚上，雙親都遲遲不睡地討論，她也開始覺得自己應該要到日本去了吧。

父親一開始似乎是反對的，不過結果還是拗不過母親的堅持。從奈美小時候起，母親就比父親來得強勢，所以當她知道決定搬到日本時，並沒有太驚訝。

奈美和小她七歲的弟弟被寄養在附近的叔叔家，雙親先到日本去。半年後，奈美被叫來日本，又過了半年，弟弟也來了。

雙親住在千葉市郊外的縣營住宅。奈美到日本後不久，被編入附近的國中。這個時期的事，成為她心中最沉重的回憶。

奈美一點日文都不會說。雖然到了日本之後馬上學了一些最基礎的生活會話，但是這種程度的日文無法加入同學的聊天。

母親在附近的食品工廠，父親在搭公車加電車單程通勤一小時的製材所工作。

奈美總是孤單一個人，放學後馬上回家。弟弟來日本之前，只有電視——雖然完全聽不懂在說什麼——是她唯一的朋友。

那時候對奈美來說，有人找她說話本身就是件很痛苦的事。一開始同學可能出於好奇心或者親切，經常會來找她說話。老師好像也跟大家說，「要跟奈美當朋友。」但是只要有人找自己說話，就不得不回答。

不知道人家在跟自己說什麼，卻不得不回答。要是不說話，就可能被討厭。就算沒有這些事，同學裡也很明顯地有討厭奈美的人。

奈美的本名戴清娜，在弟弟來了之後，改為田口清美這個日本名字。

雙親申請日本國籍通過了。

奈美很期待弟弟到日本來。弟弟一來，白天就有人跟自己說中文。弟弟還很小，在中國的時候老是得幫忙照顧弟弟，煩都煩死了，但是現在奈美卻想弟弟想得不得了。

電視只有一點好處。不管電視說再多的話，奈美完全沒有必要回答。

弟弟來的時候她高興極了。奈美放學後迫不及待地回家，照顧弟弟。

弟弟的名字決定叫龍夫。

田口清美，田口龍夫——奈美一直不習慣這個名字。那時候只有兩個人的時候，她總是用中國名字叫弟弟。

但是這樣的和平並不長久。奈美上學的時候，弟弟跟同樣住在縣營住宅的孩子們一起玩。不久之後，他的日文迅速地進步。到了進小學的時候，弟弟已經跟一般的日本小孩沒兩樣了。

奈美再次成為孤單的一個人。

弟弟進小學後不久，父親在工作的製材所受了傷。之後好一陣子無法工作，導致奈美家的經濟狀態惡化。父親一直待在家裡，但是奈美跟他說話，他也不怎麼回答，變成一個很陰沉的人。

每月可以領到的微薄補償金，父親都花在打小鋼珠和喝酒上。

雙親開始常吵架。

奈美這時候總是做著回中國的夢。

她在夢中跟黑龍江的朋友們一起玩，盡情地說中文，胡鬧著、笑著、叫著。

一睜開眼，就聽到雙親爭吵的聲音。母親的聲音尖銳，父親則是喝醉酒後的混濁低沉。

奈美摀住耳朵，告訴自己，再次回到夢裡的世界去吧。

這樣的夜晚每天每天地持續。

國中三年級的時候，父親死在附近的平交道上，是被電車輾死的。

沒人知道到底是意外，還是自殺。奈美第一次怨恨母親。然後她在畢業典禮前離開了家。

去處是當時終於交到的男朋友家。男朋友高中輟學，在加油站工作，是暴走族的成員，不過對奈美很溫柔。

這些暴走族的成員，成了奈美的日文老師。可能因為男朋友曾經是暴走族的「特攻隊長」，大家都對他的女人奈美非常親切。

離家第二年的春天，奈美第一次接受墮胎手術。之後她心情沮喪，想要多到外面去走走，於是虛報年齡開始在小酒店打工。

她跟客人之一的二十二歲業務員變得親密，那個業務員甚至向奈美求了婚。可是，兩人的關係被男友知道。男友帶著幾個同夥埋伏等著下班的業務員，讓對方受了得治療三個月才能痊癒的重傷。

男友被警察抓走，奈美離開千葉，來到了東京。東京有個前輩，是女暴走族的頭子。前輩在新宿的酒店工作，有男朋友，所以借住的奈美成了麻煩。

不到一個月就發現自己是電燈泡的奈美，決心租一間屬於自己的房間。那年她十九歲。在澀谷的風俗店工作，就是為了這個。只要最少工作六個月，那間店就願意借租房子的保證金，由店長來當租房子的保證人。

她在那裡工作了八個月，之後換到池袋的風俗店。那間店很缺年輕女孩，她因此被挖角。

工作一年半之後，換到現在的「玫瑰之泉」。因為搬了間稍微像樣的房間，她趁機從風俗店離職。

現在住在新大久保的套房公寓。

住在池袋的風俗店時，她跟三個男人交往過。第一個一樣是暴走族的，因為發生意外一隻腳複雜性骨折回鄉下，藉此機會分手。第二個是新宿迪斯可舞廳的少爺。

奈美並不喜歡迪斯可舞廳。中國雖然也有舞廳，但是跳社交舞的風氣比較盛。被寄養在叔父家的時候，大自己八歲的堂姐教自己跳社交舞，吉魯巴、探戈、華爾滋等等。說不定已經忘了，不過她喜歡社交舞甚於迪斯可舞廳的舞。

那個舞廳少爺結果只是看上奈美的錢。了解這一點之後，短短兩個月就分手了。

不久之後，她跟其中一個常客開始交往，對方是二十四歲的上班族。雖然對方沒跟奈美討零用錢，但是奈美手邊可以自由運用的錢比較多，所以外食或者喝酒的時候，多半都是奈美付的錢。

對方有個大他三歲的太太，肚子裡有孩子。開始交往後半年孩子出生，他主動要求分手。

她並沒有那麼難過。

她覺得，自己已經可以一個人活下去了。日文沒有問題，看漫畫不覺得有任何障礙。

自己十三歲時從中國到日本來這件事，她只跟到東京來之後第一個交往的暴走族說過。除此之外，誰也沒提過。她知道說了之後大家會覺得好奇，問東問西的。而且可能還有人會因為自己是中國人而輕視自己。

自己到底是什麼人？奈美也不太清楚。

不過，她總覺得，自己並不想一輩子住在東京。就算住在日本，也最好不是千葉，而是個鄉下地方。她並不打算回千葉。

或者是變得有錢之後，回中國也好。蓋間大房子，跟小時候的朋友一起住。

她開始想像一起住的朋友長相。

奈美快要二十二歲。但是在幻想當中，跟奈美融洽玩樂的朋友，大家都還是十二、三歲分開時的臉孔。

「我先走了。」

在更衣室換上迷你裙的郁走出來。在店裡幾乎不化妝的她，一下班就化上完美的妝，誰都看得出她要先去玩玩再回家。

奈美換上牛仔褲，距離最後一班山手線時間還很充裕。香月小姐剛剛急忙離開了，晚班的兩個女孩好像在討論要到哪裡喝酒，她們最近似乎迷上了牛郎店。

店裡應該由南和楊負責收拾，亞木正在計算業績。

「先走了。」

跟晚班兩人打過招呼後，奈美離開了更衣室，一出門就撞見等在門口的亞木。

「嚇我一跳。」

亞木靜靜地站在暗處，奈美忍不住叫了一聲。

亞木咧嘴笑著。換下制服，穿了一身醒目但廉價的深藍色西裝。

「奈美。」

亞木說。

「是。」

奈美說著，極力想發出冷靜的聲音。她很怕亞木。

「我剛剛是說得過分一點啦。」
亞木臉上貼著輕薄的笑容說著。他臉上沒什麼肉，一笑起來臉上堆滿了深刻的皺紋。
「不會，不用在意。」
「不好意思啦，我跟妳道歉。」
亞木不帶情感的聲音異樣地尖銳，簡直像拙劣的演員背誦劇本一樣。
「和好吧。」
亞木伸出右手。奈美按捺住內心的情緒，握著他的手。對方的手掌心濕濕的。
「去喝一杯吧。」
玻璃般的眼睛望進奈美的眼睛，奈美覺得背脊打了一陣冷戰。
「我知道一間不錯的店，氣氛很好，又安靜，簡直像飯店的酒吧一樣。」
飯店，這兩個字聽在奈美耳裡簡直像噁心的蠕蟲一樣。
「不好意思，請不用這麼費事。」
「怎麼會費事呢，只是想找妳喝一杯而已。怎麼樣？陪我去喝一杯吧。」
亞木故意嘟起嘴脣。
她很想拒絕，但是又擔心拒絕後亞木會惱羞成怒。
「奈美啊，妳住在新大久保對吧？我會好好送妳回家的。」
奈美覺得自己的身體僵硬得跟木棒一樣。
（不要、不要、不要，我才不要跟這種傢伙做。）
奈美避開不看亞木的臉。
南正在拖地。楊雙手拿著裝滿廚餘的垃圾袋，正從後面走出來。

「我已經先有約了。」

「跟誰？」

「朋友。」

「男的？女的？」

（為什麼要跟你報告這些事啊？）

如果回答是女的，亞木可能會要她把朋友帶來。

「ㄋ、男的。」

「喔。」

亞木的眼神看起來並不相信她的話。

南和楊沉默地工作。奈美無法跟亞木對視，只好看著他們。

「妳要跟楊去喝酒嗎？」

亞木突然這麼說，看來他誤解了奈美視線的意義。

「啊？」

「妳要跟楊去喝酒嗎？」

亞木又問了一次。

楊拿著裝啤酒空瓶的箱子，突然停下了腳步，回頭看這邊。楊輕輕鬆鬆地提著兩個箱子。

「啊……不是……」

亞木一轉身往背後看。

「楊。」

「是。」

「你要跟奈美去喝酒嗎？」

楊的表情完全沒有變化，她盯著亞木。

「我問你是不是要去喝酒。」

楊的眼睛試探性地看著奈美。

「不是。」

奈美急忙說：

「不是跟他啦。」

「是嗎？」

亞木沒回頭，他繼續說：

「楊，你今天留下來。」

「是。」

楊輕輕點了點頭。

奈美開始不安，楊說不定會把自己的事告訴亞木。到時候亞木又要囉嗦地糾纏自己了。這麼一來又得找新的店。

「妳可以回去了，辛苦了。」

亞木轉向奈美說，語氣異樣地乾脆。

奈美的不安愈來愈膨脹。亞木是不是打算修理楊，來發洩被奈美甩了的不悅？

可是自己也無能為力，要是叫警察來，楊和南都會很困擾。亞木就是知道這一點，才敢對兩人施暴。

「不想回去嗎？」

亞木偷看著奈美的臉。

「辛苦了。」

奈美快速點了個頭，快步走向出口。

「辛苦了。」

「辛苦了。」

「您辛苦了。」

楊和南回答。穿過放下一半的鐵門，奈美放心地吐了一口氣。

她快步穿過歌舞伎町，過了靖國通。快走到ＡＬＴＡ攝影棚前時，突然覺得腳步愈來愈沉重。

（跟我沒關係，沒關係。）

她這麼告訴自己，但是她無法不擔心楊。新宿車站已經在眼前，她知道不管自己怎麼做都幫不上忙。就算折回去，就算看到亞木毆打楊的樣子，自己也什麼忙都幫不上。

走路的速度自然地慢下來，她無意識地將布包型的肩包抱在胸前。要是自己接受亞木的邀約，楊就不會被打了。傍晚楊幫了自己，然而自己卻即將害楊受害。

在這之前，奈美對楊並沒有抱持什麼特別的感情。自從在更衣室發生那件事以來，甚至還帶著一點警戒心。

今天她的心情才有了轉變。

他藉口肚子痛、自己替他翻譯的那件事，楊並沒有忘記，所以才出手幫她。

楊沉默又陰沉，但並不是壞人。

真正的壞人是自己。

激烈的情感從自己胸口深處翻湧而出。奈美張大嘴巴，像喘息一樣，深深吸進一口氣。

怎麼辦？她不知道到底該怎麼辦。

但是，裝作若無其事就這樣搭電車回自己公寓，沖完澡上床，翻開看到一半的漫畫，或者看電視——她辦不到。

奈美一轉身開始小跑步，走上剛剛來的路。

她想阻止楊被打。

8

花園神社屬於四谷署的管轄區域而非新宿署。鮫島在黃金街旁的派出所請巡警叫了救護車。他讓年輕男人搭上救護車，郭榮民則搭警車送到醫院。他向派出所的巡警說明自己是目擊者，郭並沒有過失。

鮫島還拜託四谷署，把這個案子交給他。

雖然是傷害事件，但是嫌犯呈現失神狀態，而且嫌犯、被害者都是外國人，值班巡警其實反而大大地鬆了一口氣。

「既然警部這麼說，就照您的意思辦吧。」

鮫島在這之後回到晶等待的「忍冬」。

店門一開，坐在吧檯的晶反射性地抬起頭來。

「結束了。」鮫島說。

「怎麼樣了？」晶問。

「沒什麼，不過我得回署裡一趟。」

晶笑了，笑裡帶著點無奈。

「我就知道會這樣。」

鮫島點點頭。

「抱歉。」

他跟還不太了解狀況的圍裙婦人結了帳，啤酒一瓶一千二百圓。

鮫島攬著晶的肩離開了店。

「我再找機會補償妳。」

晶挑著眼仰望鮫島。

「你這個騙子。」

接著她用雙手拉近鮫島的脖子。

「本來想你抱我的。」

她先是在鮫島耳邊輕聲說著，接著用力狠狠往他耳朵一咬。

「噢！」

「活該！記得打電話給我。」

她伸手招了經過的計程車，一輛空車接近。

「明天打給妳。」

鮫島大叫著。

「真的要打啊！你要是不打，我就去六本木。」

鮫島咧嘴笑了。計程車的門關上，載著晶離開。

鮫島回到剛剛的派出所。這漫長的一天從早上六點半開始，到將近凌晨四點，但這一天還沒有結束。

他到派出所查出年輕男人和郭被送到的醫院。那是新宿管轄內的急救醫院，由兩位巡警陪同。

鮫島前往醫院。鮫島到達的時候，兩人都已經結束初步治療了。

年輕男人的鼻骨和下巴骨折，還有點腦震盪。郭左上臂的傷需要一個月左右才會痊癒。

醫師說他只傷到肌肉，沒傷到骨頭。

「他的肌肉很結實呢，所謂鋼鐵般的肌肉，應該就是指這個吧。可能是在被刺之前用力使勁的關係。」

年輕男人打了鎮靜劑和麻醉藥，正在睡覺。

他的上衣裡放著錢包和護照，許煥，臺灣人，二十三歲。許煥在半年多前以觀光簽證來日，曾經申請過一次延長。鮫島請求警視廳國際搜查課調查許煥和郭榮民的身分。

醫師說，郭做完緊急治療後馬上要求出院，其實最好住院一星期左右。

「我想見見他。」

鮫島說。這兩人都被換到單人病房，每間房門外都站著警官。

鮫島敲敲門，打開郭榮民住的病房房門。郭坐在病床上，看著門這邊。

他襯衫的左袖被剪開，纏著繃帶的手臂用掛在脖子上的三角巾吊著。

郭的眼光依然銳利，看不到一絲動搖或不安的神色。

鮫島心想，如果這個男人是真正的警官，那一定是累積了相當多經驗、來去好幾趟煉獄的資深警察。

「傷口還痛嗎？」

郭搖搖頭。

「沒關係，我想回飯店。」

「哪間飯店？」

「『三光飯店』，新宿五丁目。」

鮫島點點頭。那是一間蓋在明治通後面一條巷子的商務旅館，郭穿過花園神社，可能是回飯店的路吧。

「那個人怎麼了？」

「鼻子和下巴骨折，你可能會被認為是防衛過當吧。」

「防衛過當？」

鮫島掏出手冊，寫了漢字給他看。郭好像懂了意思，點點頭。

「因為，我太強。」

「沒有錯。」

鮫島說，坐在病房裡的鐵椅子上。

「他現在打了麻醉正在睡覺，我打算明天早上帶口譯來偵訊。」

「是你負責的嗎？」

「對。」

他再次自我介紹。

「我是新宿署防犯課的鮫島警部。」

「警部……」

「英文就是Police Inspector。」

「Inspector。」

郭歪了歪頭。看來他年輕時臉上青春痘不少，微黑的皮膚上還留有坑坑疤疤的痕跡。

「你位子很大嘛，真沒想到。年輕，看起來比較小。」

「我快三十六了。」

「我，三十八。」

「可以再給我看一次身分證嗎？」
郭比了比吊在病床旁邊的上衣，破裂的左袖染遍了血跡。
「在那裡面，請便。」
鮫島站起來，從上衣右口袋取出皮套。
「裡面有名片，你自己拿吧。」
鮫島道了謝，抽出一張，同時也放進一張自己的名片，背後印著自家的電話號碼。
「這個『偵二隊』是什麼意思？」
「就等於你們的掃黑組。」
「所以你是負責取締幫派的臺北警察？」
「對。中隊長，應該比你低一階。」
相當於警部補吧，他一定是從非官僚組一步一步爬上來的。
「你是到日本來觀光的嗎？」
郭曖昧一笑，點點頭。
「嗯，算吧。」
「一個人？」
「對。」
「什麼時候來的？」
「四天前。」
「打算待到什麼時候？」
「還有十天左右。」

「兩個星期嗎？很長的假期呢，真羨慕你。」

郭沒說話。

「除了東京還打算去哪裡？比方說京都之類的。」

「不知道。」

「你日文很好呢。」

郭淺淺笑著。

「臺灣，以前是你們的殖民地，老人家都會說日文。天皇陛下的名字，大家都知道。我的姑姑跟日本人結婚，就住在附近，所以我從小就會說日文，但是大部分都忘記了。」

「說得很好啊。平常在臺灣說什麼話？」

「中文。老人家也會說臺語，是從福建傳來的話。」

「你在臺灣住哪裡？」

「你要調查？」

「形式上必須這麼做，請寫在這裡。」

鮫島遞出手冊和筆。郭盯著鮫島遞出的手冊，頓了一瞬，才接過寫下了住址。是臺北市內的住址。

讓他寫住址，是為了確認郭是否真是臺北的刑警。

道過謝後接過手冊，鮫島翻過下一頁讓他看。上面寫著許煥的名字和護照號碼。

「攻擊你的就是這個男人，對這個名字有印象嗎？」

郭沒仔細看過名字，就點了點頭。

「許家兄弟是流氓。」

「流氓？」

郭在手冊上用中文字寫下「流氓」。

「這是什麼？」

「街頭混混、地痞。為了錢攻擊銀行和珠寶店。」

「就是一群阿飛吧。那他有加入幫派嗎？」

郭舔了舔嘴唇望向空中，開始說明。

「你了解臺灣的幫派嗎？」

「你是說竹聯幫和四海幫之類的嗎？」

「竹聯、四海確實很大，不過另外還有很多小組織，沒有加入大組織，只有自己犯罪。槍很多，手槍、卡賓、機關槍。」

「武裝這麼先進嗎？」

「從大陸來很多。幾百枝、幾千枝。走私。『Black Star』、『Star』，號碼連在一起。」

「所以走私的是有連續製造編號的槍枝？」

「對。」

郭臉上浮現嘲諷的笑。

「大陸有喜歡賺錢的軍人。說不定，是國家在做。」

鮫島一時之間無法相信。

他知道「Black Star」、「Star」是稱為黑星、紅星的中國政府警用手槍。中國取得執照，生產托卡列夫⓭、馬卡洛夫⓮等蘇維埃製自動手槍，因為握把部分有星號，所以才有這樣的稱呼。過去也曾有大量走私到日本的案例，這些走私槍枝以幫派為中心，在道上相當普遍，讓警視廳繃緊了神經留心注意。

但是，流入臺灣的中國製手槍有連續編號，鮫島也是第一次聽到。若是一、兩百枝也就罷了，如果是以千為單位，那就表示有一條從製造工廠直接出口的管道，有軍方要人牽涉在內也不奇怪。

「臺灣治安不好，大陸政府高興。」

郭認為這是大陸為了讓臺灣治安狀態惡化所進行的破壞工作之一環，也就是說，槍枝大盤商可能就是中國政府。

鮫島搖搖頭。不過仔細想想，長久以來，美國和蘇聯對處於內戰狀態的第三世界國家雙方陣營，都各自提供了武器和操作技術。越南和阿富汗都是因此開戰，然後戰火逐漸蔓延，中美和中東的經過也很類似。這已經是僅以一國刑法無法制裁的龐大犯罪行為。

以警視廳搜查四課一介課員，要取締一個國家的犯罪行為，幾乎不可能。

郭他們所面對的，或許就是類似這樣的狀況。

「那許煥是小地痞集團的成員嗎？」

「對。許家有五個兄弟，現在活著的只有二哥和最小的弟弟，二哥被關，最小的弟弟是許煥。因為許煥還是孩子。」

「其他三個呢？」

「一個跟其他兄弟失和，兩個跟警方槍戰。」

⑬ Tokarev，舊蘇聯陸軍的軍用自動手槍。
⑭ Makarova，蘇聯開發的自動手槍。

也就是已經死亡了。

「你的意思是說，許煥還是小孩，所以不會被關，也沒有被殺？」

郭點點頭。

「許煥，認為我殺了他兩個哥哥。」

鮫島看著郭。

「找他們、追他們的是我。開槍的是——」

他寫下「保安警察特勤中隊」。

「SWAT。」

「那麼許煥是為了報哥哥被警方射殺的仇，才——」

「對。槍戰之後許煥一直下落不明，他跑到日本來。今天晚上看到我，嚇一跳。我是哥哥的仇人，所以他可能想殺了我。」

「他那時候是這麼跟你說的嗎？」

「對。我忘記許煥的臉。槍戰是四年前，十九歲跟二十三歲，男人的臉，很不一樣。」

「但是對方並沒有忘記？」

郭表情嚴肅地看著鮫島，點點頭。

「你沒發現有人跟蹤嗎？」

「中途發現了。」

「你不害怕？」

郭沉默地搖搖頭，眼神並沒有移開。

鮫島換了個話題。

「不過你的反擊很精采，那是拳法嗎？」
郭的嘴角浮起淺笑又馬上消失。他沒說話。
「如果不是精通武術，一般人是辦不到的。臺灣刑警每個人都這麼強嗎？」
「大家都去軍隊，在那裡學習，用槍的方法、揍人的方法。警察和罪犯都一樣。」
這就是郭的回答。但是，一般的軍隊生活中，不可能鍛鍊出這樣的武藝。
鮫島盯著郭，可是他無法從郭口中問出更多。
「我知道了。」
鮫島說。
「你還會繼續住在『三光飯店』嗎？」
郭點點頭。
「那今天晚上請你住在這裡。醫生說，最好住院一個星期——」
「回飯店，我可以自己換繃帶、消毒。」
「但是你有縫傷口吧。」
「回臺灣以後，拆線。」
「那至少今天待在這裡一晚吧。」
郭笑了。
「我知道了。謝謝你，不好意思讓你擔心了。」
「今晚請留在醫院。還有，如果換飯店，請跟我聯絡。明天我還會再來。」
鮫島這麼告訴他。郭下床，對他低了頭。回禮之後，鮫島離開了病房。

9

穿過靖國通時，奈美看到了雙手插在休閒褲口袋裡低著頭走路的南。南走在寬闊橫斷步道對面的街尾，跟奈美相反──是往車站的方向。南好像沒有發現到奈美。

他孱弱纖細的身體往前傾，默默地走著，眼睛只注視著自己的腳邊。

楊現在跟亞木兩個人單獨在一起。亞木可能已經開始揍他了吧。

奈美覺得胸口很疼。

亞木可能叫楊端坐好，然後繞著楊轉圈一邊走，一邊踢他、揍他。

他看準了楊日文不好，同樣的事情故意問他好幾次，每次都動手揍他。

奈美有種錯覺，覺得自己彷彿被前往車站的人潮往後推。人潮一波著接一波，彷彿不想讓奈美回到「玫瑰之泉」。

奈美拆下左手戴的手錶。這是最後交往的那個上班族送給自己的禮物。雖然不貴，但她一直很愛惜。

她把手錶塞到包包底部。她打算告訴亞木，自己是忘記手錶折回來拿的。

之後怎麼辦呢？

亞木會不會邀自己去喝酒？她知道亞木對自己的身體有意思。

這可不行。一定要設法把楊帶走。對了，就說有一家認識的店，是臺灣人開的。然後說要帶楊去那間店好了。

可是，萬一亞木說要一起來呢？

奈美放慢走路的速度。明知道應該愈快愈好，但是哪怕亞木起一點點疑心，她都覺得害怕。

聽說亞木加入了幫派，不知道算不算正式的幫派成員，但肯定跟裡面的人有來往。

如果他有在吸毒，就表示是跟某個幫派買來的。他今天情緒很焦躁，途中也離開店裡不知道上哪去了，說不定是興奮劑沒了，急忙跑去買。

想到這裡，她的腳步就突然沉重了起來。經常聽到毒蟲揮著菜刀殺傷人的事件。奈美自己以前也曾經在池袋看過其他酒店熟面孔的拉客男子，鐵青著臉發狂，被好幾名警官壓制住的樣子。

之後店長告訴她，那個人是毒蟲。那表情相當駭人，一邊噴著口水，一邊發出不知所云的囈語，身體脫成半裸，不管看到什麼、摸到什麼，都一股腦地撞上去，一對眼睛斜斜往上吊。一開始她甚至認不出這是天天在街上照面的拉客男子。

萬一亞木也變成那樣怎麼辦？

還是別去了吧。

奈美終於停下了腳步。

歌舞伎町入口。許多人都從奈美走向的街道深處，朝著車站走去。

「怎麼了？」

身上有強烈酒味戴著眼鏡的三十多歲男人，打量著奈美。

「被甩了嗎？」

奈美別過臉去。男人的右手伸到她肩膀。

她甩開對方的手。

「放開啦，白痴！」

她忍不住脫口而出，男人訝異地縮回身子。

「這麼兇，搞什麼嘛，我這麼親切跟妳打招呼欸。」

奈美不理對方，繼續往前走。男人沒有繼續追，只是原地站著嘴裡叨念個不停。

奈美抬起頭，深呼吸了一口氣。總之，現在非去不可——她這麼告訴自己。如果，如果亞木變得像之前看過的那個拉客男一樣，就叫警察吧。雖然對楊很抱歉，但是總比被殺了好。

而且，楊並不一定是非法勞工。

（我果然還是中國人啊。）

奈美突然想起。因為楊是中國人，所以自己才這麼擔心嗎？因為對方是說中文的人嗎？如果現在在店裡的不是楊，而是南——自己還會忍住恐懼，回到「玫瑰之泉」嗎？不知道。

奈美在咖哩店對面向右轉。前方小巷盡頭的右手邊，就是「玫瑰之泉」。

不怕，沒什麼好怕的。比起剛來日本進國中後，害怕同學跟自己說話那時候的恐懼，其他事都沒什麼好怕的。

「玫瑰之泉」的鐵門還拉著一半。

周圍都是偷窺店和風俗店、土耳其浴店等等，營業時間大半已經結束，四周是一片黑暗。

奈美心驚膽戰地站在鐵門前。

她預期會聽到鞭打肉體的聲音、慘叫、咒罵聲。
但是她什麼也沒聽到。心裡的不安更加龐大，說不定，亞木把楊折磨得連聲音都發不出來？
奈美彎身穿過鐵門，店裡的燈全都關上了。
混合著酸臭酒精和香菸味的陰暗空氣另一端，可以看到光線從更衣室的門漏了出來。
奈美站在店中，側耳靜聽。
一點聲音都沒有。
已經回去了嗎？奈美看看周圍。收銀櫃檯上放著亞木的手拿包。應該還沒有回去。
「有人在嗎？」
奈美低聲說著。沒有回音，她放大了音量。
「不好意思。」
更衣室的門從內側慢慢打開，高個子男人無言地站在逆光當中。
「楊！」
奈美鬆了一口氣叫著。楊跟平常一樣沒有表情，看起來已經做好回家的準備，穿著白色長袖ＰＯＬＯ衫和牛仔褲，右手拿著店裡用的濕毛巾。
奈美走近楊。
「店長呢？」
楊沒有講話，他一直看著奈美。楊的臉上看不出任何一點被打的痕跡。
「在後面嗎？」
奈美問。楊輕輕縮起下巴。

「店長～？」

在楊面前，奈美故意用甜膩的聲音說話。她越過楊的肩頭，看向更衣室。

亞木坐在更衣室地板上。上半身靠在置物櫃，雙手下垂，雙腳往前伸出，蒼白的臉稍稍低下，看著膝蓋。

「店長？」

她又叫了一聲，這才發現亞木的狀況不太對勁。他眼睛睜開，但卻沒有眨眼。頭稍微歪斜，最奇怪的是，下巴整個掉下來，幾乎嵌進肩膀中。

寒意瞬時竄遍全身，她轉身看看背後。

楊面無表情，站在更衣室門口看著。

「死了嗎？」

中文很自然地脫口而出。

楊再次輕輕地動了動下巴。

「是你殺的？」

她用中文問。

「對。」

楊也低聲用中文回答，直直看著奈美的眼睛。

「得快點逃啊！」

奈美脫口說。

「這個人有加入幫派，他同黨就在附近，你得快逃才行！」

楊的眼睛閃過一瞬的奇妙表情，她不知道這個表情代表什麼。既像覺得困擾，又好似覺得有趣。

「總之，先離開這裡吧。快點。」

她的膝蓋開始發抖。楊一定是為了保護自己，才推倒了亞木什麼的，結果撞到的地方不湊巧，才會害死了亞木。

「跟妳一起逃嗎？」

楊說。

「可是——」

話說到一半，奈美看著楊。那時候，奈美發現楊的內側藏著另一個人格，跟自己目前為止所感到那個既沉默又老實的人完全不同。

（這個人真的很強，是個非常非常強的人。）

但很不可思議的，她看到這樣的楊並不覺得害怕。

楊似乎也感覺到這一點。

「等一下。」

楊說。接著他在奈美眼前開始用濕毛巾擦拭更衣室和店樓板地面、收銀櫃檯等楊摸過的地方。起初奈美還不懂楊在做什麼。但是，當她發現這些動作的意義後，她說：

「這樣是沒有用的，這裡你到處都摸過了啊。」

楊一邊擦著更衣室門把，回頭看著她。

「不，我知道所有我摸過的地方，而且我每天打掃的時候都擦過。」

怎麼可能。難道他每一天每一天都把自己摸過的地方都擦乾淨了才回家嗎？

但是眼前躺著一具屍體，楊竟然還能一臉平常地繼續幹活。

「好，結束了。」

濕毛巾丟進應該是從自己置物櫃取出的大紙袋，裡面放著楊穿的制服。

「走吧。」

他看著奈美，語氣很輕鬆地說。顯得異常鎮定。

看到殺了人還能這麼鎮定的人，通常都會感到恐懼。可是，楊實在太安靜了，與其恐懼，奈美心裡更多的是疑惑。

會不會其實亞木根本還活著？

楊也知道，故意捉弄自己？

但這根本不可能。

楊跟亞木不可能兩人聯手開自己玩笑。

奈美再次看著亞木。她剛剛沒注意到，但是亞木的一邊鼻孔流出些微的鼻血，另外他的臉色也呈現紫黑色。

肯定已經死了。

楊留下呆站在當場的奈美，逕自大步走往出口。

「發生什麼事了？」

奈美搖搖頭，她覺得一切彷彿一場夢。

一回頭，楊正從收銀機吧檯上拿起亞木的手拿包，他將手拿包塞進紙袋底部。

接著從鐵門縫隙，探頭望了望外面。然後他看著奈美，小聲地說：

「快點。」

奈美突然害怕起來。小跑著到出口，穿過鐵門。

穿過鐵門時，楊抓住她的手臂。
「不要跑，就跟平常一樣。」
接著他用拿著濕毛巾的那隻手拉下鐵門。
鐵門拉到最下方，他用指尖抵住鐵捲門下緣關緊後，繼續抓著奈美的手臂往前走。
奈美心裡半是恐懼，還是任由他領著。
楊的手並沒有太用力。如果想甩開逃走，應該不難吧。但不知為什麼，奈美並不想這麼做。她害怕有人死亡的這個狀況，卻不怕殺人的楊。對亞木雖然抱歉，但她對於亞木的死一點都不覺得遺憾心痛。老實說，反而覺得鬆了一口氣。
來到通往車站的路上，楊放開了她的手。兩人在許多人包圍之下慢慢移動。
「你打算怎麼辦？」
奈美問。楊沒有回答。
她知道楊無意向警察自首。如果打算自首，就不會擦掉指紋了。
「妳住哪裡？」楊問她。
「新大久保，離這裡一站。」
「是嗎？」
「你呢？」
楊沒有回答。說到這裡，奈美想起她從沒看過楊跟誰聊過這些。據奈美所知，楊從沒提過自己的出生地、住址、年齡。
如果有人知道關於楊的事，那在「玫瑰之泉」就只有亞木了。
楊可能是看了貼在「玫瑰之泉」鐵門上的徵人廣告而來的。亞木一定沒有仔細查明楊的來歷就雇用了他，付楊和南薪水（兩人應該都沒領多少）的也是亞木。雖然不知道兩人是說好領多少薪水才到店裡來的，但是亞木心裡一定打好了算盤，只打算付比談定的價錢更便宜的薪水。有人敢抱怨，他就拿對方是非法勞工這件事來威脅，至於扣下的部分當然全進了亞木的荷包。

兩人在人行道的燈號前站著，等著穿過靖國通。

「你沒有地方去吧？」

奈美說。楊還沒有回答，楊的眼睛筆直地凝望著馬路對面，奈美突然覺得呼吸困難。

「如果，只有今天晚上的話……」

楊慢慢轉過頭，看著奈美。

「妳願意幫我嗎？」

「幫你？」

燈號變了，周圍的人開始過馬路。楊和奈美彷彿被人潮推著，也跟著走。

楊沒有說話，邁開大步走。

為了追上他，奈美一邊加快腳步一邊問。

「要怎麼幫？」

楊突然停下腳步，奈美差點撞上楊，一個踉蹌。

楊抓住她的手，比剛剛更用力。

「到妳家去吧。」楊說。

10

隔天到署裡的鮫島，利用早上的時間跟桃井報告了花園神社發生的事件。目前正請本廳國際搜查課，確認郭是否真的是臺灣警察。

重要的是，郭不僅是被害者，同時也是其他案件的嫌犯。

鮫島親眼看見，郭經常出入祕密偵查中的大久保一丁目常設賭場。

問題是，如果郭是正經的警察，為什麼出入日本賭場？

現段階還不能問郭本人那件事，因為這樣會洩露警方的祕密偵查行動。

祕密偵查是本廳保安一課跟新宿署防犯課的共同作業，新宿署也派出了課長輔佐新城等四人加入，如果現在鮫島採取任何輕率的行動，也有可能影響這次的行動。

鮫島想跟防犯課長桃井討論這件事。本廳保安一課也有可能到桃井那裡去告狀，說因為鮫島多事破壞了他們的行動。

「許煥有可能跟常設賭場的莊家扯上關係嗎？」

桃井問鮫島。防犯課的房間裡有幾位正在處理文書工作的課員，但是大久保一丁目和監視小組成員現在一個都不在，也沒有人加入鮫島和桃井的對話。

連續襲警事件之後，鮫島一向單槍匹馬進行搜查的立場並沒有改變。

「看看監視小組所做的紀錄，馬上就可以知道。」

「請新城或者河田認一下。如果許牽涉在內，他動手原因可能就不是報仇，而是跟賭博的糾紛有關。」

「如果真是這樣，那就表示郭對我說了謊。」
桃井點點頭，看著鮫島。
「你怎麼看郭這個男人？」
「我想他確實是個刑警沒錯，而且還是個相當資深的刑警。」
「你覺得他是乾淨的嗎？」
「很難說。他看起來是個只要認為對搜查有幫助，什麼都幹得出來的人。」
從郭負責幫派這一點，就很難判斷他到底乾不乾淨。一般說來，負責掃黑的刑警，不管自己願不願意，都很容易跟幫派成員建立起關係。
轄區內的幫派事務所，他們至少都曾踏入一次，也都確實地掌握住主要幹部的姓名、長相、身體特徵等等，在這樣的過程當中，自然會形成彼此關照的關係。
為了收集情報，跟幫派成員面談是家常便飯。喝茶、吃飯、喝酒。
假設這些費用全由幫派成員支付，那被視為賄賂也無話可說。所以刑警必須支付自己的那一份。如果只是喝喝咖啡也就罷了，幫派成員——而且是幹部等級常去的餐廳、酒吧、高級酒店等地方，費用都很昂貴，而且收集情報可用的預算有限。當然，刑警們只好自掏腰包。
警察的薪水並不高。
以一般人交往的情況來舉例，在有錢人和一般人的來往中，如果今天有錢人請一萬日圓的酒錢，被請的人回請一千日圓的咖啡，大致可以維持彼此的對等關係。或者也有今天我受招待、下次我再回請其他東西的方式。
不過警察和流氓之間可不能如此。因為今天要拿逮捕令去抓的人，很有可能就是昨天請自己喝酒的人。

問題不僅止於金錢關係。

為了確認從幫派成員身上獲得的犯罪相關情報，有時候必須親赴現場。

這並不表示能夠、或者一定會進行現行犯逮捕。另外，確認犯罪行為的當下，也可能正在進行其他的犯罪行為。

比方說，搜查官正在祕密偵查興奮劑的地下交易，獲得一條可能在某個麻將店進行交易的情報。為了確認這條情報，警方假扮客人混入麻將莊，但當時裡面正在進行賭博行為，如果不想引起對方懷疑，就不得不參加賭博。這是很有可能發生的狀況。

這種搜查也算是某種形式的誘捕搜查，一般警察都不太喜歡。

唯一的例外就是緝毒警官，同樣站在司法警察職員的立場，但進行搜查的方法跟一般警察完全不同。

這可能跟毒品取締局不隸屬法務省、而隸屬厚生省管轄下有關。

郭出入大久保一丁目的常設賭場是事實，但桃井正在揣測的是，他去的理由到底是什麼？

當然，郭並沒有日本國內的搜查權。假設郭真的在追捕從臺灣逃到日本的罪犯，但確認罪犯位置和拘捕，也是日本警察的工作。

郭應該透過ＩＣＰＯ（國際刑警組織）來正式委託。

所以，萬一郭因為出入常設賭場被譴責，也不能以正在搜查來當藉口。

萬一他真的在那裡參與賭博，就是賭博行為的嫌犯。

「郭有沒有可能去那裡透透氣？」

桃井說。

「當然有可能。比方說，到日本來觀光旅行的時候，遇到了認識的臺灣流氓，告訴他好玩的地方。」

「你說，你看到他的時候身邊帶著陪酒小姐是嗎？」

「對，帶著兩個人，兩個好像都是臺灣人。」

「昨天晚上是一個人嗎？」

「對，一個人。」

桃井輕輕點了點頭。

「有強制搜索的打算嗎？」

鮫島問。

「說這個還太早吧。不過本廳可能會因為這次的案子，而加快進行的腳步。」

「往後可能會給您添麻煩。」

桃井面無表情地搖頭。

「反正這本來就是本廳那邊的案子，不是我們去請他們幫忙的。」

「我今天還打算再見他一次，不過不打算提大久保那件事。」

桃井點點頭。

「我想，郭有可能正在追某個人。」

鮫島猜想。

「不能說完全沒有。我對他的印象是，這種人只要咬了一口，不到最後一步就不會鬆口。」

「真不知道像誰呢。」

聽了桃井的話，鮫島苦笑著。

「那個人更嚴重吧。要是遇到礙事的傢伙，他一定會徹底摧毀對方。」

「能讓這種男人如此情緒化窮追不捨的目標，繼續待在新宿就麻煩了。」

鮫島點點頭。

「當然，如果有需要的話，也可以把人抓來，不過同樣身為警官，當然希望盡量不要這麼做。」

桃井說：

「我也有同感。我打算今天見面，再向那個男人——」

鮫島正要回答，桃井桌上的電話就響起。桃井拿起話筒。

「是，這裡是防犯課。……是……是，他在。」

看著鮫島。

「你的電話，國際搜查課來的。」

鮫島接過話筒。

「我是鮫島。」

「昨天辛苦了。」

似曾相識的冷漠語氣。

「我是荒木。我是來跟你說，上次你問的那件事。」

「你什麼時候回國際搜查課的？」

鮫島有點驚訝。

「沒有。是沒回去啦，不過呢……」
荒木回答，他換了一口氣後說：
「我想跟你見個面，有事跟你說。就昨天那件事。」
「好，怎麼約？」
「你過來不太方便，我也不太適合過去。要不要找個地方喝杯茶？」
鮫島看著手錶，時間是下午一點二十分。他想，在那之前最好先跟郭見個面。如果去見荒木，說不定就沒時間跟郭談話了。
荒木似乎看穿了這短暫沉默的意思。
「要去見他嗎？你上次問的那個臺灣人。」
「對。」
「希望能在那之前見面。」
這個男人真是敏銳。
「知道了。」
「馬上就能出來嗎？」
「沒問題。」
「那兩點左右，在你們附近咖啡店之類的地方怎麼樣？盡量找個不會遇見你們署員的地方。」
鮫島表示同意，指定了位於西新宿飯店的咖啡店。
「知道了，那我現在就過去。」
「我等你。」

說完，他放下話筒。

桃井無言地看著他。

「關於荒木警視這個人，您知道些什麼嗎？」

桃井搖搖頭。

「不，但聽說這個人有點特別。」

「他說自己是個摔過一大跤的人。」

桃井往後靠在椅背上，慢慢地開口。

「風聲我聽過。不過，畢竟只是風聲，所以我也不好多說什麼。」

接著他看著鮫島。

「我看他很厲害，而且不是一般厲害。」

鮫島點點頭。這是在給他忠告，要多小心。

兩點多，荒木出現在兩人相約的咖啡店。身穿褐色格紋外套，沒打領帶，看起來很隨興瀟灑。

兩人面對面坐下，點了冰咖啡，叼著香菸。菸還沒點上火，在嘴裡叼著上下擺動，一邊說。

「兩個人的身分都確認了。郭榮民是臺北市政府警察局的便服刑警，許煥從十三歲開始就有被逮捕的前科。」

「聽說他是號稱許家兄弟的街頭混混一員。」

「他是五人兄弟的么弟，在警方大規模取締時發生了槍擊戰，兄弟中有兩人被射殺，老二現在還在服無期徒刑。老大就是被這傢伙殺的。許煥被逮捕時還未成年，而且在集團犯行當中他也沒負責太重要的工作，所以不用服刑。之後有好一陣子下落不明，原來是到日本來了。」

鮫島點點頭，跟郭說的大致相同。

「至於他在日本做什麼，現在還不清楚。可能是一邊在『深夜餐廳』當牛郎，一邊賺零用錢吧。」

「跟大久保一丁目那邊，有關係嗎？」

「今天早上請吉田看過了，他說沒看過。」

「是嗎？」

「偵訊由你負責嗎？」

「到時候需要有口譯在。」

鮫島點點頭說。就算許煥會說日文，也很有可能堅持自己不會。

荒木含糊地點點頭。

「你打算送檢嗎？」

「畢竟是傷害事件啊。換個角度，這也有可能是殺人未遂。」

荒木無言地吐出一口菸。

「如果擔心影響大久保這個案子的話，我可以等到事情結束——」

荒木沒有說話，好像在思考著什麼。

許煥對郭的傷害，發生在日本國內。因此必須以日本的法律來對許煥制裁、求刑。如果郭因為過當防衛被問罪，情況也一樣。

「你想知道郭的事嗎？」
荒木說。
「請說。」
「他是臺北市警察局的能手，從來不做半吊子的搜查。也曾經有好幾次因為拷問犯人差點被律師告。」
鮫島看著荒木的臉。臺灣方面對國際搜查課的官方詢問，會回答到這個地步嗎？
「階級相當於日本的警部補。要是不採取那麼強勢的做法，應該會爬得更高吧。」
「這也是臺灣方面對詢問的答覆嗎？」
荒木搖搖頭，咧嘴一笑。
「告訴我這些的是刑警大隊總隊長，相當於日本的警視正。對了，臺灣叫警視『組長⑮』呢，真好笑。」
「你跟對方很熟嘛。」
荒木的笑臉消失，搖搖頭。
「只不過是有點往來罷了，因為臺灣流氓的關係，對方到羽田來引渡這邊逮到的傢伙，所以才能這麼快知道這兩個人的事。」
「你告訴他們郭出入祕密偵查中的賭場嗎？」
「沒有，不過我有試探性地問了一下，郭有沒有可能跟這邊的流氓打交道，不過對方說不可能。在臺灣的日本流氓也是郭打擊的目標，他好像是從臺灣來修理日本流氓的。」

⑮日文中的組長有幫派頭目的意思。

「聽了真讓人放心啊。」
「這個男人簡直像你兄弟一樣嘛。」
荒木說，又補上一句：
「我可不是在開你玩笑啊。」
「我不在意，我們課長也說了一樣的話。」
「你們課長很行啊。要是以前沒有那件事，本廳一定很想要他吧。我記得他曾經救過你一命是吧？」
鮫島點點頭。桃井為了救他射殺了嫌犯，這件事對桃井、對鮫島來說，都是一輩子的遺憾。但是那次事件之後，桃井從沒提過那件事。
「你覺得郭是來日本玩的嗎？」
「怎麼說呢？」
鮫島搖搖頭。
「這是你的直覺嗎？」
「沒什麼特別意思。」
鮫島說。
荒木笑著，看來並沒有上鉤。
「如果說他的目的是要追捕某個人，那這就是嚴重的越權行為，說不定還會有人抗議。」
「警視是這麼想的嗎？」
荒木沒有回答，他啜了一口冰咖啡。鮫島心想，這就像是在掂量彼此手中的棋子。

荒木盯著裝冰咖啡的玻璃杯，開了口。水滴從表面滑下，一滴滴滲到紙杯墊上。

「比方說，我只是打個比方啦。假設郭為了追捕重大的嫌犯，跑到日本來。搜查的工作原本在嫌犯踏上日本土地的時候，就應該交給日本警察。透過ＩＣＰＯ來處理就行了。可是郭可能認為，這個嫌犯日本警察絕對抓不到，因為目前嫌犯在日本國內還沒有犯下任何罪。在任何國家都一樣，警察光是處理國內的案件就夠忙了。如果說牽涉到其他案子也就罷了，否則除非相當嚴重，不可能為此分配專屬的搜查員。郭在追的要是相當高度的智慧型罪犯，就更不用說了。所以郭明知這是越權行為，還是請了假到日本來。」

「這種假設的成立需要幾個條件。」

鮫島說。

「什麼？」

「第一，郭為什麼那麼執著於那個嫌犯？如果是掃黑的資深刑警，那他手上的案子應該多不勝數。郭告訴我，他打算在日本待兩個星期。這就表示，他有一個逼得他要放下公務休兩星期假的目標。通常負責掃黑的刑警都會覺得，至少放假的時候不想看到黑道分子的臉。另外還有一點，他必須有管道獲得嫌犯人在日本的確實情報。但是你也知道，臺灣流氓不僅在日本，在香港或美國的勢力也很大。」

「你調查過臺灣流氓了嗎？」

「查了一點。」

鮫島說。跟桃井報告之前，鮫島還去了新宿圖書館一趟，多虧這些事，他早上只睡了短短幾小時。

鮫島所獲得的結論是，臺灣流氓是世界上最大的組織暴力。

被稱為中國黑幫的中國犯罪組織，遍及北美、南美，以及歐洲，他們之間有橫向的聯絡，當然，在香港、臺灣、泰國等地也有人脈，而形成他們組織根基的，就是販毒的網絡。這網絡之間的人才交流頻繁，一有危險，馬上就離開該國，移動到其他國家去。特別是透過美國大陸和歐亞大陸之間的往來，讓他們具備優異的搜查技巧。

換句話說，即使臺灣流氓本身不是中心，以中國犯罪組織這個觀點來看，橫向連結還是遍及世界各地。可是如果要問有沒有「團結」，這些犯罪組織並沒有統一在單一意志之下。單就臺灣流氓來說，一個流氓甚至可能隸屬兩個以上的組織。在日本一個幫派成員不可能隸屬兩個以上的幫派。在組織管理這方面，日本幫派做得比較徹底。

這也可以看出臺灣下剋上有多麼激烈。

「你說的沒錯，一般的刑警，應該不會特地大老遠跑來日本。」

「警視你手上好像有證據，確定郭是為了搜查而來日本的？」

荒木沒有回答，鮫島把話挑明了說。

「你希望我怎麼做？」

荒木苦笑著。

「我哪有資格指使你怎麼做呢？」

鮫島也跟著苦笑。他拿出香菸，點了火。

「這些消息是以非正式的形式，進到警視耳裡的對吧？」

「沒錯。告訴我這些的，是剛剛提到的臺北市警察局總隊長，對方並沒有要求我們協助。不，應該是不能要求吧。」

「這些話是對你個人說的？」

「對。我馬上感覺這其中大有問題。如果一個人很拚命想積功爭取表現，那麼聽到這種狀況應該馬上就會跟上頭報告，上面的人一定不希望郭在我們這邊惹出麻煩。通常都會這麼想吧。」

「但是他卻沒有這麼做。」

「沒有這麼做……」

「為什麼？」

「為了興奮劑和手槍的管道。郭在追的肯定是臺灣流氓裡的大人物。如果那個傢伙在這裡興風作浪，日本的流氓一定也會牽涉在內。現在到日本來的臺灣流氓跟以前不一樣，已經不再是被生活所逼不得不踏入江湖的人。日本這邊開始跟臺灣組織搞些類似交換留學生的把戲，把幹部候選人送到彼此的組裡。我聽說，從臺灣送來的傢伙出事時表現得很有氣魄。聽說日本的年輕傢伙會把工作和刑期的長度放在算盤上仔細估量，但是臺灣的小夥子只要上面一聲吩咐，就馬上照辦。」

「那麼郭在追的人，已經加入了日本黑道嗎？」

「也可能跟日本黑道有生意上的往來。」

「換句話說，日本黑道有可能幫助他藏身，對吧？」

荒木點點頭。

「應該說這樣的可能性比較高。郭要追的人，應該是來投靠有進行毒品和手槍交易的日本幫派。郭掌握了這條線索，自作主張到日本來追查。」

「可是，他沒有逮捕令又能怎麼辦呢？總不能把人揍一頓後強行帶走吧？」

「他是怎麼打算的我也不清楚。」

「郭在追的是什麼人？這方面沒有情報嗎？」

荒木沒說話。看起來正在猶豫。

「關於這一點，臺灣總隊長的嘴也很緊。這就表示，他擔心萬一把這件事告訴我，會讓日本警察搶得先機，搶了郭的功。日方若是希望他說，就必須答應提供協助，如果不提供協助，那麼臺灣方面的官方說法，就會主張郭只是個人來觀光旅遊。」

「原來如此。」

郭在臺灣的上司，可能希望荒木能盡可能幫忙郭。但是他還不知道荒木這個人能不能相信，所以才沒有透露最關鍵的一點，也就是郭的目標。

「我也很頭痛。老實告訴你，我的目的就是郭在追查當中可能揪出的日台走私管道。要是抓到這條線，別說眼前了，這分數可高啦，我可能還有出頭的機會。我跟你說這些，是因為你跟我一樣，都是被打入冷宮的人。不過我知道，你沒有跟我一樣重新爬回組織的野心。」

沒等鮫島說話，荒木就說。

鮫島再次苦笑。他並不討厭荒木這個人，可能是因為，他雖然只把取締犯罪當作往上爬的手段，但是卻從不刻意掩飾。

「所以，結果你們沒有任何約定？」

「沒有。我雖然是組織裡的落水狗，可是我也討厭不光明磊落的做法。空頭支票開一堆，再裝作不知道搶先機，我可不想變成那種狡猾的官僚。」

荒木的表情露出一絲苦澀。的確，現實中很可能有人會這麼做。荒木和那些人並沒有兩樣，一說到出人頭地就兩眼發亮，但不同的是，他對光明磊落的執著。

鮫島心想，這個男人真是不可思議。
「所以你並不知道郭在追的是誰？」
「沒錯，這就是我現在最想知道的。」
「為什麼不直接跟對方見面問他呢？」
「因為我不覺得他會說。而且，要是那傢伙發現我們這邊有人知道他的目的、來日本的理由，說不定一溜煙就躲起來了。到時候我們只能舉白旗了。我的想法呢，是裝作不知道放他自由行動。」
「如果郭在追的人跟日本黑道有關係的話……」
「我是覺得不太可能啦。如果是這樣，我就像是明明空聽卻自以為在聽牌一樣，根本不可能胡牌。」
「怎麼辦呢？」
「沒能怎麼辦。只要郭沒犯這邊的法，我就裝作不知道。因為這些事情根據官方說法並不存在。」
「如果被發現了呢？」
「被上面發現？」
鮫島點點頭。荒木很輕鬆地說：
「無所謂，反正我本來就是隻落水狗。」
鮫島搖搖頭。
「原來是你為了掌握郭的行動，才慫恿保安一課，布置那些監視行動。」
「要說服上面真是費了我一番功夫啊，因為不能說出真相嘛。」

「郭的動向你是從哪裡知道的？」
「從他入境的時候開始。出入境管理局有我認識的人，我請人特別注意，因為這層關係，也找到他住的地方了。可是我不能自己去跟蹤。挑明了說，我跟你不一樣，對現場行動一竅不通。我沒有把握能跟蹤像郭這種從基層幹起的人，而不被他發現。」
「郭身上應該沒有武器吧？」
鮫島問到這個在意很久的問題。如果郭帶了武器進來，或者在這裡取得武器，事情就麻煩了。
「不知道，不過我想應該沒有吧。哪來的笨蛋會把傢伙帶進來。」
鮫島吐了一口氣。
「總而言之，你希望我不要把這次事情鬧大，幫你監視郭，是嗎？」
「說白了，就是這樣。」
鮫島看著荒木。荒木避開他的眼神。
「這對你可能沒有多大好處。但我還是決定告訴你，因為我認為你不是一個會因為利益而被打動的人。
另外還有一點，假設真的有黑道因為郭這件事受到損失，那很可能是靠興奮劑和手槍橫行新宿的傢伙。」
鮫島沒有說話。
「你是不是覺得我這人很厚臉皮？」
荒木的聲音變得相當低沉。
「你在泰國發生過什麼事？」

鮫島說。荒木很驚訝地縮回下巴。瞇著眼看著鮫島，然後終於說：

「簽證。有些人想從泰國送女人過來，我在簽證上給他們方便。不過，我可不是在找藉口啊，那些人不是黑道，是我在當地認識的媽媽桑。她們想到日本來工作，寄錢給貧窮的家人，她們找上我，當然，也有給我滿意的報酬。」

鮫島點點頭。

「現在泰國的貧富差距還是相當大。我還在的時候，有所謂乞丐頭，他從鄉下買來嬰兒，然後弄瞎眼睛、切斷手腳，故意把他們放在街頭。因為這樣比較容易賺錢。」

荒木搖搖頭。

「我第一次聽到這件事的時候，簡直想把那乞丐頭給砍了。但是他們這麼做也都是為了活下去。要是不這樣，很多孩子可能打從一開始就沒命了。我在曼谷街頭看過好幾個這種孩子。」

「我懂了。」

鮫島吐了一口氣。

「我不認為事情會順利到都如你所說，但我可以配合你一段時間，只要郭沒有跑遍新宿一個一個拷問臺灣流氓。」

「那就幫了大忙了。」

荒木說。

「但是如果郭發現到我的意圖，一切就完了。」

「這很難說。如果他判斷你可以相信，說不定會主動來接近。」

「到時候我會把你們兩個人放在天秤上量量。」

「我想要的是日本黑道的走私管道，至於獵物，就給郭吧，只要事情還沒鬧大。」
「強制搜查怎麼辦？大久保一丁目那邊的？」
「那個案子就像個贈品，等到郭這件事處理完才辦也成。」
鮫島微微一笑。
「你喜歡賭博，對吧？」
荒木又抽出一根香菸點上。
「搜查這種事就跟賭博一樣，不是嗎？法院就是莊家……」
接著他換上嚴肅的表情。
「先謝過了。」

11

郭離開醫院，回到了飯店。鮫島從「三光飯店」的櫃檯打了電話到郭的房間。

「我是鮫島，現在在下面。」

郭停了一會兒才回答：

「請上來，我在等你。」

大多商務旅館對客人以外的人進房間，都很小心，但是這裡不一樣。鮫島看起來，覺得這裡外國商務客，尤其是亞洲的客人很多。

郭的房間是五樓的單人房。

鮫島在自動販賣機買了兩罐咖啡，進了電梯。

敲門之後，郭從裡面開了門，穿著飯店準備的浴衣。

房間裡狹窄得幾乎讓人窒息，放了單人床和小寫字桌，就幾乎沒有空間了。床邊的衣櫃裡吊著好幾套西裝，包含昨天身上的那一套，下面放著新秀麗的行李箱。

打開房間的窗戶，黃昏尖峰時段的車潮聲音流進。房間雖然窄，景色卻不差。

鮫島把罐裝咖啡放在寫字桌上。

「請用。」

「謝謝。」

郭面無表情地點點頭。

「請坐。」

郭自己坐在床邊，床罩上放有藥局的藥包。

「要換繃帶嗎？」

「沒有，已經換好了。」

郭搖搖頭。

鮫島看著菸灰缸。裡面沒有菸蒂，很乾淨。

「你請便，我沒關係。」

郭眼尖注意到，對他說。

「你不抽嗎？」

「偶爾，會抽。」

「要來一根嗎？」

鮫島拿出自己的菸。

「謝謝。」

郭抽出一根。鮫島自己也叼上一根，伸出點上火的打火機。

郭一直盯著鮫島的眼睛，跟他借了火。

「你調查了我的事？」

「嗯，還有許煥的事，都跟你說的一樣。」

「真快呢。」

「許煥暫時還沒辦法接受偵訊，畢竟他下巴碎了。」

「我會被逮捕嗎？」

「不會。」

「可是，可能要回臺灣？」
「你不是說還沒有要回去嗎？」
郭從鼻子裡噴出一口菸。
「但是你身體這個樣子，想去的地方也去不了吧。」
「沒問題，我很健康。」
「你去了很多地方嗎？」
「一點點。新宿，最有趣。」
郭望向窗外。
「你的國家也有這種地方嗎？」
「萬華。」
「萬華？」
郭作勢，要鮫島把寫字桌上的筆記紙遞給他。
寫下「萬華」。
「原來如此，上萬的華麗，聽起來就很熱鬧。」
「罪犯也很熱鬧。」
郭淺淺地笑著。
「跟新宿很像嗎？」
「有點像，也有完全不像的地方。不過，流氓很多。」
「也有日本流氓嗎？」
「幾乎沒有。他們不會到外面來走動，都在飯店、餐廳、夜總會，只會開車移動。」

「有人定期到臺灣去嗎？」

「有，出錢在臺北開店。最近，臺灣黑社會變成生意。他們變成大公司的顧問、社長，出門坐賓士或ＢＭＷ……」

「變得企業化了？」

「大組織都是這樣。高層是生意人，有事的時候，下面的人戰爭。被抓的只有下面。」

「在哪裡都一樣呢。」

「日本也是？」

「上面的人都偽裝得很乾淨，除非很嚴重，否則自己不會被逮捕。他們請了律師，要進行任何工作之前，一定會先研究怎麼做才不會被抓。」

郭點點頭。

「很聰明，臺灣流氓也跟日本流氓學到這些。」

「不過，總有一天他們會被消滅的。你跟我還活著的時候可能沒辦法，但是總有一天會的。」

「你相信嗎？」

「我相信。用不合法的手段賺錢，用暴力威脅人，想過得比其他人更好，怎麼可以放任這些人任意妄為。」

郭微笑著。

「你是個了不起的警官。」

「是嗎？了不起的警官，應該不是我這種人。」

「那是哪種人？」

郭問。

「要有愛國心，以保護當權政府為第一優先的人。國家要有警察制度的最大理由，就是因為不想把政治權力交給自己的敵人。從這一點看來，比起小偷，反政府主義者才是警察最重要的『客人』。」

「但是你不這麼想嗎？」

「我不認為這個國家會發生革命。現在的政府不會被反政府主義者推翻，因為現在沒有一個團體能獲得國民那麼高的支持。當然，恐怖行為並不是完全不存在，可是多半都是為了宣傳，雖然可以強調自己的存在，對於增加支持者卻一點幫助都沒有。」

「萬一其他國家來進行破壞工作怎麼辦？依我看來，日本人都沒什麼危機感，好的事和壞的事都馬上忘記。自己做過的事，和別人對自己做的事都一樣。」

「的確是這樣，這就是日本人的個性吧。就像你說的，或許不能只靠自己國家的力量鎮壓政變，但是如果有來自外部的壓力，那就有可能。可是如果意見沒有獲得大多數國民的支持，那也沒有用。而要獲得大眾支持，需要花很長的時間。一旦真的有其他國家發動攻擊，那也是軍隊的工作，不是警察的工作。」

「日本和臺灣很不一樣呢。」

「在亞洲的先進國家裡，可能只有日本比較特別吧，這裡沒有對政治的緊張感。臺灣因為有大陸問題，韓國也有跟北韓之間的問題。在這方面日本就沒有受到軍事威脅。」

「真幸福。」

「從某個角度來看確實是的。老一輩的人裡面，也有人頻頻警告習慣太平日子的日本人，要是發生什麼萬一，緊張就太遲了。」

「臺灣的情況也一樣。臺灣老一輩的人，特別是戰爭之後從大陸到臺灣的人，現在還主張中國政府只有一個，只有自己才是正統的中國政府，大陸的政府是偽政府。年輕人已經不這麼想了，有兩個中國也無所謂，中華人民共和國和中華民國是不同的國家，可是臺灣政府不承認，所以我們要取締。」

「我沒有資格對你的工作表示意見。」

「其實對我來說，都無所謂。我真正想抓的，是流氓、殺人犯、強盜。如果有外國人提供這些人武器，那我也想抓這些外國人。所以我不像你會把外國人跟幫派分很清楚。」

鮫島點點頭。

「像你這種警官，日本很多嗎？」

「誰知道？可能很少吧，大家都不會討論這個問題。」

「因為害怕上面人的眼光？」

郭的表情裡帶著挖苦。

「對，也有關係吧。」

「你為什麼當警官？」

鮫島想了想，說：

「因為我覺得，自己跟其他人不一樣。這可能很難了解吧，我覺得我不適合一般的工作。離開學校進入公司，到退休為止過著有規律的生活。我認為自己沒辦法過這種生活。可是現在想想，上班族的工作其實也沒有那麼規律或無聊，而且警察的世界裡也有許多矛盾荒謬的規則，讓人覺得綁手綁腳的。可是，我想要能馬上親眼確認，自己的工作到底對這個社會有什麼幫助。這跟『為了國家』的心態不一樣，應該是為了我自己吧。

其實總歸一句話，就是看自己能不能接受。當然，警察是一個大組織，所以也沒那麼簡單。」

「你喜歡警察嗎？」

「我曾經懷疑過，不過我還是喜歡。可是也有一些我看了很討厭的警察。」

「什麼樣的警察？」

「動不動就耍威風的警官，還有沒講兩句話就端出國家利益的傢伙，我一向不相信這些人。因為真正重要的是人，而不是機構或組織。警官被賦予一般人所沒有的權力。但這是為了要保護人，而不是為了逼他們守法。有些人做錯事，會跟警官道歉。

『警察大人，對不起』、『這次就放過我吧，警察先生』。對這些人來說，警官是法官，就像是穿著制服的法律。但我覺得不應該是這樣。犯法當然不對，但是要跟警察道歉，這卻是另一個問題。

法律這種東西眼睛看不見。我覺得警官就像是柵欄、籬笆一樣的東西。越過這道柵欄，就會傷害自己和其他人。所以如果發現到柵欄的存在，就小心不要跨越到另一端。我覺得警察的存在，只要能提醒人這麼想就行了。

可是，卻有人若無其事地活在這道柵欄外。大家都知道只要到柵欄外面，就會有一條捷徑，但是大家都不去嘗試。大家明明知道，還是故意不嫌麻煩地繞遠路。不過卻有些人大搖大擺地走捷徑，如果有人對此表示不滿，他們還會威脅恐嚇逼人閉嘴，如果放著那些傢伙不管，一定會有人心裡覺得『什麼嘛，繞遠路的我們不是像笨蛋一樣嗎！』我不能原諒這種不公平。世界上有很多不平等、不公平的事，但是只有這種不平等，我不能裝作沒看到。」

鮫島不知道能不能讓郭了解自己的想法，但他還是說了。他也覺得，跟同樣身為警官的郭說這些，實在很可笑。但是另一方面，他也想讓一個身在異鄉、孤單背負著自己戰爭的警官，了解自己的想法。

郭微笑著說：

「請再給我香菸。」

鮫島點點頭，將香菸遞過去。他從來沒有把自己的想法告訴過警察，連日本警察也沒有。

郭點了菸，從正面看著鮫島。

「你已經知道，我來日本旅行，不是來玩的。」

「嗯。」

鮫島安靜地說，回望著郭的眼睛。

「我當警察之前，曾經待過軍隊，是陸軍。因為徵兵進了軍隊，後來因為會游泳，身體健康，所以接受了特殊格鬥技訓練，之後被分配到金門島守備隊。」

郭在筆記上寫下「金門島」、「馬祖島」兩個名字。

「這兩個島屬於臺灣領土，但是位置在大陸的大砲射程距離中。軍隊從大陸攻擊時，這兩個島會先受到攻擊，所以守備隊的訓練很嚴格。要潛進海裡，跟敵人戰爭，語說『水鬼仔』。」

「水鬼仔？」

他在紙上寫下「水鬼仔」。

「『水鬼仔』是軍隊中的精英，蛙人部隊。每個人射擊都很厲害，格鬥也很強。你昨天看到的是跆拳道，一種朝鮮武術。『水鬼仔』都很會跆拳道，從韓國請老師來教，學的都是必殺技。『水鬼仔』很團結，大家都一起拚命，就算自己會死，也會幫助朋友。」

鮫島無言地聽著郭說話。

「我二十九歲時，父親生病。加入『水鬼仔』，就不能待在父親身邊。我請軍隊裡高層的人，把我從軍隊調來當警察。因為我父親在臺北，金門島太遠了。跟『水鬼仔』夥伴分開很難過，但是這也沒辦法。」

鮫島點點頭。

「當警察之後不久，我成為刑警。開始『一清專案』，就是掃黑，把流氓、幫派趕出臺灣社會的運動。把流氓一個一個抓起來，丟進監獄裡。壞人都逃走了，香港、日本、玻利維亞，臺灣稍微安靜了一點。但是在這之後，一九八七年，臺中交流，開始可以來往大陸，黑星、紅星一口氣大量流入。手槍一多，幫派也增加。大家膽子都變大，所以流氓也變多。大組織在『一清專案』吃過苦頭，都開始做生意，所以學會巧妙地跟企業結合。小混混就搶銀行、搶寶石、綁架，許家兄弟犯案也是在這時候。慢慢的大組織不再跟小流氓打交道，危險的工作都交給自己下面的人或者專家。」

「專家？」

郭看著鮫島的眼睛，把筆記紙拉過來。

「香港電影最早開始用這個字。」

「職業殺手。」

「殺手，狙擊手。小混混都很驕傲地以為自己是『職業殺手』，愚蠢的傢伙。」

「但是真正的專家並沒有幾個？」

「真正的專家只有少數幾個，那些人很少露面。委託工作的只有竹聯和四海的大人物，這些專家只跟幫派頭目聯絡，決定目標。平常他們有其他的生活，做些小買賣或者開開計程車，這麼一來就不會被警察懷疑。他們不會說自己是流氓，很聰明。」

「那些人是怎麼工作的呢？」

「幫派希望跟公司合作，比方說大型銀行、不動產開發等等。幫派頭子會去找公司老闆談，『讓我來當顧問，發生麻煩時也ＯＫ。』簡單地說，如果公司社長說『ＮＯ』，副社長說『ＯＫ』，幫派頭子就會打電話給職業殺手。一星期？一個月？半年？不知道。職業殺手會詳細調查社長的事。家住哪裡、幾點起床、怎麼到公司、常去的餐廳、夜總會、高爾夫球場，司機呢？保鑣呢？全部查清楚之後，某一天，砰！炸彈、手槍，或者來福槍。警察馬上就會行動。但是如果不抓到職業殺手，也抓不到幫派頭子。」

「確實沒錯。」

「但是我們還是抓到了幾個職業殺手還有幫派頭子。只有一個職業殺手，我們怎麼都抓不到。他可能曾經是軍人，會用槍和炸彈，但是光用腳踢也能殺人，這稱為足技。昨天你看到的叫『旋踢』。

那個職業殺手能用足技劈破對方的腦袋，輕鬆得就像從樹上跳到另一棵樹上的猴子一樣，他習慣在自己殺掉的屍體上放木雕的猿猴。你們日本叫三猿，非禮勿視、非禮勿言、非禮勿聽。」

「臺灣也有嗎？」

「臺灣留有很多日本的文化，我們也有『非禮勿視、非禮勿言、非禮勿聽』，姿勢都一樣的三猿裝飾，這是警告，要大家不要看、不要問，當然也不能說。這個男人手很巧，他自己雕刻，放在屍體上。因為報紙拍到這種照片，所以給他取了名字，叫毒猿。」

郭拿起筆，寫下「毒猿」。

「我一直在追毒猿，聽說毒猿被自己的組織背叛，線民就……字是這樣寫的，『線民』，我不知道日本叫什麼，就是一些被我逮捕過，之後偶爾會把消息賣給我的人。」

「提供情報的人。」

「沒錯，刑警都有自己的線民。我請線民調查那件事，知道背叛毒猿的是『葉威』，四海幫的頭子之一。葉威利用毒猿殺了組織裡的反對派，因為毒猿不會被抓到，所以他很安全。可是去年葉威自己卻被小流氓集團綁架。」

日本可能很難想像，但是在臺灣曾經發生過好幾次，常幹些強盜和綁架勾當的小流氓集團，綁架組織大幫派的幹部、要求贖款的事件。

被攻擊的一方太掉以輕心，覺得不可能有這種事。身邊只有少數保鑣在一起時，被拿手槍、機關槍或是霰彈槍的武裝集團攻擊，很快就被塞進車裡，帶去監禁。

當然，攻擊的一方也會戴上面具等等，注意不被發現。他們對頭子的家人要求贖金，拿到錢之後，把人帶到鄉下丟著，過程大概是這樣。

被攻擊的頭子也不敢公開。組織幫派的幹部被綁架，為求保命付了贖金，這件事要是傳出去一定會成為大家的笑柄，對下面也會失去威信。

綁架葉威的是號稱「白銀團」的十八組流氓集團。頭子的名字是白銀文，團名就是這樣來的。

葉威是在臺北情婦家被襲擊，白銀團射殺了情婦和三個保鑣，帶走了葉威，三天後，葉威的家人付了五千萬臺幣的贖金，釋放了葉威。

重獲自由的葉威，為了雪恥和保密這兩個目的利用了毒猿。

毒猿發現綁架葉威的是白銀團，火速開始工作。

白銀團出現第一個被殺的成員，葉威馬上飛到美國。為了避開警察的注意，以及白銀團的復仇。

毒猿把白銀團的成員一個一個殺了。

知道殺手盯上了自己的白銀團成員們，時而分散、時而聚集，就是為了躲過殺手，但是這次他們碰上了難纏的對手。

「『白銀團』一個月就失去了五個成員。一個被射殺，一個被打死，剩下三個人一起在公寓房間時，被丟了炸彈。」

雖然知道追殺白銀團的是毒猿，但是他們也無計可施。因為沒有人知道毒猿的本名和住址。

在葉威的命令下，把頭子白銀文的命留到最後，根據線民的消息，葉威指示毒猿，要把白銀文的眼球交給他。

白銀團成員只剩下兩個人時，白銀文賭上自己的命。他離開臺灣，再次攻擊人在洛杉磯的葉威。

葉威沒想到人在美國還會被襲擊，所以很快就屈服在白銀文的威逼之下，答應撤回對毒猿發出的滅口令。

但是白銀文並不滿意，因為毒猿所殺的成員裡，包括了白銀文的兩個弟弟。

白銀文以葉威的命做交換籌碼，問出毒猿的本名。

這當然是為了殺掉毒猿。

「那毒猿被殺了嗎？」

鮫島問。郭搖搖頭。

「沒有，葉威要求他放過白銀文和另一個人的命時，他可能就起了疑心，馬上躲了起來。」

回到臺灣的白銀文，襲擊了毒猿的住處。但是，毒猿人不在住處。住處只有一個女人看家，白銀文和另一個人殘殺了這名女性，給她注射毒品，輪暴數次之後才射殺了她。

那個女人應該是毒猿的情婦。平常沒有跟毒猿一起住，那一天碰巧過來整理信件和打掃家具。

「這麼一來，白銀文和他的夥伴活命的機會就等於零。四處逃竄的結果，三個月後，被發現在萬華的華西街被槍殺。」

「葉威後來怎麼樣？」

「他無法繼續待在美國。因為他藏身的洛杉磯，中國黑手黨跟越南黑手黨發生戰爭。但是他不能回臺灣，因為這次有毒猿在等著自己。所以他到這裡，到日本來了。」

「在日本有人願意協助他藏身嗎？」

「有。石和竹藏，你知道嗎？」

鮫島點點頭。那是警視廳指定的廣域幫派⑯旗下，石和組的頭目，標榜武鬥派。

⑯日本的各都道府縣的公安委員會，可將符合暴力團對策法第3條要件的暴力團指定為「指定暴力團」。指定暴力團的成員比其他暴力團受到更嚴格的規範，二〇一〇年二月日本共有二十二個團體受到指定。

「石和在臺北經營咖啡廳、小鋼珠店、錄影帶店。負責人是臺灣人，全都是葉威的親戚。錄影帶店裡有很多日本的電影、電視錄影帶，都是盜版。這是很重要的資金來源。我決定到日本來的時候，借了日本的錄影帶學習，想起日文。」

郭說起在日本也很受歡迎的戀愛連續劇和刑警連續劇名稱。

鮫島說：

「葉什麼時候到日本來的？」

「一個月之前。可能吧，他用的是玻利維亞的護照，可能很害怕吧。要是被毒猿盯上就活不了，這個他自己最清楚。」

「知道毒猿的本名了嗎？」

郭搖搖頭。

「因為台北的公寓，是他用假名租的。但是我心裡猜測很可能是某個人。」

鮫島盯著郭。郭站起來，右手抽出衣櫃裡的新秀麗行李箱，對好密碼鎖，打開蓋子。右手伸進蓋子內側口袋，拿出一張七吋的黑白照片。

鮫島接過。

身穿潛水衣的男人們，在看似掃雷艇的快船上搭著肩。總共有六位，所有人都武裝攜帶著匕首和水下專用槍，身邊還站了手持M－16的水兵。強烈日光下，潛水口罩下的臉形成強烈的對比。

左邊數來第二個是郭，所有人腳邊都放著水肺。

郭指著站在他旁邊、靠最左邊的高個子男人，在紙上一邊寫一邊說：

「他叫劉鎮生，跟我同年，我們一起當『水鬼仔』。但是我離開『水鬼仔』三年後，發生了一些事，他也離開軍隊。他很安靜，平常很老實，但是跆拳道是部隊裡最強的。他的『下劈』，用腳後跟劈裂腦袋的招數最厲害。」

鮫島端詳起郭指著的劉。面對相機，劉似乎有點羞澀，垂下了眼睛，跟身邊的郭相比，顯得年輕很多。

「為什麼覺得是劉？」

「劉家很窮，以前他妹妹生病，但是他家在鄉下，又很貧窮，所以醫生不來。最後妹妹死了，劉一直帶著他妹妹的照片。離開軍隊之後，劉不知道到哪裡去了。我很想見劉，一直找他。我找到劉老家去。他爸爸之前死了，現在只有媽媽和弟弟、妹妹，媽媽生病。劉離開軍隊後不久，打了電話回家，弟弟告訴他這件事。劉說，『好，知道了。』之後每個月都寄來很多錢，但是沒有寫寄件人的住址。

另外就是，葉有很多朋友是陸軍高官，他知道『水鬼仔』是陸軍最強的部隊。葉很久以前就會在『水鬼仔』的隊員們放假時，招待他們到自己經營的餐廳、飯店。等到大家退役，就會邀大家到自己店裡。那是我從『水鬼仔』退役之後的事，大概八七年左右開始吧。」

「所以你一直懷疑毒猿就是劉嗎？」

「很可能。劉的手很靈巧，在基地有空的時候就會拿小刀跟樹枝，做各種東西，還曾經做會飛的竹蜻蜓。但是，我沒看過他做三猿。我想要自己確認。劉是軍隊裡最好的朋友，如果要抓毒猿，那就是我。我不希望劉被特勤中隊包圍射殺。我很想確認，但是，在臺灣很難。劉是出了名的躲藏高手，他可以等好幾天、好幾個月，一直等，還在部隊的時候就已經耐力過人。但是，現在劉一定在日本。要殺葉威，背叛了自己的葉威，不能原諒。殺掉自己愛人也一樣不能原諒，所以……」

鮫島慢慢倒吸了一口氣。如果郭說的都是事實，那新宿就藏著一顆相當可怕的炸彈。被稱為「毒猿」這個殺手，可能為了向背叛自己的臺灣黑幫幹部復仇，把日本幫派也捲進來，發動戰爭。

「你有證據證明毒猿確實到日本來了嗎？」

郭搖搖頭。

「沒有。毒猿的行動完全無法掌握，所以我到日本來以後，一直觀察臺灣流氓常出入的店，希望能探聽到一些消息，毒猿的事，或者葉威的事。但是，毒猿很聰明。他不到臺灣人聚集的店，說不定，他還沒來日本。」

「石和組那邊呢？」

「我調查過了。有幫派成員會到臺灣酒店來，但是葉威沒有來，一定是躲在什麼地方。」

石和組在新宿署管轄內有兩個事務所，一個是本部，另一個被稱為宿舍。

但是鮫島認為，葉不太可能在這些地方。

「我相信你是一個了不起的警察，毒猿的事，請保密。」

鮫島凝視著郭。如果毒猿挑起戰爭的對象是石和組，事情就非同小可。因為遭受攻擊的年輕幫派成員，可能引起暴動，到時候郭和荒木的目的就泡湯了。新宿進入戒嚴體制，毒猿若不是被逼到絕境，就是再次藏身地下。

當然，這件事也不能放在鮫島一個人心裡。因為他無法保證，石和組和毒猿的戰爭不會將一般市民捲入。

「請告訴我一件事，很重要的事。」鮫島用認真的語氣問。

「好。」

「毒猿以往有沒有殺過不相干的市民？有沒有用過炸彈，或者為了獲得情報而殺人？」

「沒有。毒猿是專家，他是真正的職業殺手，只會殺他要殺的人。」

「這次呢？你覺得他會去殺石和組的幫派成員或石和竹藏嗎？」

郭咬著嘴脣，額頭上的汗水發著光。

「——不知道，如果葉身邊有日本保鑣，那說不定會殺。」

「有沒有可能為了找出葉，拷問石和組的人？」

「這很困難。因為如果毒猿是劉，他不會說日文，問不出葉在哪裡。」

「這時候就需要有口譯了。」

「對。但是誰會幫他？因為這樣，我在新宿看了很多臺灣人。可是還不知道。」

鮫島端詳著郭，說道：

「要是一步走錯，就會演變成嚴重的暴動事件，你的心情我了解。但是對我來說，第一件事就是必須避免在這個國家發生殺人事件。所以說，除非毒猿手上出了死傷者，我才能出手幫忙。只要出現一個死傷者，我就會把這件事報告上司，監視石和組，向他們施壓，逼得石和竹藏不得不跟葉一起出來。」

郭面無表情，接著他低聲說：

「你要這麼說也沒辦法。如果我是你，也會說一樣的話，這裡是你的國家。」

「對。不過，郭先生因為相信我，所以告訴我毒猿的事，我希望回報你這份信賴。你前天深夜到大久保的某間麻將賭場去。」

郭一直盯著鮫島的眼睛，嘴角微微上揚。

「果然有警察在監視，那時候，我感覺，有人在看我。」
鮫島慢慢點了頭。
「那時候我就在監視的房間裡看著你。我馬上就想，這傢伙不簡單。」
「那昨天晚上呢？」
「是碰巧。我剛好看到你，所以開始跟蹤，因為我想知道你到底是誰。」
「從哪裡開始跟的？」
「從你離開區役所通的臺灣餐廳開始。」
郭點點頭。
「在那間店之前，我去了一間臺灣酒店，那是石和組的人常去的店，但是他們昨天沒有去。」
鮫島對郭的情報收集能力相當折服。就算在臺灣已經事先調查過，到新宿來短短幾天就能找出石和組和臺灣黑手黨的接頭處，還是相當了得。
鮫島看看手錶，外面已經暗了下來。
「我現在要回署裡去。關於許那件事，我剛剛也說過，還需要花一點時間吧，在那之前你的行動都是自由的。」
郭低下頭，「謝謝。」
「如果我這邊掌握到什麼消息，我會跟你聯絡的。」
「好。」
「今天晚上也要去歌舞伎町嗎？」鮫島問道。
郭用銳利的眼光看著鮫島，點點頭，「我要去，直到找到劉。我會去好幾次。」

12

奈美很害怕。那一天奈美是晚班，楊要奈美裝作什麼事都沒發生，照常上班。

昨天她一整個晚上都沒能闔眼。楊說睡地上就好，在奈美套房公寓的地板，只蓋著一件毛毯睡覺。

到房間後，奈美問他好幾次。

「我要怎麼幫你？」

但是，楊一直沉默不說話，好像在想著什麼，接著他說：

「天一亮我就會離開。需要妳幫忙的時候，我會打電話。打到這裡，或是店裡。」

「店裡？怎麼還能去店裡啊？」

「不行，明天妳要裝成什麼事都沒有去上班，否則警察會懷疑妳。」

「現在不是說這些的時候，你怎麼辦？」

「我不去。南知道我跟店長留下來，我去了，也會被懷疑。天一亮我就離開這裡，我得去拿行李。如果這裡安全，我還會回來。如果妳願意的話。」

奈美覺得嘴裡很乾。但是，回房間之後，她也不覺得楊可怕。明明只有他們兩個人。

「好，如果警察來了，該怎麼辦？」

「來這裡？」

奈美點點頭。

楊用他沒有表情的眼睛環視了室內一圈，為了不讓人知道這裡只有一個女人住，奈美把內衣晾在室內，楊的眼睛停在那上面。

「把那個晾在陽臺，那我就知道了。」

奈美的公寓在大久保通往北方的一條單行道上，在走進去的右邊。一樓是便利商店，奈美的房間在四樓。她一向爬樓梯上來。

房間陽臺可以從便利商店前的單行道看得到。

「警察問的話我要怎麼回答？」

「妳只要告訴警察第一次回家的時間，就說妳直接回去了，不要說妳又折回來。」

楊這時候停了一下，直望著奈美。

「妳為什麼又回來？」

奈美沉默地搖搖頭。當她知道楊並不是自己所想的那種男人，現在很難開口說出自己折回的原因。

天快亮時，睡在地上的男人站起來，聲息驚醒了打著盹的奈美。

昏暗的室內，楊低頭看著奈美，只低聲對她說了一句。

「多謝。」

就離開了房間。

剩下自己一個人，愈接近上班時間，奈美就愈感到強烈的不安。

亞木的屍體被發現了嗎？奈美不斷轉換頻道，看著中午和下午的新聞。平常她從來不看新聞的。

但是新聞並沒有報導在新宿酒店發現男屍。這也難怪，最早到店裡的，是亞木跟南、楊，那差不多是三點半到四點之間。

奈美突然想起一件事，亞木總是在上班前將前一天的收入交給總公司社長。社長是一個名叫安井的男人，除了「玫瑰之泉」之外，他還在新宿經營高利貸公司，安井可能會發現亞木的屍體。

她只見過安井兩、三次，一眼就可以看出安井是個道上中人。但是他跟亞木不一樣，對店裡的女孩們還算有紳士風度。

安井可能因為亞木沒有把業績送過來，到店裡看看狀況。再不然，就是南了。

南真可憐。警察一來，南的處境就糟糕了。

四點半，奈美開始準備出門。跟平常一樣，若無其事地出門上班。

警察來了嗎？如果來了，偵訊是不是很嚇人？像電視連續劇那樣，一個一個被帶到警署房間，問東問西嗎？

如果真的被警察偵訊，自己沒有把握不說出昨晚發生的事。一定會嚇得渾身發抖，臉色大變吧。

快回想那段日子，她對自己說。不管刑警再怎麼可怕，都不會有那時候的同學那麼可怕。

而且最討厭的亞木已經死了，已經不在「玫瑰之泉」了。

她機械化地移動著腳步下了公寓樓梯，走向新大久保的車站。

在電車裡深呼吸了好幾次，感覺乘客似乎都看著自己。

她從來沒有覺得新大久保到新宿的這一站，竟然這麼漫長。

從月臺走到站內的這道樓梯上，她的雙腿不斷顫抖。奈美摸著扶手，走下跟平常一樣人潮洶湧的樓梯。

出剪票口之前她先進了廁所，擔心自己臉色太糟。萬一臉色鐵青該怎麼辦？她塗了比平時更濃的粉底。

鏡中的自己跟平時沒什麼不同。有點陰沉，表情沒什麼光彩，臉形很長，頭髮受損很嚴重，所以在後頸處綁成一束。

自己的臉上她喜歡的部分，頂多只有白色的牙齒吧。厚厚的單眼皮，眼睛也不大，鼻子很普通，嘴脣又太薄。

連自己也覺得這張臉真是陰氣沉沉，如果擠出笑臉，或許會稍微好一點。亞木為什麼會看上這樣的自己？

跟平常一樣的臉孔。

走出剪票口爬上樓梯，來到地上。要從地下出來或者從地上出來，都看當天的心情。她心想，今天就從地上走吧。如果從地下街爬樓梯到地上的時候，有很多警官在的話，自己被嚇到的樣子可能會被懷疑。

新宿通ＡＬＴＡ前的人潮一如往常，她感覺到心臟的跳動逐漸加快，等待行人用燈號變成綠色。

（不是我殺的、不是我殺的。）

她不斷這麼對自己說。

筆直往前走，來到靖國通前。等待燈號轉換的時間，她心想，這裡跟平常沒有兩樣。沒有警車，也沒有警官。

她乾嚥了好幾次口水，穿過靖國通。她也知道自己的臉就像能劇面具一樣僵硬。

看了看手錶，四點五十六分。

走進歌舞伎町，感覺人比平常少，沒有拉客的人，電玩中心裡的人也很少。為什麼？

左邊是咖哩店。有個年輕人正好跑過，一個、兩個，紛紛轉過自己即將轉彎的街角。

她緊抓著皮包，轉過街角。

她暗叫了一聲，「啊！」

人好多。宛如黑山的人潮，閃光燈亮著，數不清的警車停在店門前，附近的店家反射著紅色旋轉的警示燈。

還有好多警官。

（還是回去吧。）

但是，奈美的腳步還是走向人群當中。

13

鮫島知道署內設立殺人事件搜查本部，是隔天的事了。

關於本鄉組的佐治在新宿車站內置物櫃前被刺殺的事件，那天在桃井和新宿署署長等人的列席下，由來自本廳的科員進行了對鮫島的審問會。

在署員眼前發生命案，是相當重大的事件。審問會的目的在調查對於證據稀釋劑的扣押、對待嫌犯、周邊對應等有沒有不恰當之處。

現場的警察中階級最高的是鮫島。

鮫島表示，所有責任都在自己身上。他主張自己在那時沒能預測刺殺佐治那犯人的行動，周邊警備的制服警察等並無責任。

鮫島的處分稍後才會決定。

對鮫島來說，幸運的是媒體並沒有大肆報導這次事件。

剛好在同一天，關西高速公路上發生了嚴重事故。另外，因為被殺的被害者是從事稀釋劑地下買賣的幫派成員，報紙等媒體的論調也傾向同情犯人。

萬一媒體大肆報導，批評扣押現場對應方式的不當，那就可以預想鮫島將會受到相當嚴厲的處分。

幸好實際上並未如此，看來鮫島應該可以免於被調離第一線。而且真要調動鮫島，署內也沒有其他地方願意接收。

當然警視廳高層不是沒有可能以這次事件為由將鮫島免職，可是如果高層真有這樣的動作，鮫島也有徹底應戰的心理準備。鮫島估計，現在這個階段高層還不會這樣輕率地打草驚蛇。

如果以這次事件當作理由將鮫島免職，那才更有可能被八卦雜誌任意揣測。

鮫島知道，自己繼續當警察，會讓警視廳裡一些高層幹部心裡不怎麼平靜。今後那些人肯定也會找機會想暗裡使勁把鮫島踢出警察組織。

鮫島愈是個優秀的搜查官，這樣的機會就會愈多。可是鮫島無意減少絲毫自己灌注在刑警這份工作上的精力。

鮫島相信，人有權力獲得自己活著的證據。對他來說，這就等於他跟晶的愛情，以及執行身為警察份內的職務。

這兩件事是現在在鮫島的人生裡是最有價值的東西，失去這些，對鮫島來說幾乎就等於人生的終結。

審問會在上午結束，中午時鮫島來到署員食堂。

鮫島很少在食堂裡跟別人同桌。如果有，不是桃井就是負責鑑識的藪。

藪比鮫島晚點到食堂。

藪是個大臉又禿頭、不修邊幅的男人，從不在意自己的打扮，吃東西也不講究。

他因為彈道檢查的手腕為人稱道，所以本廳鑑識課或者科搜研都邀請他好幾次，可是他從來也沒點頭。

在署內他跟桃井一樣，是出了名的怪人。他本人對此毫不在意，安於當個小小鑑識科員。

發現鮫島在，藪手插在外套兩口袋裡就這樣輕輕點個頭，搖搖晃晃地走近。
他一屁股坐在對面的椅子上。
「有沒有被罵得很慘？」
語氣沒什麼顧忌。
「也還好。」
鮫島搖搖頭。
藪手裡沒拿任何餐點，鮫島比了比自己吃到一半的定食。
「今天這個還不錯啊。」
他想藪應該是不知道要吃什麼。藪伸出手來。
「是嗎？我看看。」
他拉過裝著定食的托盤。
鮫島本來以為他只會吃一口，但是看到藪連自己咬了一半的炸碎肉餅都嚼得不亦樂乎，他不禁苦笑。
「嗯，真的不錯。」
不消片刻，藪就把鮫島只吃了三分之一左右的定食吃光，這中間連一句「可以吃嗎？」都沒有問。
鮫島站起來，又拿了一份相同的定食過來。
這時藪正把裝了米飯的大碗公從嘴角放下，碗裡已經空了。
他嘴裡塞滿食物，嚼個不停。
「我吃不下這麼多啦。」

「你說什麼啊。」
鮫島很無奈地說：
「這是我的份，你把本來我的飯都吃光了啊。」
「對喔。」
藪一點都不覺得抱歉，再次往鮫島端來的定食托盤伸手。
他拿了一根醃野澤菜莖，嚼出清脆的響聲。
接著他繼續往鮫島的飯碗伸手。鮫島又拿來一個碗，替藪從熱水瓶裡倒了茶。
「拿去。」
「嗯。」
藪很自然地點點頭，將碗送到嘴邊。
「聽說又有新案子了。」
鮫島再次開始用午餐，藪對他說。
「是啊，不過這次應該沒有你上場的機會。」
鮫島回答，他暗示這次的兇器並不是槍。
「嗯，我昨天去看過，死因是砍傷。看來應該是腦頭蓋被鈍器從正上方毆打，頭頂破裂，骨片傷到了大腦，而且只有一擊。嫌犯應該個子很高，手臂也很長。如果說被害人當時站著，那就表示嫌犯揮動堅硬的鈍器，擊中被害人的頭部吧。」
他一邊看著鮫島動筷子的樣子。
「被害人是什麼人物？」
鮫島試著換了個話題。

「酒店的店長，是個毒蟲，腋下有注射的痕跡。屍體是在昨天傍晚發現，報警的是酒店的老闆，安井興業，你聽過嗎？」
「歌舞伎町一丁目的？」
「對，就是那裡的社長，應該是黑道的吧？」
鮫島點點頭放下筷子，拿起飯碗。安井跟石和組是同系列的幫派成員，隸屬相同的廣域幫派旗下。
「被害人也是幫派成員嗎？」
「不，他沒有正式加入。」
「嫌犯呢？」
「聽說店裡有一個少爺，現在聯絡不上。」
「遺留品呢？」
「沒有，也沒有指紋。」
「沒有指紋？是在店裡工作的人吧？」
「擦得很乾淨。當然現場留有很多指紋，大部分是客人或者其他員工的，可是呢，就只有那個少爺用過的置物櫃、廁所、菸灰缸等等，可能留有指紋的地方，全部都擦過了。」
「但是現在這個階段，應該還分不出是客人的指紋或者是那傢伙的指紋吧？」
「你以為我鑑識幹幾年啦？那肯定是嫌犯仔細擦掉的，現場沒有他的指紋。」
「這就怪了。」
鮫島說。
「哪裡怪？」

「如果擔心自己的指紋留下來，那通常應該會把附近所有地方都擦乾淨吧？可是他卻只擦乾淨自己接觸過的地方。如果嫌犯是第一次進入被害人家中這種例子，那還可以理解，但現場是他工作的地方吧？」

「工作了兩星期。」

「待了兩星期之久，怎麼可能分得清楚自己哪些地方摸過、哪些地方沒摸過？」

「話是沒錯。」

「本部是怎麼想的？」

「他們認為既然是懂得擦掉指紋的人，應該有過前科。」

「住址或名字呢？」

「資料很不清楚啊。昨天也訊問過安井，但好像連份履歷表都沒有，是被害人自己面試採用的人。」

「照片也沒有嗎？」

「是啊。現在大概在畫肖像什麼的吧，聽說是外國人。」

「外國人？」

「另外還有一個，是孟加拉來的非法勞工。被害人好像專找這種人，給的薪水少得可憐。」

「知道嫌犯的國籍嗎？」

「是東方人，店裡都叫他『楊』。」

鮫島點點頭。

「我看，也不會花太久吧。」

藪說。

「聽說店的業績也不見了，現在正從有過偷竊前科的中國人這條線去找。只要把照片給員工看，馬上就知道是不是。」

「店名呢？」

「『玫瑰之泉』，掃黃之前是拉客的店。」

他指的是拉客酒吧間。皮條客或陪酒小姐在街頭拉客，跟客人要求令人咋舌的天價。

「反正應該是很快就倒了，所以換了名字重新開店吧。」

鮫島說。

「應該吧。對那些色鬼來說，只要有地方能發洩，誰管他店叫什麼名字。」

藪點點頭。

下午荒木打了電話來，鮫島又跟他約了見面。

他們相約在上次那家飯店的咖啡店，鮫島把從郭口中聽到的事告訴了荒木。

荒木的表情變得很嚴肅。

「是殺手……」

「如果有石和的人被殺，就是危險訊號，必須在開戰之前設法阻止才行。」

鮫島說。

「那麼厲害的角色，人真的在日本嗎？」

「聽說四海的幹部拿玻利維亞護照入境，查得到嗎？」

「只有這些資訊還不太可能。出入境管理局並沒有區分玻利維亞裔中國人或是一般玻利維亞人。玻利維亞跟哥倫比亞一樣，是境管局特別留意的國家，但是只有這點消息的話……除非入境的時候帶了什麼東西，那就另當別論了。」

「我想可能性很低，不過還是請你查一下。」

「我知道了。」

荒木點點頭，看著鮫島。

「那你接下來有什麼打算？」

「暫時先觀望一下。郭也很拚命，他對嫌犯有特別的情感。」

「跆拳道有那麼厲害嗎？」

「當然，那是一種武術，但是跟技術也有關係，如果毒猿真的比郭更強，那絕不是簡單人物。你想想看，郭擊了一掌就打斷許的鼻子，一腳踢裂他下巴骨。只有兩招，而且就在我眼前，前後短短幾秒鐘。要是比他更厲害，一般號稱會打架的高手，根本不是對手。」

「如果是石和幫他藏身，他一定會武裝。」

「應該是吧。不過，毒猿也不是笨蛋，不見得會從正面攻擊。」

「毒猿有武裝嗎？」

「難說，不過聽說臺灣的武裝很驚人啊。」

「驚人？」

「還包含自動手槍和手榴彈。」

荒木咬了咬嘴唇。

「要是真的把這些東西帶進來，就非同小可了。」

「甚至有可能毀了石和組。」

「怎麼可能，不管他再怎麼厲害，也是單槍匹馬啊？」

「從郭的話裡聽起來，千萬不能小看這個人。毒猿應該是想找出葉威的下落吧，既然如此，那我們也不能不快點找到他……」

「一個不小心打草驚蛇，葉威就會藏起來。葉一躲，就很難抓到打擊石和的材料了。」

「沒有錯。我想現在有兩個方法，一個是徹底向石和施壓，逼他們吐出葉的下落，不然就是在不被石和發現的前提下小心監視，等到他有下一步動靜。」

「前面那個方法會把事情鬧大，必須動員機動隊，包圍石和頭目的住處和事務所。而且就算葉真的在他們手上，葉目前也沒犯下任何讓我們有藉口查的案子。」

「沒錯，而且這麼一來，毒猿只需要在一旁等到葉出現。」

荒木嘆了一口氣，仰望天花板。

「監視石和是嗎……」

「要是沒有搜四的幫忙會很困難，葉也不可能躲在我們容易找到的地方。」

「可是葉他再怎麼怕死，也不能一直躲在類似要塞之類的地方裡啊？至少過個幾天會出門喝酒吃飯吧？」

「我也這麼認為。他骨子裡畢竟是流氓，要他一直老實待在房間裡，應該辦不到吧。」

「所以我們只能等毒猿出手了嗎？」

「嗯，因為毒猿在日本沒有被通緝。」

「而且，如果先抓到毒猿，之後就很難查出石和跟臺灣的關聯了。」

鮫島點點頭。

「現在，也只能等了。」

14

「玫瑰之泉」暫時停業。這也當然，店長死了，兩個男性員工又都辭了。

警察問完話後，奈美等陪酒小姐聚集在安井興業的事務所。亞木的屍體是安井發現，打電話報警的。

但是，安井看來並沒有太過驚嚇。奈美心想，果然流氓對這種場面已經司空見慣了吧。

「這陣子店暫時休息。如果擔心沒有收入的人，可以離開沒有關係。薪水會除以日數由我這邊支付，不過我需要一點時間計算，所以要走的人請舉個手。」

看到排成一列的陪酒小姐全都舉了手，奈美也跟著舉了。

「我知道了。」

安井說。安井身邊跟著一個號稱司機的年輕男人，不過一眼就可以看出是個小混混。那個男人兇惡地欺身上前。

「妳們這幾個！也不想想社長以前對妳們有恩——」

「住手。」

安井制止了他。他戴著戒指的手壓住男人的肩膀，鑲鑽的金戒指，看起來比亞木戴的貴好幾倍。

「小姐們也得顧生活啊。」

「錢什麼時候能拿到？」

香月問。年輕男人瞪了香月一眼，對她吐了一口口水，香月當作沒看到。

「下星期底，或者下下星期初吧。」
大家紛紛發出「啊～」的聲音。
「如果不接受，那就請放棄吧。站在公司的立場，我還想向妳們收亞木的奠儀，而且業績被偷我們也是損失慘重啊。」
「妳們幾個，該不會知道那個姓楊的人在哪裡吧！」
年輕男人說。奈美心想，除了警察之外，這些人也知道楊就是犯人。
「嗄？」
年輕男人一個個輪流瞪著她們的臉。郁突然開口。
「奈美不是跟他很好嗎？」
奈美頓時停住了呼吸，裝出一臉不知情的表情。安井看著奈美。
「妳就是奈美嗎？」
「妳知道嗎？」
年輕男人粗聲問，逼近奈美。
「好了好了。」
安井先安撫了手下，專注地看著奈美的臉。
「妳知道嗎？要是知道就告訴我吧。我們也得配合警方辦案，不然以後也挺麻煩的。」
「我不知道。」
說著，奈美用力地瞪了郁一眼。郁若無其事地嚼著口香糖。
「真的嗎？妳別害怕，不會給妳添麻煩的，只要把妳知道的事告訴我就行了。」
「我真的不知道。」

安井沒說話，就這麼注視著奈美的臉好一會兒，然後輕輕點了點頭。接著他從上衣口袋裡取出名片夾，抽出一張名片塞進奈美手裡。

「楊帶走的包包裡放著一張我借給他的重要名片，至少我想把這名片拿回來。我不會虧待妳的。要是楊去找妳，妳就打名片上的電話找我，如果我不在，就打B.B.Call或手機跟我聯絡。」

奈美沒說話。

「那就拜託妳啦，啊。」

說著，安井拍了拍奈美的肩。

「那今天就辛苦大家了。」

安井說。小姐們魚貫走向安井興業的出口。

奈美看著郁的背影，一邊走下樓梯。

途中，香月對郁說：

「妳剛剛為什麼那樣說？這樣奈美不是很可憐嗎？」

「就是啊，快跟她道歉。」

杏也說。

「沒為什麼啊。」

郁一臉不高興地說。

「妳這什麼意思？」

杏的臉色一變。

「算了，沒事了。」

奈美說。

「什麼叫沒事了。妳應該要更生氣的，這個人剛剛說的話很過分耶。」

杏心裡的不滿還沒平息。

郁一副無所謂的樣子，聳了聳肩。

「奈美差點被他們威脅耶！」

郁走到外面，先是慢慢轉著脖子抬頭望著天空，接著她看著奈美說：

「我啊，很討厭中國人。」

「妳在說誰啊？」

杏問。

「就她啊，這傢伙。」

郁用下巴指向奈美。

「妳在胡說什麼啊，奈美她——」

「我國中的時候班上有一個從中國回來的殘留孤兒⑰，那個女人超討厭的，跟這傢伙很像。」

郁一股腦說完。

「說話方式，還有奇怪的口音，反正我就是看不順眼啦。」

奈美瞬間覺得全身發冷，她可以感覺到自己臉部的僵硬。

「而且，我看過楊跟這女人用中文說話。」

郁用下巴指向奈美。

「那又怎麼樣啊！」

香月說。

「奈美從哪裡來有什麼關係啊，妳說這種話自己不覺得丟臉嗎？」

「妳還真了不起呢。」

郁發出嘲諷的笑聲。接著她呸地一聲把嘴裡嚼的口香糖吐在奈美腳邊。

「白痴！」

她盯著奈美的臉，低聲這麼說，然後踩著輕快的腳步離開。

「奈美——」

香月說。

「我沒關係的！」

奈美不自覺地打斷對方大聲地說，香月倒吞了一口氣。奈美一個轉身，朝著香月和杏低下頭。

「這段日子謝謝妳們了，大家保重。」

接著她盡全力擠出笑臉，揮揮手跑開。

⑰第二次世界大戰後日本人遺留在中國的日本孤兒，多半是父母在戰爭雙亡或者戰爭中和父母走散的人。

15

那天晚上，錄完音的晶來到鮫島的住處。鮫島回到房間已經是下午八點多了。晶彷彿算準了時間，剛好打來電話。

「吃過飯了嗎？」

晶第一句話就這麼問。

「晚飯吃過了，消夜還沒有。」

鮫島笑著說。

「想不想施恩給一個肚子餓到快死掉的未來搖滾巨星？」

「如果那個未來的搖滾巨星可能因為吃霸王餐毀了自己的將來，那我就考慮考慮。」

「那快給我吃點東西吧，我馬上出門。」

鮫島和晶約在環七路旁一間家庭式餐廳。

晶真的很餓。一到就點了漢堡排和義大利麵，鮫島在一旁喝啤酒時，她狼吞虎嚥三兩下解決。喝完自己杯裡的水，等不及女服務生來倒水，直接伸手去拿鮫島的玻璃杯。

「呼，吃得好飽啊。」

填飽肚子之後他兩頰發亮。

「如果過不久之後妳變得像女王殿下一樣，開始指定要吃哪裡的牛排、壽司要哪家的才好吃，到時我就要讓妳好好回想一下今天晚上的事。」

晶開心地笑了。

「等我變成女王殿下，才不會跟窮警察在一起呢。我會換個開保時捷來接我的有錢企業家。」
「說得也是。」
「但要是當不成女王，巴著一個捧鐵飯碗的公務員也不壞。」
鮫島隔著桌子朝晶揮了一拳。晶閃過他的拳頭，站了起來。
「要去哪？」
「窮警察他家。吃飽了就想睡了，昨天、前天幾乎沒怎麼睡。」
回到鮫島的住處，晶真的直接爬上床。
「喂，妳真的要睡啊？」
「嗯！」
晶很有精神地回答他。她在拉到脖子的毯子下磨磨蹭蹭了一陣子，最後牛仔褲、襪子、連帽外衣從毯子邊一件一件掉了下來。
接著她拍拍枕頭，調整好形狀，把右手伸向旁邊的鮫島。
鮫島坐在地上的抱枕上，打開電視。
「聲音關小一點。」
鮫島嘖了一聲，調小了音量。晶很滿意地低哼，右手掌摩擦著鮫島上臂內側附近。她臉朝著鮫島，閉上眼睛。
不到十分鐘，就聽到她安靜的鼾聲，已經睡著了。
鮫島苦笑著，打開檯燈，關掉了房間上方的照明。
他就這樣看了兩個小時左右的電視，晶沒有醒來的跡象。

鮫島輕輕將晶的右手推回毯子下，然後站起來走進浴室沖澡。
他用浴巾擦乾身體，換上睡衣後回到寢室。
晶張開一隻眼，對他說：
「不要以為你沖完澡把身體弄乾淨，就可以抱我。」
「難道你想在這裡白吃飯、白過夜啊？」
「反正都是稅金來的吧。」
鮫島抓起晶沒拿的另一顆枕頭，二話不說地壓住晶的臉，枕頭下響起悶住的笑聲和慘叫。
「奇怪了，好像哪裡發生了凶殺或暴力事件喔？」
鮫島沒有放鬆壓住枕頭的手，這麼說道。
晶用力掙扎，臉終於掙脫開枕下，她滿臉脹紅喘著氣，
「我、我要去告你，條子竟敢使用暴力！」
「那可以請您讓本官看看證據嗎？犯人是怎麼對妳施暴的？」
晶的背心移位，露出了豐滿的酥胸。
「犯人是不是先在這裡這樣……」
「住、住手啦。」
「然後還在這裡，也這樣……」
「喂！你這傢伙。」
「最後，把這個部分，像這樣……」
鮫島已經脫光了晶的背心和內褲。

鮫島用一隻左手把晶的兩隻手舉到頭上壓住，右手放在她大腿上。
「就這樣？」
鮫島停下來，調整壓制著晶時紊亂的呼吸，晶眨著閃亮的眼睛這麼說。
「之後呢？」鮫島反過來問她。
「那傢伙硬是親了我。」晶說著，賊笑了一下。
「硬是親了妳？」
「對。還把舌頭放進來，很不要臉。」
鮫島吻了晶，同時放開壓住晶的手。
他將嘴脣移開，繼續問：
「然後呢？」
「爬到屋頂上，汪地學狗吠。」
「就這樣？」
「就這樣。」
「要是供詞有假，對妳可沒什麼好處啊。」
「嘿嘿嘿。」
說著，晶關掉了檯燈的開關。

16

隔天，奈美一整天都待在房間裡，吃的是樓下便利商店買回來的便當。

一到播新聞的時間，她一定調到各個新聞頻道，下午七點、九點、十點，十一點半。

殺人事件沒有被報導出來，連楊到底被警方抓住了沒有都不知道。

她還在便利商店裡買了女性專用的求職雜誌，得想想辭了「玫瑰之泉」之後該到哪裡工作。

但是，她現在卻沒有心情翻開。

十二點半時電話響起，奈美一驚，這是她今天第一次聽到電話鈴響。

「——喂。」

「妳一個人嗎？」

對方說的是中文。

「嗯，一個人。」

「我現在想過去。」

「好。」

電話掛斷，不到五分鐘，門鈴便響起。

奈美站起來打開門。門口站著一個陌生男子，男人頭髮整齊地梳平，戴著眼鏡，身穿灰色的優雅西裝。

仔細一看，原來是楊，楊手裡提著一個金屬製的公事包。

楊無言地進了房，先用銳利的眼光掃視了奈美的套房一圈。奈美只是呆呆地看著他。

「好厲害，看起來好像有錢人。」

楊沒回答，他把公事包塞進床下，坐了下來。

「警察那邊怎麼樣了？」

「好像沒有懷疑到我身上，但是……」

奈美一邊回答，一邊對楊的變化感到疑惑。

「但是？」

「他們在找你。」

楊輕輕點點頭。

「還有，社長也在找你。」

「社長？」

奈美把安井給自己的名片拿給楊看，楊看著這張名片。

奈美告訴楊在安井興業事務所發生的事情，但是她沒有講大家出來之後郁說的那些話。

奈美感到情緒異樣地高漲。她依然覺得不害怕楊，反而覺得能看到自己以往不認識的楊，覺得很意外、很感興趣。

「——那個男人叫妳打電話給他對嗎？」

「嗯。」

「妳打電話給他，他就會來見妳嗎？」

「不知道，不過應該會吧。」

想了想，奈美開始有點不安。這次他又打算做什麼？

事。」

她問楊。

楊用他有幾分空洞的眼睛看著奈美。

「我在找一個人，那個人跟一個叫石和的日本人在一起，所以我想知道關於這個石和的事。」

奈美搖搖頭，她沒聽過石和這個名字。

「石和是幫派老大，幫派叫石和組。」

「我沒聽過。」

「這個男的也是幫派裡的人吧，那他一定知道石和。」

「你為什麼這麼肯定？」

楊拿出公事包，打開蓋子。他很快地取出一個塑膠袋，不讓奈美看見裡面裝了什麼。公事包裡還有亞木的手拿包。

他打開手拿包，裡面放有錢包、收據、名片等等，還有一個皮製類似筆袋的東西。

楊打開這個筆袋，裡面放著一個拋棄式的尖細皮下注射器，還有四個薄薄的小袋子，長得很像點心包裝裡常見的乾燥劑。

「那個男人要的是這個。」

不用說也知道，這一定是毒品。

「要是警方發現這些東西，一定會囉哩叭嗦地盤問很多，他怕的是這個。」

奈美盯著楊。楊打開一個袋子，稍微撕破一點，把裡面的東西放到掌中。

奈美心想，這顏色真漂亮，雪白的粉末閃著亮光。

楊將放在掌中的粉末高高舉起，透過日光燈的燈光看著。接著他放下手掌，用舌尖舔了一點點，奈美一直看著他。
楊過了一會兒才說：
「有混過，不過是臺灣製的。」
接著他將口水吐在衛生紙裡，皺著臉。
「很難吃嗎？」
「苦，非常苦。」
「你也吸這個嗎？」
楊搖搖頭。
「碰這種東西的是笨蛋。」
接著他走到廚房，連同剛剛弄破的袋子，把袋子裡的東西全用自來水沖掉，手也洗乾淨。
奈美從冰箱拿出可樂罐給他。楊點了點頭，打開瓶蓋送到嘴邊。
「妳打電話給這個男人。」
「為什麼？」
「妳說，要告訴他我的事。」
奈美睜大了眼睛，看著楊。
「妳告訴他，想在人少的地方見面。」
「在哪裡？」
楊想了想。
「最好在不會被別人看到的地方，新宿御苑好了。」

「可是那裡晚上沒有開。」
「我知道。」
「你去過？」
楊點點頭。
「那裡面有一個叫做臺灣閣的建築，就約在那裡。」
「我要什麼時候打電話？」
「明天一早，趁新宿御苑還沒開。」
「那麼早？他不會來的。」
「會，妳把皮袋子的事告訴他。」
「要約幾點？」
「早上五點。」
「這個時間，事務所裡不會有人在吧？」
楊把名片遞給奈美。
「不用擔心，一定會有人在。」
奈美不知道楊為什麼這麼有把握，但她還是點點頭。
「我知道了。」
楊站起來，奈美訝異地問。
「你要去哪裡？」
「我要回去了。」
「這麼快？你有地方住嗎？」

楊沒有回答。
這時候電話剛好響了，楊緊繃起臉。
奈美看了楊一眼，楊點點頭。
「喂？」
「是奈美嗎？」
電話那頭傳來男人的聲音。
「是的。」
「我是昨天跟你見過面的安井。」
奈美看著楊，安井的聲音很粗，有點沙啞。
「是……」
「妳現在一個人在嗎？」
「……對。」
「可以過去坐一下嗎？不會打擾很久的。」
「我現在正要睡……」
「我很快就走，有點話想跟妳說。」
「我想不太方便。」
「那我現在馬上過去啊。」
電話掛斷了。
奈美看著楊。
「糟了。社長打電話來，說現在馬上要過來。」

「快關燈。」

楊說道，奈美幾乎是彈了起來，她站起身，關掉日光燈的開關。

楊大步走到窗邊，窗戶旁掛著蕾絲窗簾，他撥開窗簾，打開落地窗，走到陽臺外。

「怎麼了？」

「安靜！」

楊跪著，從陽臺的扶手往下窺探。

接著他回頭看看兩旁房間的窗口。兩邊鄰居都跟奈美一樣從事特種行業，這個時間還沒回來。

楊回到房內，關上落地窗。

「怎麼了？」

「安井的手下在監視這棟建築物，他在懷疑妳。」

「怎麼辦？」

「不要緊，安井他不知道我到這裡來。他只是看到一個男人進了這棟建築物，所以想進來確認而已。」

「可是——」

「我躲到隔壁陽臺去。如果他威脅妳，妳就說妳要報警，就說我的事情妳什麼都不知道。」

接著他拿起放在玄關的鞋，提著公事包，再次走出陽臺。他越過扶手往樓下望了望，可能是抓到監視的空檔，一瞬間站上扶手，跨過跟隔壁相鄰的隔板。扶手的寬度只有十公分左右，但是他卻輕巧得有如走在平地上一樣，跳到隔壁的陽臺下。

「關上窗戶，把燈打開。」
聲音從羽目板的另一邊傳來，奈美只能遵照他的指示。
她關上落地窗門，放下蕾絲窗簾後，緊張地看著室內。
電鈴響起。
（這麼快。）
心臟快要跳出來。原來安井是從樓下打的電話，他真的在監視這房間。
門鈴又響了一次。
奈美來到玄關前，她開了門，但沒解開門上的鍊條。
安井背後站著兩個跟班。安井身穿奶油色西裝，繫著格紋領帶，戴著有度數的太陽眼鏡。
「來了。」
「不好意思啊，突然來打擾，有點事想跟妳說。」
語氣雖然很客氣，但是表情卻有著讓人無法說不的氣勢。
「什麼事？」
「可以開個門嗎？隔著門不方便說話，而且這樣對鄰居也不好意思吧……」
背後的兩人對走廊兩側投以尖銳的視線。
「可是，這裡就我一個女人自己住……」
「不會花妳太多時間的，我馬上就走，也不勞煩妳泡茶，這幾個傢伙我讓他們在外面等著。」
「真的嗎？」

「真的，我保證。要是我不守信用，妳報警也沒關係。」

奈美先關上門，解開鍊條。安井依照約定，一個人進了房。

「不好意思啊。」

安井先看了看玄關地面的三和土⑱，接著探頭看看室內後這麼說。他反手把門開了一條細縫，奈美想到這應該是方便他隨時叫喚自己的手下。

「唉，我們公司裡的男員工都是些不成材的東西，不過女孩我們可管理得很徹底，所以總公司裡也有妳的住址。」

說著，安井脫下了鞋子。

「打擾啦，哎呀，這房間真不錯呢，房租多少啊？」

他二話不說進了房。

「跟妳借個廁所啊。」

他打開一體成形的小衛浴走進去，洗個手就馬上出來。

他從西裝內側掏出手帕擦了手。

安井撥開窗簾看著陽臺外面之後，在房間中央盤腿坐下，從西裝內側口袋拿出Lark菸。

沒辦法，奈美只好坐在床鋪上。他把雙手放在膝上，盯著奈美。

「我抽完這根就走啊，菸灰缸……啊，就用這個可樂罐吧。」

奈美聽到「叮」的一聲，打火機打開蓋子的聲音。

安井出聲吐出一口菸，然後說道。

「對了，那邊，有跟妳聯絡嗎？」

奈美抬起臉。

「就那個啊，楊，下落不明的那個少爺。」

奈美沉默地搖頭。楊就在隔著牆壁，距離自己背後不到幾公尺的地方，她覺得背後開始發燙。

「是嗎？」

「咚」地一聲，安井將菸灰從罐口抖落，剩下的可樂發出「唧」的聲音。

「妳是中國來的？」

奈美有一瞬間抬起頭來。

「我是從其他女孩那裡聽來的，聽說妳是殘留孤兒？」

「我媽媽是。」

「那妳是在日本出生長大的？」

「十三歲的時候到日本來的。」

「那妳會說中文囉。」

奈美點點頭。

「對了，聽說那個姓楊的日文不太靈光呢。」

「我不太清楚。」

「妳幫他翻譯是不是？跟亞木說話的時候。」

奈美搖搖頭。

「妳經常跟楊說話嗎？」

⑱日式建築玄關前，經過壓製加工的硬土地。

「也沒有。」

「妳看著我，讓我看清楚妳的臉。」

奈美抬起臉。

「真是個美人胚子呢，楊一定迷上妳了吧。」

「沒有。」

「妳不是說你們沒怎麼說話嗎？」

「沒說話我也知道。」

「是嗎？妳有沒有聽楊提起過他朋友的名字什麼的？」

「沒有。」

「他好像跟亞木說，借住在朋友家裡。有聽說過嗎？」

「沒聽說過。」

過了一會兒，安井才繼續說。

「剛剛呢，有個男人一個人進了這棟公寓。不過呢，現在這棟公寓裡有亮燈的房間，只有兩間。男人進公寓之後，亮燈的房間也沒增加。這就表示，他進了原本那兩間房的其中一間。可能是妳家，或者是另一間。」

「你怎麼知道？」

「其實呢，我這裡有幾個年輕人，從昨天就一直在下面看著妳這邊。」

「你為什麼要監視我？你又不是警察。」

「唉，我們這邊問題也不少啊。我當然也不想這麼大費周章，妳也不喜歡吧。妳的心情我懂，所以如果妳知道些什麼，就告訴我吧。」

奈美深呼吸了一口氣。

「我什麼都不知道。」

「我可不這麼想啊。他連通電話都沒打來過？其實有過吧？」

「沒有。」

「喔，是嗎？」

說著，安井將抽到一半的香菸丟進可樂罐裡。

「妳不說也無所謂啦，不過妳這麼倔強，我只好多來幾趟了。」

「我會報警的。」

「好啊，妳報警啊，反正我沒做什麼壞事。條子應該也會感謝我，我這麼做可是想幫警察的忙啊。」

「騙人。」

「我哪裡騙人了，真的啊。那個姓楊的殺了人，抓住殺人犯是善良市民的義務啊。」

奈美突然覺得很荒謬。楊確實是殺人犯，但是跟安井比起來，她並不怕楊。而且，安井才不是什麼善良市民。

安井沉默了下來，這不自然的沉默讓她心生恐懼。

「好，算了。如果楊有跟妳聯絡，一定要通知我，幾點都可以。妳手上還有我的名片吧，只要打那個電話，一定會有人在。」

奈美點點頭，楊說得沒錯。

安井站起來，慢慢走到玄關。

他穿鞋穿到一半，好像突然想起了什麼，又回頭。他右手伸進懷中，取出皮夾。

「啊，對了。這就當作跟妳借洗手間的謝禮。」

他把一萬日圓推給奈美。

「不用。」

「好了好了，妳就收下吧。給妳這錢也沒有要叫妳幹麼。還有，妳的薪水我會盡快算給妳的。」

打開門，外面兩個抽菸抽到一半的年輕男人急忙把菸踩熄，低下頭。

「走囉！」

安井的口氣很不高興，他又對奈美點點頭。

「那先這樣啦。」

他拉了拉長褲，在走廊上大步走著，兩個手下急忙追在身後。

奈美關上門、上好鎖。她鬆了一口氣，幾乎要癱坐在地上。她再次鎖上鍊條，回頭看房間。

她倒吸了一口氣，不知不覺中楊已經回到房間了。

「嚇了我一跳。」

她小聲地說，同時發現楊的樣子很奇怪。他的右手壓在側腹部上，正坐在床上。

「怎麼了？」

楊安靜地搖搖頭，他的臉色很差。他就這樣好一陣子不動，把放在地上的公事包拉過來，打開蓋子，從裡面取出膠囊和紅色錠劑，放進嘴裡。

「你生病了嗎？」

「沒事，剛吃完藥。」

「肚子痛嗎？」

「盲腸炎，已經慢性化了，沒什麼大不了的，總有一天要去割掉。」

奈美想起亞木跟楊一起在更衣室裡的時候，那天楊一定也突然痛起來，吃了藥，正在等待藥效發作吧。

「要不要去看醫生……」

話說到一半，她才發現這句話並沒有意義，楊不可能有健保。

「你真的不要緊嗎？」

「沒關係，過三十分鐘就好了。」

「那你先躺下來吧，反正現在也不能出去。」

楊點點頭，躺在床上，奈美坐在他腳邊。楊拿下眼鏡，放進西裝胸口口袋裡，同時他撐起上半身打算脫下西裝，奈美幫著他脫下外套。

楊把頭靠在公事包上，閉上眼睛，額頭滲出冷汗。

奈美站起來，走進廚房，把手巾弄濕後用力絞乾。

她將手巾放在楊的額頭上。楊沒有動，眼睛還是閉著，他開口說：

「明天早上要打電話，不要忘了。」

「你到底打算做什麼？」

「跟他談談。」

「但是他們會抓到你的。」

「不會。」

楊很肯定地說。

「奈美。」
楊叫了她，奈美看著楊。
「過了明天，就忘了我。」
奈美點點頭，說：
「奈美是我在店裡的名字，我的本名叫……清娜，戴清娜。」
「清娜，妳在哪裡出生的？」
「黑龍江省，你呢？」
「臺灣，妳知道臺灣嗎？」
奈美搖搖頭。
「跟我說說。」
「很溫暖，是個比東京更溫暖的地方。」
「人很多嗎？」
「臺北和高雄有很多人，我長大的地方是東邊的中部，一個靠海的鄉下。我每天都潛到海裡抓魚，我從小就很擅長游泳。妳會游泳嗎？」
「不會，我不敢讓臉泡到水。我朋友經常在河邊玩，但是我不敢。」
「很簡單的，我現在還是可以潛水超過三分鐘。」
「你靠捕魚生活嗎？」
「不是，那只有小時候。因為我家很窮，所以想抓魚給家人吃。」
「我很會跳舞。」
「跳舞？」

「對，我姊姊教我的。我叫姊姊，其實是表姊。」
奈美站起來。
「吉魯巴、探戈、華爾滋……」
她在狹窄的房間裡踏著舞步。
「到日本來之後沒有地方可以跳舞，本來以為我已經忘記了呢……」
奈美笑了。
楊也微笑著。看得出來他覺得很有趣，奈美很高興，一種接一種，跳起不同舞步。
「不錯吧？這比迪斯可裡跳的舞有趣吧，日本人不太跳這種舞的。」
「臺灣人也都喜歡跳舞。」
「你會跳舞嗎？」
楊露出困惑的表情。
「很久以前，還在軍隊裡的時候，一放假就出去玩、跳舞。」
「你待過軍隊？」
「是啊，臺灣男人都待過。」
楊看起來好像不太喜歡這個話題，奈美換了個話題。
「你喜歡喝酒嗎？」
「只喝一點。」
「旅行呢？去過什麼地方旅行嗎？」
「去過很多地方，不過日本是第一次來。」
「美國呢？」

「去過。」
楊看來也不太喜歡這個話題。
「家人呢?結婚了嗎?」
「沒有。」
楊冷淡地說。
「你討厭女人嗎?應該不會吧?應該沒有討厭女人的男人啊。」
楊點點頭。
「不討厭。」
「你覺得日本女人怎麼樣?」
楊輕輕搖搖頭,閉上眼睛。
「你想睡嗎?要睡覺嗎?」
「妳在跟我說話,我睡不著。」
奈美笑著摀住嘴。
「對不起,我不說了。」
「妳不睡嗎?」
「現在還不睏。」
「因為我在的關係嗎?」
「跟你沒關係。」
奈美搖搖頭,接著她問:
「你討厭我這種女人嗎?」

「為什麼？」
「因為我在那種店裡工作。」
「我已經忘了。」
「那……」
奈美話說到一半，又吞了回去。
「什麼？」
楊開口問。
「我想到你旁邊。」
楊盯著奈美看了一會兒，最後他沉默地挪了挪身體。
奈美就這樣穿著衣服，躺在楊身邊。她打開檯燈，關掉天花板上的照明。
她盯著檯燈映在天花板上的光環。
「現在還痛嗎？」
過了一陣子，奈美問楊。
「已經不要緊了，現在不痛了，吃過藥就沒事。」
奈美點點頭。楊仰望天花板，閉上眼睛。
奈美輕輕伸出手，撫摸楊的胃附近。楊的身體縮了一下，但沒有再繼續動。
奈美撫摸著楊的肚子，掌心可以感覺到楊緊實如索般的肌肉。
楊沒說話。
大概有十多分鐘，奈美輕撫著楊的小腹。慢慢地，她的手掌稍微往下方移動。楊沒有動靜。

奈美繼續靜靜地撫摸這裡，等待楊的身體出現變化。

楊開了口，出現變化了。

「別動。」

奈美輕聲對他說，拉下楊長褲的拉鍊。

奈美感覺有人搖動自己的身體，睜開了眼睛。穿好西裝的楊站在床邊，時間是清晨四點。

奈美很驚訝。

「不是五點才要打電話嗎？」

也不知道自己是什麼時候睡著的，還非常睏。

「對，但是不要從這裡打。」

奈美撐起上半身。

「要從哪裡打？」

「都可以，離這裡遠一點的地方。」

楊手裡拿著公事包。

「我們分頭離開這裡，等我離開後十分鐘妳再出來，之後隨便妳想去哪裡，五點的時候就打電話過去，最好從公共電話打。妳就這麼告訴他，我打電話給妳，說『我沒有地方去，想跟妳借錢。現在睡在御苑裡，請馬上過來。』」

「『我沒有地方去，想跟妳借錢。現在睡在御苑裡，請馬上過來。』」

奈美跟著重複了一次，楊點點頭，表情很嚴肅。

「可是現在御苑還沒開。」

「翻過柵欄從哪裡都進得去，尤其是千駄谷那邊。妳就告訴他們，是我這麼說的，我會在臺灣閣後面的池邊。」

「臺灣閣是吧，可是如果他們叫警察來怎麼辦？」

「那些傢伙叫警察？」

奈美點點頭。

「不會的，那些傢伙想抓我，帶到其他地方去。」

奈美開始害怕。

「那我該怎麼辦才好？」

「之後妳想怎麼樣就怎麼樣，但就是不要回到這裡來。」

「不要，我也要去御苑。」

「很危險的。」

「可是你一個人不能跟那些人說話吧，你的日文還不行啊。」

楊無言凝視著奈美。

「而且，我打了電話之後，他們就會認為我是你的同夥。」

楊再次安靜了下來。

「拜託你，帶我一起去，我不怕的。」

楊的眼神變得空洞。

「妳會看到以往從沒看過的東西，會讓妳不舒服的。」

「沒關係，不管看到什麼我都會忍耐。」

「妳會覺得我很可怕。」
「不會，絕對不會，對我來說跟你分開才可怕。」
奈美很肯定地說。
楊點點頭。
「知道了，我們一起走吧，但別穿裙子。」
「我換牛仔褲，可以嗎？」
「嗯。」
「監視的人呢？」
「已經不在了，應該是死心回去了。」
奈美連忙換上牛仔褲和運動衣。
「最好打包兩、三天用的行李。」
聽楊說完，奈美在布製購物袋裡塞了換洗內衣褲和一件連身裙。
「好了。」
「走吧。」
楊正走向玄關，奈美勾住他的手，楊回頭看著奈美。
「不要丟下我一個人，絕對不要。」
奈美看著楊的眼睛。
「知道了。」
楊低聲回答。

走到外面，一片廣闊的泛藍天空。兩人沉默地走著，在車站附近，攔下一臺經過的計程車。

「到千駄谷。」

奈美對司機說。

楊看來到過新宿御苑好幾次。計程車開到千駄谷五丁目時，他用手肘頂了頂奈美的側腹示意。

「到這裡就好。」

車錢由奈美付。兩人下了車，計程車一路沿著明治通駛來，楊彎進左邊一條巷子，奈美小跑步地追在他後面。

這裡是混合了住宅和商店的區域，每個店家鐵門都還沒拉起，路上的行人只有牽狗散步的老人。

楊指著路左邊的某座電話亭，奈美點點頭，進了電話亭。她將購物袋放在腳邊，拿起話筒，楊也一起進了電話亭。

她拿出安井的名片，插入電話卡按下號碼。

鈴聲響了三、四次後。

「喂，安井興業。」

一個年輕男人的聲音接了電話。

「請找安井社長。」

「妳哪位？」

「我是奈美。」
「社長現在不在。」
「我有急事找他，楊打了電話給我。」
「請等一下。」
話筒中響起了等候的音樂，好一會兒。
「喂，妳好。」
是另一個男人的聲音。說話方式很隨便，聽起來像是還很想睡。
「我有事想請你轉告安井社長。」
「請說。」
「楊打電話給我，說他沒有地方去，要我借他錢，他現在睡在新宿御苑，要我到一個叫臺灣閣的地方去。」
「請等一下。新宿御苑的臺灣閣對吧，妳現在在哪裡？」
「新大久保的車站。」
奈美順口編了個謊。
「妳別掛斷，等我一下。」
等候音樂再次響起。奈美遮著話筒跟楊說明了狀況，楊點點頭，按下公共電話的話筒掛桿，電話卡隨著嗶嗶的警示音一起吐了出來。
楊對盯著自己的奈美說：
「沒問題，那些傢伙一定會來的。」
他們離開電話亭開始走路，筆直地走在往東北方向延伸的路上。

最後他們正面出現一座高高的鐵柵欄，塗著黑漆，前端很尖銳。隔著狹窄的道路，對面是成排的建築物。他們沿著柵欄走著，途中柵欄好像突然凹陷了下去，接著是幾戶民宅。這些房子都很老舊，也不知道為什麼，似乎幾乎都是空屋。

楊繞到空屋後面。

鐵柵欄只有在這附近變成老舊的水泥牆，是由破碎變細的水泥柱連成的一片牆。附近很暗，也很安靜。

楊遞出手裡的公事包，奈美接了過來。

濃厚的草木氣息竄入鼻中，楊的手攀上圍牆頂部，很輕鬆地提起自己的身體。奈美將公事包和自己的購物袋遞給雙腿跨坐在圍牆上的楊。

楊接過後，將東西放到圍牆內側。接著奈美將雙手往上伸，她很擔心會不會被別人看到，不過完全沒有聽到開窗的聲音。

楊抓住奈美的手，輕鬆地把奈美拉到圍牆上。等到奈美跨坐在圍牆上，他自己才跳進圍牆內側。

楊張開雙手。奈美將雙腳放進牆的內側，從圍牆跳下來。途中楊托住了奈美的腰。落地的奈美環視著周圍，這裡種著大大小小的樹木，應該是在一片樹林裡，再前面一點有一條用小砂礫鋪成的路。

這是她第二次到新宿御苑來，去年春天她曾經跟當時交往的男人一起來賞櫻。

楊邁開步伐。御苑裡綠意茂密，也很安靜，天亮得似乎比外面的街道來得晚。

偶爾可以聽到鳥群喧擾的叫聲掠過頭上，自己踩在砂礫上的腳步聽來格外大聲，奈美感到一陣寒意。

楊為什麼能在這麼廣大的庭園裡毫不猶豫地走動？奈美忍不住好奇。她小跑步地跟在楊身後，漸漸地，看到前方的池子，那是一個形狀細長的水池，隨處有往內凹的曲線，看來並不太深。

他們穿過池水較細部分上架的通路，這時楊回頭看著左手邊。在茂密樹林中，有一座木造的建築物，屋頂邊緣各自尖翹地往天空突出，白色牆壁上嵌著大大的圓窗。

「那就是臺灣閣。」

楊低聲說，同時繼續往前走。

他們走到池子的另一邊，才看清楚原來那建築物蓋在池邊。

奈美有好一會兒看得出神，以前來的時候完全沒注意到它的存在。深綠色池水中，映照著天空和柱子般臺座上的建築物，池邊是整理得很漂亮的草地，當中有一條蜿蜒的步道，正面是一片茂密的森林，比森林頂部更高的地方，可以看到西口的高樓群。

草地部分好像是日本庭園，但是比起這座整理得井然有序的庭園，奈美更喜歡臺灣閣那股神祕的氣息。

一回神，楊已經走到很前面，正穿過茂密樹林裡的小道。樹林持續延伸，遮掩著逐漸透亮的天空光線。

要是一個人來，一定會迷路吧。這簡直像個巨大的迷宮，高聳的樹木很多，所以無法望向遠處。不過奈美還是隱約感覺到，兩人應該正往新宿的方向前進。

突然間，眼前的景色豁然開朗。正面是水泥圍成的池子，菖蒲葉從混濁的水中探出頭。右邊有樓梯，再過去有一棟水泥蓋成的建築物。

楊往那邊走去，奈美追在他後面。池邊隨處有剝落、翻起的鋪石，樓梯中央有一座往池中滑落的滑梯。

原來這不是池子，是游泳池——奈美這才發現。因為她看到水池跟建築物之間有排列著自來水水龍頭的飲水區，左邊有公共廁所。

這建築物上方的屋頂由好幾根水泥四角柱支撐著，角落有嵌著窗的房間，但是一點人跡都沒有。

前面立著三個高一公尺左右、直徑大概有五十公分的圓形樹樁殘株，好像可以拿來當桌子用，樹根處幾乎全被雜草覆蓋著。

楊走向其中一根，把公事包放在一旁，開始移動殘株，看來不是普通的重。

接著他開始挖掘下面露出的地面。

到底要做什麼？奈美站在稍遠處看著。

終於，土裡出現一個黑黑的東西，楊將那東西拉了出來，是個用黑色塑膠袋包起來的包袱。打開塑膠袋後，可以看到裡面的布包。

楊把這些東西放在一旁，開始脫衣服。

脫到只剩下一條內褲的楊，解開綁住布包開口的繩子，伸手進去。

他先取出一圈綁成堅固環狀的繩索，放在一旁，接著又拿出一個用紙袋包起、長約四十公分的細長東西。最後他拉出一件用黑色運動服般布料製成的潛水衣，還有一雙橡膠底的靴子。

楊迅速穿上靴子以及潛水衣，上衣附有帽子，他戴上服貼的帽子，以下巴下方的繩子綁緊。

奈美一邊看著他，一邊將楊脫下的西裝疊好，放在公事包上。
她一點也不了解楊，為什麼他會把衣服和行李藏在這種地方呢？
楊的動作相當俐落，沒有一絲無謂的舉動。最後他打開紙袋，裡面放著一把收在刀鞘裡的匕首，楊用兩條帶子將匕首牢牢地固定在自己的右小腿上。
楊再次看著手錶，奈美也不由自主地跟著看自己的手錶。
再七分鐘就五點了。
楊將布包放回原來的洞裡，把殘株移放回上面。
「過來這邊。」
楊對她說。
奈美跟著他過去，來到泳池邊的兩座小屋前。這兩座幫浦小屋現在已經沒在使用了，其中一個小屋前方蔓生的雜草幾乎長到跟建築物屋頂同高，因為它蓋在比地面低一點的地方。
「妳待在這裡。無論如何都不要出來，等到我來接妳為止。」
楊就好像錄影帶裡出現的忍者，不過是個會說中文的忍者。
奈美點點頭。楊用尖銳的眼光看著奈美，接著一個轉身，小跑步地回到來時路。
看到他的身影消失在樹叢間，奈美把楊的公事包當作墊子，坐在上面。膝上放著自己的袋子和楊脫下的西裝、襯衫，緊緊抱著。她蜷起身體，盯著潮濕的地板，裡面好像住滿了蟲子。
她心裡充滿不安，這份不安並不是擔心自己將來的處境，而是對楊的命運所感到的不安。
她就這樣，一動也不動。

過了一會兒，聽到遠處有人聲，說話的聲音愈來愈接近。

奈美把雙手交叉在前，用力地把楊的衣服和包包抵在胸口，閉上眼睛。

綠意的味道，讓她腦袋開始暈眩。

17

新宿署設立「歌舞伎町酒店店長殺人事件」搜查本部已經過了三天，但是一反當初署內的預期，到現在還沒有抓到嫌犯。

鮫島因為其他事件來到藪的鑑識科房間，問了這件事的進展。

「本部有點開始著急了，本來以為是個滿輕鬆的案子，中國籍嫌犯現在下落不明。」

中國籍這幾個字勾起了鮫島的注意，他問藪。

「對，就是那個找不到指紋的傢伙。他們也問過陪酒小姐，在有前科的人裡找不到這個人。住址是胡亂編的，也沒有留下照片。日文說得不好，反而替他爭取了不少時間，現在可能跑到朋友那裡藏身吧。」

「嫌犯確定是那個男人嗎？」

「不，因為被害人是個毒蟲，所以也從這條線在搜查，但是有一件奇怪的事。」

「奇怪的事？」

「第一發現者你也知道的，被害人的上司安井，現在下落不明呢。」

「逃走了嗎？」

鮫島說，藪搖搖頭。

「不，不是。他昨天早上帶著三個年輕人出門，之後就再也聯絡不上了。」

「怎麼回事？」

「搜查員製作了肖像畫，除了陪酒小姐之外也想去找安井確認。沒想到跟這個安井一直聯絡不上，安井興業那些人都戰戰兢兢的，我想大概跟他們的非法勾當也有關係吧。」

「這倒是出乎意料呢。」

「是啊。聽說，昨天凌晨事務所接到一通電話，把他們叫出去。安井人在家裡，接到聯絡後，跟在事務所裡接電話的傢伙，連同司機總共四個人一起出門。」

「那是幾點的事？」

「大概四、五點左右吧。」

流氓在這個時間行動，若不是跟工作有關，就是接到總部的指示。通常早上四、五點是一般人活動力和理解力最低的時段。

他們往往相準這個時間，闖到獵物家裡，逼迫對方簽署借據或土地讓渡書等等。

總部並沒有發生暴動事件的跡象，這麼看來，安井等人被叫出去，很可能就表示他們注意的人物有了動靜。

安井還經營一家高利貸公司。假設追查行蹤的手下捎來情報，發現了避不見面的高額負債人，也很有可能會在這個時間採取行動。

「昨天早上嗎——」

鮫島喃喃念著，藪點點頭。

「以那些傢伙來說，整整一天一夜都聯絡不上，並不尋常啊。」

「應該不會是故意躲起來吧。」

「他們沒有理由躲起來啊。如果人是安井他們殺的，那就另當別論了，可是從手法上看起來，並不是黑道的殺法。」

「你說是頭部被敲裂對吧？」

「一個渾圓堅硬的東西，比方說石頭，或者菸灰缸。」

「找到兇器了嗎？」

藪搖搖頭。

「現場沒有找到。」

「你認為，兇器有沒有可能是人體的一部分？」

「人體？你的意思是說徒手殺人？」

鮫島點點頭。

「不一定是手，也可能是腳。」

藪換上嚴肅思考的表情。

「徒手敲破頭蓋骨……空手道裡確實有可以徒手擊碎磚塊或石頭的人，所以不是說不可能。可是，如果是這麼厲害的空手道高手，也不需要打頭，大可攻擊腹部的要害。」

「一般來說應該會這麼做。」

鮫島也說。

「如果用的是腳，那只能等被害人倒地之後再踢。」

藪接著說。

「被害人的致命傷除了頭部的割傷以外沒有其他傷。換句話說，除非被害人一開始就躺在地上，或者坐在地上，然後嫌犯再去踢他，否則……」

「被害人的身高多少？」

鮫島問。

「一百七十公分，不算高，但是如果被害人站著，要踢到他的頭是有點難，現場在被害人身邊也並沒有發現椅子之類的東西。」

「嫌犯是從正面攻擊或者從背後？」

「因為還不確定兇器的形狀，所以還很難說。不過從被害人的狀況來判斷，應該是正面。」

一個一百七十公分高的男人站著，要敲破他的頭，最快想到的是用類似球棒的長形武器，以劍道中「擊面」的動作由上往下揮。

這時候兇器會從前面的斜上方往被害者的頭部揮下。

郭所說的「下劈」那種招數，實際上是不是這個樣子，鮫島並不清楚。

不過，他隱約記得會用到腳後跟。

「有沒有可能是腳後跟？」

「腳後跟，什麼意思？」

藪露出很驚訝的表情。

「用腳後跟要怎麼樣敲破頭？」

「這我也不清楚，但是作為兇器的形狀，有沒有可能？」

「那當然不是不可能，但是那就表示嫌犯要像芭蕾舞者一樣，能把腳抬得很高。」

藪說著，終於笑了。

「要不要告訴本部？嫌犯可能是芭蕾舞者。」

鮫島搖搖頭。

這天晚上，鮫島被一通電話吵醒。睜開眼睛，看看枕邊的錶，半夜一點半。他是快一點上床關掉檯燈的，所以才剛要睡著。

「喂。」

「是鮫島先生嗎？」

聲音帶有口音，知道是郭的聲音後，鮫島馬上起身。

「我是，你是郭先生吧。」

「對，你睡了嗎？如果睡著了很不好意思。」

「沒關係，怎麼了？」

「我想帶你去個有趣的地方，我現在在新宿，能出來嗎？」

「可以，你找到毒猿了嗎？」

鮫島很緊張地問。

「還沒，不過，請你過來。」

「我知道了，要到哪裡找你？」

郭告訴鮫島的是歌舞伎町一丁目面對區役所通的地方。

「我現在在這裡的公共電話。」

「我馬上過去，這個時間應該十五分鐘左右就到了。」

「好，我等你。」

掛上電話，鮫島下了床。

他的住處離環狀七號線很近，這個時間應該攔得到走新青梅街道回都心的計程車。如果不行，也可以開自己的車。

他換上休閒褲，穿好襯衫，把特殊警棒和手銬扣在皮帶上，再披上外套。

如果遇上毒猿，只帶著特殊警棒心裡的確不太踏實，但是現在已經沒時間回署裡拿手槍了。

兩點多時，鮫島在區役所通入口下了計程車，司機很不想開進車流相當擁擠的區役所通裡。

鮫島小跑步進了區役所通，看到坐在路邊護欄上等待的郭。

他的左手吊在深藍色的西裝外套下。

「讓你久等了。」

鮫島說完，郭對他點點頭。

「你有帶手冊嗎？」

「手冊？你是說警察手冊嗎？」

「對。」

「有是有……」

鮫島說，郭的嘴邊浮現笑意。

「太好了，說不定會用到。」

「為什麼？」

「你很快就知道。」

說著，郭開始往歌舞伎町二丁目的方向走去，他在風林會館的那個十字路口往右轉。

三輛賓士亮著警示燈停在路邊，周圍有七、八個流氓包圍，有的抽著菸，有的蹲在地上等待車主出來。

這些流氓在這附近相當囂張，他們同時把視線集中在走近的郭身上，但是其中一個人注意到鮫島，臉色一變。

「您辛苦了。」

這些是石和組的小混混。光聽到這句話，不用多說大家也知道意思，所有人的臉上都出現緊張的神色。

鮫島沒搭理他們。緊張感從他身體深處逐漸擴散，外面有這麼多人守著，就表示幫派頭目石和等主要幹部全聚在這附近的店裡。

郭和鮫島穿過這群小混混當中。郭在第一個轉角往左彎，他表情很自然，好像什麼事都沒有。

「我們從後面走。」

郭說道，繞到停有賓士車的大樓後面。

「在這裡的三樓。」

鮫島抬頭看。

上面掛著「阿里山」的霓虹招牌，是間深夜餐廳。

「走吧。」

郭爬上堆滿濕毛巾籃的陡急逃生梯，鮫島也跟在他後面。後門沒有人在把風。

「阿里山」的木門上貼著寫上「會員制」的牌子。

「如果店裡的人說什麼，你就說，我們喝一杯就走。」

說完，郭推開了門。

店裡迴盪著回音很強的中文歌聲，同時也飄著中式菜餚的香味。除了歌聲之外，還有拍手聲和叫好聲，店裡相當熱鬧。

郭推開門的瞬間，身穿白色絲質襯衫的男人從後面衝上前來。沒等男人說話，郭先用中文對他說了幾句。

男人又接著回話，從裡面推著門。很明顯，他不想讓鮫島他們進店裡。

郭又用急促的中文說服著男人。

越過男人肩膀可以看到店裡面，中央有一條通道，這條路將店裡分成左右兩邊，各邊都在緊鄰通道邊上放著一臺大型電視，各個包廂則圍著電視排列著。

沿著通路上設有黃銅扶手，正面左後方看來應該是廚房。

左側邊包廂裡完全沒有客人，右邊好像有，但是男人用自己的身體擋住了。

郭回頭看著鮫島，又說了幾句中文，男人聽了臉色大變。

「你是新宿署的嗎？」

男人問。鮫島點點頭，拿出手冊。

「今天我們有人包場了。」

男人告訴鮫島，郭不等他說完，又繼續說。

男人皺著臉。雖然不知道郭在說什麼，但大概是想強行進店裡吧。

男人好像終於屈服，把手離開門，讓出一條路給郭走，他用乞求的語氣對郭說話。好像是在求他不要在這裡鬧事。

郭敷衍地應了他，用右肩推著男人的身體，進了店裡。

鮫島也跟在後面。

右邊包廂座位的聚光燈下，總共有十五、六個人。中間那桌坐著兩個女的和四個男人，左右兩邊一桌四個人、一桌兩個人，也各有一個女人陪著。

唱歌的是靠最右邊、坐著兩個男人的那桌，其中一個男人站起來拿著麥克風。

中間那桌的四個男人，有三個人鮫島認識。

這三個人是石和竹藏，以及石和組的幹部高河、羽太。石和身穿銀灰西裝，戴著深色鏡片。體型矮胖，剃著平頭，年齡大約五十出頭。

高河長得挺英俊，把所有頭髮往後梳平。尖削的臉上掛著銳利的眼神，身穿綠色兩件式西裝，個子很高。

坐在高河旁邊的是羽太，他跟高河剛好成對比，頭髮燙成小鬈，輪廓四方的臉上有許多青春痘的痕跡。羽太身穿黑色西裝，繫著圖案花俏的領帶。

石和和高河中間坐著一個身材較瘦，一頭銀髮的男人。臉色暗黑，給人內臟不太好的印象，對面坐著兩個女人。

郭一屁股坐在這批人對面的包廂裡，中間隔著通路。從對面看過來，這個位置剛好被電視擋住。

鮫島也坐在他對面。眼前的電視螢幕上，播放著以噴泉公園為背景，年輕男女行走的畫面，漢字歌詞從畫面下跑過。

穿著白色絲襯衫的男人，蹲在兩人身邊，用哀求的表情對他們說：

「千萬不要鬧事。」

「別擔心。」

鮫島說。男人點點頭，問道：

「兩位要喝什麼？」

看起來他好像不怎麼相信鮫島的保證。

鮫島看了郭一眼後說：

「啤酒。」

郭也點點頭，接著他抓住男人在絲襯衫下包住的手臂。

「別讓他們知道我們在，聽到了嗎？」

男人的眼裡帶著恐懼。

歌曲結束，對面的包廂裡響起拍手聲。

石和包廂左邊的那四個人慢慢站起來。所有人的眼光都越過聚光燈，看著鮫島和郭。

店裡的空氣緊繃。廚房入口有兩個身穿亮色西裝的年輕男子，他們全身僵硬地看著鮫島兩人。

「老闆、老闆！」

通道對面傳出低沉沙啞的聲音。

「來了。」

身穿絲襯衫的男人站起來，發出低啞聲音的是羽太。

「不是說要包場了嗎？叫他們走。」

站起來的四個人全都是石和的人，各自是石和、高河、羽太身邊的保鑣。

店裡一片安靜。穿絲襯衫的男人俯看著鮫島和郭，用力眨著眼。他舔著嘴脣，看起來很緊張。

「叫他們回去，要是不走，我就自己去說。」

這時候下一首歌的前奏響起，陪酒小姐和最右邊那桌的兩個男人開始拍手。

麥克風傳到石和身邊那個銀髮男人的手中。

銀髮男人開始唱歌之前，羽太對站著的四個人使了個眼色。

「喂。」

他用下巴對他們示意，四人互相錯著肩穿過通道。

銀髮男人開始唱歌，是嘶啞低沉的中文。

穿過通道的四個人走進鮫島他們這桌。鮫島低著頭，正點起菸。多虧了郭，今天可能要惹麻煩上身了。

郭慢慢站起來，出了聲。

「葉。」

歌聲停止。坐在右邊桌子的兩人迅速站起，挾著銀髮男人掩護他。

四人就快要上前揪住郭。

「住手。」

鮫島抬起頭說。

「你說什——」

話說到一半，其中一人發現是鮫島，頓時屏住氣。四人當場僵成石塊，動也不敢動。

石和身邊的那個人就是葉威沒錯，郭不知道從哪裡打聽到今晚葉威會到這間店來。石和組的頭目和幹部，再加上受到生命威脅的葉威，負責護衛的這些男人不可能赤手空拳。認出鮫島之後他們不敢行動，就是因為這樣，如果鮫島進行搜身，他們當場就會以違反槍械管制條例現行犯的罪名被逮捕。

「搞什麼，這傢伙！」

羽太發出怒吼，站了起來。他伸手擋住刺眼的燈光，痛罵著。

「把燈給我關掉！」
卡拉ＯＫ和聚光燈同時被關掉。
「……」
郭說著中文，語氣很強硬，他往前走。
葉威推開擋在自己身前的保鑣，站了起來，臉上的表情很緊繃。
四人慢慢轉向郭。羽太瞪著四人，用眼神責問他們到底在搞什麼。
「不要動，身上有傢伙吧。」
鮫島低聲對這四人說。鮫島的臉還被卡拉ＯＫ的電視擋住，羽太沒看到他的臉。
「你們幾個在搞什麼！」
羽太終於大叫。
郭沒理他，繼續往葉威的桌前走去。
葉威那桌有石和、羽太和高河，這是相當輕率的行動，不知道郭是臺灣刑警的羽太，隨時可能出手。
鮫島站起來。要是羽太出手，郭也不可能不還手過招。到時候，這裡就會陷入一片殺戮血腥。
羽太原本緊盯著郭，當他的視線移到鮫島身上，突然大叫了一聲。
「是你——」
然後住了嘴。
郭停在中間那張桌前。葉好像認得郭，他和右邊那桌的兩個臺灣人，都繃緊了臉。
郭慢慢轉向羽太和石和。

「我什麼都不會做，只是要說話。要跟臺灣了不起的老大，葉威先生說話。」

「你是誰？」

石和開了口，語氣聽起來很不高興。

郭對他行了一禮，是個充滿挖苦的動作。

「我是臺灣的警察，那位是日本的警察。」

他用左手指向鮫島。葉的保鑣倏地站起身，是兩人中較年輕的一個。

郭突然一個轉頭，瞪著那個男人。郭低聲對他說了幾句話。

葉把手放在那個男人的肩上，男人很不情願地坐下來。

「你，沒禮貌。我跟日本朋友在一起。」

葉用日文說，郭點點頭。

「要說日文？ＯＫ！ＯＫ！我跟你，有一樣的朋友。你見到他了嗎？還沒有見到吧？要是見到他，你就不會在這裡了。」

葉臉上沒有表情。

「這一點你最知道。毒猿，他看準的獵物，絕不會放過，這是你教我的。」

「叫他們回去。」

石和忿忿地說，石和的視線一直停在鮫島身上。

「我們馬上走。」

鮫島說。

「你說，你是新宿署的嗎？」

石和說。

「對，最好記住我這張臉，我是防犯的鮫島。」
「我們只是高高興興地在這裡喝酒，為什麼要來找我們麻煩呢，鮫島先生？」
「我沒有要找麻煩的意思。這個人說，想來見個老朋友。」
石和的眼裡有銳利的氣魄。
「通常，這就叫找麻煩。」
「是嗎？」
說著，鮫島跨過扶手，站在僵在當場不動的四個石和組保鑣身邊。
「所謂找麻煩，打個比方，就是在這裡對這些兄弟進行公務詢問，請他們脫個精光讓我檢查，然後再讓我領教一下他們身上帶些什麼東西。」
「媽的！」
羽太低聲罵著。
「羽太啊，算了算了。」
高河第一次開了口。很明顯，高河其實更加緊張。高河在標榜武鬥派的石和組中，是少見的知性派。鮫島想起高河跟下落不明的安井是好兄弟。
郭開了口，用日文說：
「葉，我住三光飯店。在這附近，如果希望我救你，隨時可以來。能從毒猿手裡救你的，只有我。你，全部坦白，我，幫你。」
「這傢伙在說什麼？」
石和看著鮫島。鮫島也回望著他，安靜地說：
「誰知道呢，應該是只有他們自己才聽得懂的對話吧。」

「你這小子，別小看我們了！」

石和大吼，果然充滿魄力的怒號。

鮫島盯著石和的臉。事情愈來愈棘手，但是已經來到不能收手的局面了。

「石和老大，您知道我的綽號嗎？我從不小看別人，只會緊咬不放。」

石和深深倒吸了一口氣，臉色一陣青一陣白。高河發現到石和的變化，頓時面無血色。他站起來，慌張大叫：

「夠了吧，請回吧，鮫大爺。」

他擔心石和已經到了臨界點，很可能會對鮫島出手。

鮫島看著郭，郭對鮫島點點頭。接著，他伸手抓起放在葉面前的那道菜，那是腰果拌炒蔬菜和肉。他把食物送進嘴裡，然後用葉的上衣擦乾淨自己的手。在這當中，他一直望著葉的眼睛。

「真好吃，非常好吃。」

郭說。葉僵硬地將身體往後仰，一動也不動。

「再見。」

他盯著葉的臉，輕聲對他說。

郭慢慢走到門邊，鮫島也追在後面，汗流浹背。

鮫島反手關上門的瞬間，店裡響起激烈的玻璃碎聲，那是有人翻桌的聲音。

他們再次走樓梯下樓。

來到外面，走入人潮中，鮫島深深地吐出一口氣。

走在前面的郭回頭看著他，彎起嘴角笑了。

「你緊張？」

「你還真亂來啊。要是再過分一點，真的會被幹掉。」

「要是在臺灣，葉不會放過我。但是這裡是日本，而且葉不能回臺灣。」

「為什麼？」

「毒猿。」

「他一定會殺葉？」

「一定會，無論如何，毒猿一定不會放過葉。」

鮫島搖搖頭，郭看起來簡直像迷上了毒猿。

「對了——」

鮫島說：

「『下劈』是什麼樣的招數？」

郭很好奇地看著鮫島。

「為什麼？」

「我們轄區裡有一個男人，四天前被殺了，頭部被敲破。」

郭的眼光變得很銳利。

「怎麼敲破的？」

鮫島搖搖頭。

「這個案子不是我負責的，所以不太清楚，不過只知道是用鈍器——你知道什麼是鈍器嗎？」

「像石頭一樣的東西，不尖。」

「對，死者被有點圓的鈍器，從正面敲破了頭。」
「請讓我看看屍體。」
郭很認真地說。
「很遺憾，現在還不能讓你看。」
「是嗎……『下劈』是從正面，在對方上面像這樣——」
郭突然停下腳步，把左手拉近身體，右手稍微推出，俐落地舉起右腳。右膝抬高到幾乎要碰到胸口，右小腿也筆直地舉高到額頭。
接著，從這個高度以稍微傾斜的角度揮下腳後跟，腳趾尖輕鬆地超過鮫島的額頭高度。好幾個醉漢都吃驚地停下腳步看著。
「這就是『下劈』，就是用腳後跟往頭上敲的招數，頭和這邊的骨頭會斷掉。」
郭指著鎖骨。
鮫島啞然地看著他。這真是令人難以想像的豪技，如果一個高個子男人使出這種招數，幾乎不可能躲開。就算護住頭，肩膀也會被踢到。
「破壞力呢？一招就有可能殺人嗎？」
郭認真地望著鮫島。
「要看是誰出招。一招就殺人，不簡單，但是，如果是毒猿，就可以，以前他在臺灣也殺過。剛開始看到屍體的時候，大家都以為是石頭敲的，用手拿石頭，像這樣往下敲。」
郭擺出將雙手舉到頭上往下揮動的姿勢。
「可是，錯了，毒猿是用腳後跟敲破對方腦袋的。這是可怕的招數，不知道的人，到中招前都不知道發生了什麼事。」

18

參宮橋的這間公寓，跟奈美在新大久保的公寓簡直無法相比，豪華極了。紅磚色的外牆上嵌著玻璃門，裝有自動門鎖系統。

除非透過入口處的集合對講機請住戶從內部開門，或者握有鑰匙，否則就無法穿過裡面的自動門，到達電梯前。

晚上九點，奈美和楊站在公寓入口。奈美穿著連身裙，楊身穿西裝。

到剛剛為止，兩人都待在芝的一間商務旅館裡。

昨天一大早離開新宿御苑後，他們就一直住在商務旅館裡。

奈美已經知道接下來會發生什麼事。昨天早上離開奈美公寓時，楊對她說：

「妳會看到以往從沒看過的東西，會讓妳不舒服的。」

一點也沒錯。

昨天奈美吐了好幾次。她心想，在御苑發生的事，應該再也忘不掉了吧。

楊離開之後，幾個人走過奈美藏身的幫浦小屋前。接著沒過幾分鐘，她聽到以前從沒聽過的叫聲。雖然只有一次，但是聲音拖得很長，聲音停下後，是一片安靜。

等了差不多三十分鐘，奈美再也忍不住。她想，楊是不是被殺了。她正打算爬上幫浦小屋的樓梯逃走時，楊回來了。

楊的肩上扛著一個男人的身體，剛開始奈美沒認出那是誰。

原來是鼻骨碎裂、已經看不出原來長相的安井。他的兩手在手肘處扭成奇怪的角度，嘴巴裡塞著比拳頭稍小的石頭。不知道是不是塞石頭時折斷的，門牙已經不見，血和口水流到下巴。

楊像丟出行李一樣，把安井的身體拋到奈美眼前。

安井發出痛苦的呻吟，唯一可以察覺他表情的眼睛裡浮出淚水，滿臉寫著恐懼和哀求。

奈美呆呆地站在當場。

安井在地面上扭曲著身體，但是他斷掉的雙手等於廢物，整個人就像斷了翅膀的蟲隻一樣，動作中充滿了痛苦。

楊完全沒有表情，他用中文對奈美說：

「妳替我問這個男的話，告訴他要是回答我就不殺他，要是說謊或是不回答，我就殺他，而且會讓他死得很痛苦。」

奈美摀住嘴，點點頭。安井的眼睛仰望著自己，看得出他在求自己救他一命。

奈美強忍住嘔吐的感覺，說：

「你回答問題，就可以活命，否則就會死。」

安井拚命動著頭。楊抓住他的肩膀，讓他上半身坐起，這粗魯的動作讓安井再次發出慘叫。

「我現在拿出嘴裡的石頭，要是敢出聲，馬上就沒命。」

楊說著，奈美用顫抖的聲音替他翻譯。

安井點點頭，楊的手指伸進他嘴裡，拉出石頭。折斷的牙齒撞到石頭，安井閉上眼睛拚命忍住不叫。

「——別、別殺我，拜託，妳告訴他，不要殺我——」

安井黏答答的舌頭頓時迸出一串話，楊用手掌摀住他的嘴。安井安靜了下來。

楊拿開手掌，問他：

「問他認不認識一個姓葉的中國人。一個臺灣男人，今年六十五歲，是石和組老大的朋友。」

奈美點點頭。安井的眼睛很快地在楊和奈美之間來來回回，汗水、血水和口水，讓安井的臉上滿是斑汙。

「你認識一個姓葉的臺灣人嗎？是石和組頭目的朋友，有一點年紀了。」

「不、不認識，真的不認識。我們跟石和雖然是同一個系列……但是那個臺灣人我不認識，我沒有瞞妳，是真的。這傢伙剛剛殺了我三個手下，才不到一轉眼的時間。我求妳，妳叫他別殺我，我什麼都說——」

奈美把安井說的話告訴楊，奈美好像看到楊的臉上有一瞬間浮現出失望的神色。

「那妳再問他，石和組的頭目住在哪裡？」

「好像是四谷附近的公寓，但是詳細地點我也不知道……」

「石和組的事務所在哪裡？」

「在新宿，有本部和宿舍兩個地方，這、這本手冊裡有寫住址。」

安井企圖用他折斷的右手指向外套，發出了呻吟聲。

聽到奈美的翻譯，楊拿出安井的手冊。

「石和組的幹部裡，你知不知道誰的住處？」

「知道知道，有一個叫高河的，他是石和的頭號幫手，那傢伙現在沒跟老婆住，住在參宮橋女人的公寓裡。」

「地點說得清楚嗎？」

安井解釋了地點。以前喝完酒後曾經送這個女人回去好幾次，聽說原來是新宿高級俱樂部的陪酒小姐，現在沒在工作。

「那個叫高河的，每天都會回這個女人家嗎？」

「要是沒有意外的話……我也不清楚，應該是吧，他的手下現在應該也都是到這邊的公寓去接他。」

楊盯著安井看，接著他轉頭看奈美。

「妳覺得他說的是真的嗎？」

奈美點點頭。

「嗯，他都快嚇死了。」

楊點點頭，撿起從安井嘴裡撈出的石頭。安井的眼睛瞪得斗大，他張開嘴巴就好像馬上要大聲叫出來。可是，楊的動作比聲音快，他將石頭塞進安井喉嚨。安井發出想擠出石頭的嘔聲，可是這聲音也只是被勒緊般的低沉呻吟。

楊再次輕鬆扛起安井的身體。安井的兩腳拚命地拍動，那樣子就像小孩子在胡鬧吵著不要、不要。

「妳再等一下。」

楊把安井扛在肩上，對奈美說，然後走上樹林間的道路。

安井發出「兮兮」的聲音，那聲音從石頭和喉嚨之間漏出來，算不上是氣息，也說不上是聲音，音調雖然很高，但並不大，他一邊拍動著腳。

兮兮叫聲終於完全聽不見了。

奈美蹲了下來，在草叢中吐了，她決定不去想安井之後會怎麼樣。

感覺自己好像做了一場難以置信的惡夢。在濃重綠意的包圍下，身在還不到開放時間的寧靜公園裡，一點現實感都沒有，就好像剛看了一場在腦海銀幕上映的電影。

過了一會兒，楊回來了。他脫下黑色潛水衣，用雙手抱著，只剩下一件內褲。奈美發現他身體全被水沾濕了。

「好了。」

奈美抬頭看楊，楊望著天空，晨曦正照在新宿的高樓群上。

「今天應該會下雨，池子的水位不會下降，沉到池裡的那些人暫時不會被發現。」

「沉到池裡？」

「用水溝的鐵蓋當重物，拿繩索把三個人綁起來，讓他們抱住鐵板。」

接著他凝視著奈美，奈美又開始覺得想吐。

「我們在這裡分開吧，但是我希望妳不要去報警。」

楊說，一邊穿上奈美替他疊起的襯衫，穿上西裝褲。

奈美低下臉，搖搖頭。

「我跟你在一起。」

「妳不害怕？」

「怕，但是我更怕跟你分開。」

「那個男人死了，現在已經沒有任何人讓妳跟我連上關係。」

奈美還是搖搖頭。

「我跟著你。」

楊沒說話，奈美看著楊。
楊正在繫領帶。
看起來就像個即將要出門上班的上班族，手法熟練又沉穩。
「你帶我走吧？」
楊拉緊領帶的結，低頭看著奈美。奈美覺得他的眼睛好像在問自己為什麼，可是楊什麼都沒有說。
他拿著潛水衣，走到殘株附近，然後移動殘株，從下方的洞裡拉出布包，收好潛水衣。拆下綁在腳踝的匕首，放在公事包上。
綁好布包口，塞進塑膠袋裡，再丟回殘株下的洞裡。蓋上土，將殘株搬回上面蓋住。回來之後他將匕首放進公事包。
然後看著奈美。
「那走吧。」

奈美伸手按下集合對講機「八〇二」的按鈕。
「嗶」的聲音響起，有著許多小洞的不鏽鋼板後方傳出女人的聲音。
「喂。」
「我是『阿黛莉酒店』來的，高河先生請我送東西來給妳。」
奈美一口氣說完。
「是嗎？」
女人沒好氣地回答。喀啷一聲，通往後面電梯前的自動門開了。

楊從西裝上衣取出手帕，很快速地在「八〇二」按鈕表面擦了一下，接著將奈美的身體推到自動門內側。

兩人穿過了自動門，過了不久門又緩緩關上。

楊用手帕纏住手，按下電梯按鈕。停在一樓的電梯門打開，兩人進了電梯。

上了八樓後，奈美先走出電梯。楊將自己的公事包交給奈美，奈美接過來，走出走廊。楊從口袋裡取出橡膠手套戴上。

奈美站在八〇二號室門前，楊則站在跟門把相反的那一邊。他背後緊貼著牆壁，從房門的防盜孔看出來這個位置剛好是死角。

奈美按下對講機。

「喂。」

是應門聲，可以察覺到有人站在防盜孔另一頭。

門鎖解開，鏘啷的聲音之後門開了。

下一個瞬間，楊的左手抓住門把，用力一拉。屋裡身穿黑色連身薄裙的長髮女人，就這樣被門把的力量往外拉彈了出來。楊的右手很快伸出去，嵌住睜大了眼睛的女人臉頰。為了不讓她發出聲音，楊用力在手指上使勁，讓她的左右臉頰往嘴巴內側凹陷。

筆直地伸著右手，把女人推向屋裡，女人就這樣被推著倒退。

楊抓著女人的臉，沒脫鞋踩進鋪地毯的室內。奈美進房關上門，上鎖的時候她的指尖在顫抖。

楊的右手抓著女人的臉進入客廳，他左右環視了一圈。楊的肩膀和女人的臉就像機械魔術手，由一根棒子連接起來。客廳可以從窗戶俯瞰首都高速公路，木板地面上放著黑皮沙發組和大型電視。大理石的桌面上有小啤酒瓶和玻璃杯，電視上正在播有字幕的洋片。

啤酒旁有個菸灰缸，沾著口紅的Salem涼菸點著火。

女人只有一個人在家。

楊的右手將女人的下巴往前推，露出雪白的喉嚨。

楊水平攤開他的左掌，將手指在第二關節處彎曲，形成一個扁平狀的拳頭。

「不要！」奈美小聲地叫著。

「不要殺這個人！」

楊回頭看奈美，表情完全沒有變。

他放下拳頭，往女人的心窩一擊。女人的喉嚨發出動物的叫聲，膝頭一軟。

楊把女人放在床上。女人並沒有失去意識，但痛苦讓她發不出聲音，連眼睛也睜不開。

楊看看周圍，點個頭向奈美示意。奈美遞出公事包。

楊從公事包裡取出繩索和封箱膠帶，綁住女人的雙手雙腳，再用封箱膠帶貼住她的嘴巴和眼睛。

客廳後面有兩個房間，其中一個擺著特大尺寸雙人床，另一個放著餐桌。

楊把女人抱起丟在床上，用毯子蓋住她。

奈美看著，在沙發上坐下。電視傳出英文對話，上面放著錄影帶的空盒。

楊回到客廳，看著四周，奈美雙手緊握，放在膝上。

楊走到放在牆邊的邊櫃，上面放著一臺有語音留言功能的無線電話。楊按下按鈕，打開留言功能。

話筒傳來事先錄好音的女聲，接著是「嗶」的信號音。

接著楊開始檢查邊櫃裡面的東西。

奈美曾經看到楊從公事包裡拿藥出來吃，膠囊和錠劑的量，都比以前增加很多。每次痛起來的時候，楊就會臉色發黃，一眼就看得出來。

昨天白天楊也發作過一次，那時候他只用冰塊冰敷，沒有吃止痛藥。

楊說，剩下的藥愈來愈少了。像昨天一樣待在安全地方的時候，就盡量不吃藥，忍著。因為藥效愈來愈不夠，只好增加吃藥的量，所以消耗得比預定快。

但是藥的功能不只是止痛，還有抑制化膿的作用，這藥如果不吃，很可能引起腹膜炎，而這些錠劑只剩下幾顆了。

電話響了兩次，切換到電話留言後，對方什麼也沒說就掛了。

楊從邊櫃裡翻出的資料，奈美唸給他聽。裡面有些奈美也不太懂的權狀之類的東西，但是楊似乎不太在意這些東西。

凌晨零點多，奈美在沙發上打著盹。昨天晚上幾乎沒有睡，一上床，楊就想要奈美的身體，但是奈美沒有心情回應。

楊什麼也沒說，靜靜地收回手。到了天亮前，這次換奈美主動。

在這之前，她完全沒睡。楊回應了她，不過結束之後楊再次入睡，奈美卻睡不著。

她知道楊頻繁地醒來。有時候她轉向楊那邊，會發現他無言地睜著眼，盯著天花板或牆壁看。

可是奈美不敢問楊在想什麼，她害怕知道楊腦子裡在想的內容。

到這間參宮橋公寓來之前，兩人事先套招時楊這麼對她說：

——這是我最後一次跟妳一起工作，等到我從高河口中問出葉在什麼地方，之後的事我自己來。

這時候奈美第一次問楊關於葉的事。

——那個人做了什麼事？

楊用他沒有表情的眼睛看著奈美，簡短地說：

——他背叛我。

——只要殺了那個人就結束了嗎？

楊的眼睛望著遠處，輕輕點頭。

——你會回臺灣嗎？

——如果能跟來的時候走同一條路的話。

——什麼路？

——跟妳說這個妳也不懂。總之，坐了很久的船，繞遠路來的。暈船暈得很難過，比被火燒腳底還難受。

——你不是搭飛機來的啊?!

楊浮現曖昧的笑，沒有再說什麼。

凌晨三點多，電話第三次響起。奈美被電話聲驚醒，進入留言錄音後，對方掛斷電話。之後過了大約二十分鐘，連接一樓入口的對講機發出「嗶」的聲音。

楊安靜地操作，打開樓下的自動門，對講機並沒有傳來任何聲音。

公寓的玄關和客廳之間是一條細長的走廊，中間有浴室和廁所。

奈美站起來，走向走廊。楊背後緊貼著連接走廊和客廳的牆壁站著，脖子上掛著廚房找到的圍裙，右手握著刀。

奈美站在玄關地板上，眼睛抵在防盜孔上看。電梯漸漸上升，可以聽到「咻」的滑動聲，最後停在這層樓。

腳步聲響起，奈美視線裡站著一個身穿綠色兩件式西裝的男人。他雙手放在口袋裡，領帶放鬆，頭髮全往後梳，眼神很銳利。

男人將手從口袋伸出，按下門上的對講機。奈美等了兩次呼吸的時間，才解開門鎖。開門之後，男人驚訝地睜大了眼睛，「妳是誰？」

他身上有酒味，眼睛下方也泛紅。

「我是由香里小姐的朋友。由香里小姐說她身體不舒服，所以叫我過來。」

「什麼？」

男人嘖了一聲，關上門，踏上玄關後粗魯地脫了鞋，

「所以才一直不接我電話，這個笨蛋……」

他穿上奈美送上的拖鞋，啪達啪達地在走廊上前進。奈美看著他走，同時鎖上了門。

「喂，由香里！」男人一邊說一邊踏進客廳。他正要轉身換個方向，這一瞬間，楊一個閃身行動，手裡的刀刺進男人的下腹部。

男人的眼睛瞪圓，嘴裡流出倒吸空氣的聲音。

男人的手抓住楊的右手，楊用左手抓住男人的臉頰。

「你出聲，割破你肚子。」楊小聲地說，男人的下巴咯咯地抖動。楊維持著刀刺進男人下腹部的狀態，將男人的身體推向沙發。

男人落在沙發上，跟楊膝碰膝對面坐著。男人的眼睛一直看著刺在自己肚子上的刀。他

眨著眼，看起來好像並不太痛。刀身大概有十五公分進了男人肚子，但是這麼跟楊面對面坐著不久後，男的呼吸開始紊亂，眼角流出淚水，呼吸聲變成類似倒吸鼻水的聲音。

男人抓著楊右手的手，微微地顫抖。

楊對奈美點點頭。男人的襯衫和休閒褲染得鮮紅，木板地板上開始積成血泊。

「我、我只問一次。現在如果送醫院，你的命還有得救，但是，如果你不回答，或者發出大聲音，就、就割開你的肚子。」

男人動了動被楊抓住的下巴。

楊放開左手。男人不斷發出「哈、哈」的短淺喘氣聲，就像氣喘吁吁的跑者，偶爾還混雜著嗚咽般的尖銳聲音。

「葉在哪裡？」奈美說。男人猛然回頭，看著奈美。他嘴巴正要張大，楊用左手遮住他的嘴，右手用力使勁。

楊的左掌下漏出男人的呻吟。

男人的頭抖動著，楊放開左手。

「在、在老大的公寓裡，四、四谷的若葉町，跟他的保鑣一起。那、那裡有兩個房間……」

奈美很快翻譯完。

「建築物的名字和房號。」楊說完，奈美替他翻譯。

「若葉華廈，一〇二一和一〇二二……」

「保鑣有幾個人？」

「葉、葉會長的有兩個人，我們的人有兩個……」

「有槍嗎？」

「有、有……」

說著，男人用求救的眼神看著奈美。奈美覺得自己快要貧血，頭後方起了一陣寒意。她再也站不住，蹲在地上。

男人的聲音好像從遠方傳來。

「這個男人就是嗎？這個人就是嗎？」

哭哭啼啼的聲音問著。看到奈美沒回答，男人轉向楊。

「你、你就是毒猿？」

「Dokuzaru（毒猿的日文發音）？」

楊重複了一遍。

「對，剛剛我見過一個從臺灣來的刑警，他說他在追你……好、好像姓郭。」

「郭……」

奈美拚命控制自己不要昏倒，看著兩人的對話。

「救救我，請你救救我。」

男人很痛苦地說。每一眨眼，就流出眼淚，泛紅的臉現在已經完全沒有血色。

「放過我吧，毒猿（Dokuzaru）……」

「不是Dokuzaru，是ㄉㄨˊㄩㄢˊ。」

楊慢慢發音，讓他聽個清楚，接著他從男人肚子上抽出刀。

男人屏住氣，雙手按著肚子。楊望向男人的眼睛，又一次慢慢地說：「毒、猿。」

「ㄉㄨˊ……毒猿。」男人彷彿著了魔，重複著楊的話。

19

公寓入口站著代代木署的制服巡警，鮫島和桃井一起下了警車走過來。

他們搭電梯來到了八樓。從他們正要前往的房間敞開的門裡，透出強烈的閃光，表示正在進行現場採證。

鮫島和桃井從上衣中掏出手套戴上。

進到房間裡後，看到警視廳搜查一課的小組長橋內、代代木署刑警課課長堀，他們正在鋪了木板的客廳跟荒木說話。

堀回頭，看到鮫島和桃井，露出狐疑的表情。

「新宿那邊的有什麼指教嗎？」

室內也暫停了對話，注視著鮫島。

「是我請他來的，因為嫌犯很可能是新宿管區內的外國人。」

荒木小聲地說。

「被害人是石和的幹部吧。」

桃井說。堀驚訝地看著荒木的臉，點點頭。

「對，高河光明，三十九歲。」

「死因呢？」

「喉嚨上乾脆的一刀。在死亡推測時間稍早之前，腹部被刺傷。腹部的傷口很深，如果放著不管，也會因大量出血而死。」

「所以說，他是在腹部被刺傷後不久，被割了喉嚨。」
「看來不太像是幫內的惡鬥，比較可能是尋仇，嫌犯是一男一女的兩人組。」
堀這麼回覆了桃井。橋內瞪著堀，像是在責備他太多話。
「不要緊的，最先給我們關於嫌犯情報的，也是鮫島警部。」
荒木說。
鮫島看著荒木，堀和橋內露出一臉不可思議的表情。
荒木請鮫島和桃井來到客廳一角，搜查員和鑑識課員正在客廳四處忙著。
只剩下他們三人之後，荒木轉向桃井。
「你聽說了嗎？」
「來的時候在車裡稍微聽到一些，聽說臺灣那邊的職業殺手有動靜。」
桃井低聲說。
「我沒想到連你都會來。」
「我想至少請桃井課長看看這個現場，但是我沒有要把課長捲進來的意思。」
鮫島說。
荒木點點頭，他閉上眼睛。鮫島想，他一定覺得很不高興。
荒木睜開眼睛。
「你見過被害人嗎？」
「昨天見過。我被郭叫出去，在歌舞伎町的深夜餐廳見到了高河。」
聽完鮫島這麼說，荒木的表情僵硬了起來。
「你說什麼——」

來的途中，鮫島在警車裡也告訴了桃井昨天晚上的事。

「這麼說，高河是在那之後回到這裡，然後被殺了。」

「被嫌犯搶先了一步啊？」

鮫島問。

「沒錯。昨天晚上九點左右，有一個自稱是房客飯島由香里以前工作酒店的女人來到樓下，說高河託她送東西。由香里讓她上了樓，打開門後，另一個男人突然衝了進來，綁住由香里把她推到床上。男人的臉她沒看清楚，好像是個身穿西裝，個子很高的男人。她只聽過女人跟男人說了一句話，用不知道是中文還是韓文的外文。

接著她就一直待在床上，早上迎接高河的年輕手下來了之後，她才終於得救。高河人在客廳，跟剛剛說明過的一樣，肚子被刺之後被割了一刀死了，還有……」

荒木指著大理石桌，上面放著寫著「D」的塑膠板。

「『D』的位置上……堀。」

堀似乎是放棄了，他從專放證據品的箱子裡，取出一個塑膠袋，拿了過來。

「你是說這個嗎？」

袋子是透明的，可以看得見裡面的東西，那是木雕的小三猿——非禮勿視、非禮勿言、非禮勿聽，三隻連成一横排。

荒木點點頭，對鮫島投以銳利的眼光，堀回到橋內旁邊。

「你怎麼看？很糟糕吧。」

鮫島沒回答他這個問題，逕自說：

「應該馬上跟郭聯絡，請他看看這個。」

「不行。要是這麼做，連你跟我都會很危險，這件事暫時還是當作是密告來處理。」
荒木搖搖頭。
「犯人應該拷問過高河，我們很快就會接到下一樁命案的通知。」
鮫島嚴肅地說。
「這我知道，搜四裡有我的熟人，我已經叫人去看住石和的本部了。」
「這是沒有用的，你以為葉真會躲在石和的本部嗎？」
「不要這麼大聲，你過來。」
荒木看來有點緊張，他把兩人拉到走廊上。
他對在走廊上收集指紋、足跡的鑑識員說。
「這邊已經完成了嗎？」
看到對方點了頭，他抽出一根HOPE短菸。
「總之，高河被殺這件事也已經傳到石和耳中了，現在葉很可能已經在往機場的路上。」
「那你打算怎麼辦？」
「本廳這邊能不能就交給我？搜一和搜四我都會想辦法處理。我想讓他們以為，這條線是因為你介紹的情報才找到，石和和臺灣起了糾紛，出動了臺灣的職業殺手。」
「那毒猿那邊呢？」
「那傢伙就交給你。目前搜一從尋仇、搜四從組織問題方向在著手調查。現在要是葉被殺了，一切就泡湯了。嫌犯帶著一個女人，那個女人可能也負責當他的口譯吧。我想請你先找出那個女人。」

「要是石和他們跟警方說了這些呢？」
「真是這樣那就更好。國際搜查課會徹底摸清葉的身分，逼他供出跟石和之間的交易。你覺得石和會這麼做嗎？」
「不覺得。」
桃井乾咳了兩聲。
荒木看著桃井。桃井開了口，
「警視您說得沒錯，石和對這樁命案很可能一問三不知，但是他們對嫌犯，就不太可能裝作沒這回事了。」
荒木露出疑惑的表情。
「石和的頭目是以武鬥派知名的人。自己的幹部被殺了，您覺得他有可能當作沒這回事嗎？」
桃井說。
「也就是說，石和那邊也在找人是嗎？」
「石和知道人是誰殺的，因為葉很清楚那個叫毒猿的男人有什麼特徵和癖好。當警方往錯誤方向搜查時，他們可以掃平整條街調查。」
「不過嫌犯是一流的職業殺手，石和也沒那麼簡單就能抓到他吧。」
「問題就在這裡。這些血氣方剛的年輕手下，正在四處遍尋從臺灣來的殺手。你知道新宿有多少臺灣人嗎？而且，石和那些年輕傢伙裡面，可能也沒有人會分辨臺灣人和大陸人吧。」
荒木的表情稍微呈現鐵青，桃井繼續往下說：

「坦白說，我根本不在乎石和的幫派成員有多少人被殺，或者臺灣的頭目有沒有被殺。但是，我不希望看到新宿街上這些毫不相干的中國人或者臺灣人，只因為說中文就被石和組的小混混找麻煩，甚至連命都被奪走。」

「——我知道了。石和本部這邊，我會負起責任對他們施壓的。」

「你自己嗎？」

桃井再確認了一次。荒木乾嚥了一下口水，點點頭。

「我去。」

鮫島說：

「那石和那邊就拜託你了。我會請郭幫忙，一起追查嫌犯的下落。石和那邊有個叫羽太的左右手，是個很衝動的傢伙，你要多注意他，千萬不要掉以輕心。」

「羽太是嗎，我會注意的。」

荒木深深吸了一口氣，點點頭。

鮫島看著桃井，桃井輕輕點了頭。

「那我們先走了。荒木警視，我只有一個忠告要給你。」

「什麼？」

「即使搜一從私人怨恨這條線搜查，監視石和本部的時候，你和跟你一起辦案的幹員，都千萬不要忘記防彈背心和手槍。你最好做好心理準備，之後可能會發生最糟糕的狀況。」

「你是說毒猿襲擊石和的本部嗎？」

「假設他根據從高河那邊獲得的情報，現在已經解決掉葉的話，那就另當別論，但如果失敗了，誰也不知道接下來會發生什麼事。」

荒木面色如土。

「要是情況危急，我會請求機動隊出動。」

「重要的不是葉的情報，而是人命。」

鮫島說完，跟桃井一起離開了現場。

坐進警車裡的鮫島，告訴開車的警官到三光飯店去。

「你覺得毒猿找到葉的藏身地了嗎？」

桃井從開動的警車車窗望著外面的景色，有點擔心地問鮫島。

「可能吧。」

「那麼他殺了葉之後，一切就會平息嗎？」

「如果石和那邊不報復的話。」

「郭那邊呢？」

「他應該覺得，就算葉被殺也是自作自受吧。我總覺得，郭的腦中只有毒猿。」

「這也是挺棘手的呢。」

桃井對於鮫島延遲報告郭和毒猿的事，一句責備也沒有。甚至對於鮫島向荒木提供情報——儘管只是暫時的權宜之計，也沒說過任何責難的話。正因為這樣，鮫島對桃井才更覺得過意不去，來的途中他針對這件事向桃井道歉，桃井對他說：

「我看你和郭的情誼，遠重於想協助荒木警視的心意吧。」

一點也沒錯。正因為對郭有特別的感覺，鮫島才會接受荒木形同走狗的做法。但是，他並沒有想到桃井能理解這一點。

警車接近新宿三光町之前，鮫島跟桃井有好一陣子沒有說話。

看到三光飯店後，鮫島說：

「我老是給課長您添麻煩。」

警車停下後，桃井說：

「只要你還在我當課長的新宿署防犯課裡一天，你想怎麼做就怎麼做。」

打開車門，鮫島對他說：

「謝謝。」

桃井輕輕點了頭，

「等一下到課裡來一趟。從高河的好兄弟安井失蹤這件事看來，這跟酒店店長命案可能會有關係，我會先把資料準備齊。還有，就像你剛剛跟荒木警視說的，手槍最好帶在身上。」

鮫島對他敬完禮後，警車便開走了。

進入三光飯店，就看到郭在大廳的沙發上，攤開英文和日文的報紙。

他看著鮫島的臉問：

「發生什麼事了嗎？」

「昨天見過的石和幹部被殺了，在那之後，有人在他家埋伏等他回來，現場有三猿的雕刻。」

郭眨了眨眼。雖然看不懂他的表情，但可以聽到他喃喃地說了聲：

「毒猿。」

接著他繼續說：
「狩獵行動開始了吧？」
「可能在更早之前就開始了，可以請你一起來嗎？帶著你說的那張劉的照片。」
郭點點頭，站了起來。
「請等我一下。」
他搭電梯上了樓，之後穿著外套回來。
「照片在這裡面。」
鮫島的第一個目的地是安井興業的事務所，他請郭先在樓下等。
安井興業的事務所裡只有兩個年輕男人，應該是負責接電話的，安井依然下落不明。
「這裡有沒有人知道那個下落不明姓楊的少爺，長得什麼樣子？」
兩人搖搖頭。
「可以給我看看在『玫瑰之泉』工作的小姐住址清單嗎？」
「社長帶走了。」
其中一個人說。只要看一眼就知道他以前是暴走族的，看起來不過二十上下。
「他失蹤的時候帶走的嗎？」
「是啊。」
年輕男人沒好氣地回答。
「安井是不是去找陪酒小姐，想問出楊的下落？」
「不知道。」
「亞木有吸毒，東西應該是從安井這邊拿的吧？」

年輕男人的臉上出現一絲動搖，但他似乎真的不知道安井的下落。鮫島問他：

「安井坐什麼車？」

「賓士。」

「顏色和車牌號碼呢？」

「顏色是白的，車牌我不清楚。」

「你別給我裝傻，你們負責開車的人，怎麼可能不記得車號！」

男人垂下眼。

「練馬三三，『ね⑲』六五ＸＸ。」

鮫島抄了下來。

「要是接到聯絡，一定要通知我。」

男人點點頭。看來，屬於一連串命案的石和組幹部被殺的這個消息，還沒有傳過來。

鮫島走出來，向郭道歉讓他久等，接著走向新宿署。

穿過新宿署的玄關，郭不由自主地露出笑意。國家雖然不同，或許警署的氣氛都很類似。

「我去拿一下資料，請在這裡等一下。」

鮫島讓郭坐在入口的沙發上，自己走向防犯課。郭看著四周覺得很新奇，他微笑點點頭，

「請便，我在這裡等。」

⑲日本的車牌號碼會有片假名註記。

桃井已經替他備齊了資料，其中也包括了曾在「玫瑰之泉」工作的小姐們住址，是小姐們接受偵訊時記錄下來的。

鮫島向桃井道了謝。坐在課長席上的桃井跟平常一樣，是個安靜的「饅頭」。他戴起老花眼鏡翻著報紙，只對鮫島敷衍地點點頭。

拿到資料後，鮫島走向手槍的保管庫，他將新南部三十八口徑的警部用手槍放進皮套固定在腰際。

從保管庫回到防犯課後，他將安井的車牌號碼告訴桃井。

「能請您幫個忙嗎？說不定在哪裡被拖吊了。」

桃井點點頭。

「電腦查一下應該很快就能知道吧。」

「那就麻煩您了。」

鮫島對他說，接著他又前往其他課，準備辦理借便衣警車的手續。幸好剛好有空車，他今天一整天都可以借用掀背式⑳的警車。

鮫島從車庫把車開到玄關去接郭。

「久等了。」

郭搖搖頭站起來。

「好安靜啊，我還以為會有更多人呢。」

「你說犯人嗎？」

「對。」

鮫島笑了。

「如果想要暢遊熱鬧的新宿署，建議你週末半夜來最適合，不過那時候導遊很可能都在外面忙。」

他們坐進車裡。

「那是什麼？」

「按照規定不能帶出來的資料。」

郭挑了挑眉毛，但沒多說什麼。

鮫島翻開資料，裡面有接受過偵訊的「玫瑰之泉」陪酒小姐住址一覽。多半都在大久保、高圓寺、高田馬場、中野等地。

鮫島發動了車子。他一邊往大久保前進，一邊說明「玫瑰之泉」的店長命案概要。他又補充說明，被害者是毒蟲，而且身為經營者的流氓失蹤，今天早上發現屍體的高河，跟那個流氓是好兄弟。

郭安靜地聽著。

「所以說，店長命案的嫌犯，也就是那個姓楊的少爺，很可能就是毒猿。但我不懂的是，如果楊真的是毒猿，為什麼會去酒店當少爺呢？他為什麼不像你一樣，進入新宿的臺灣社會來找葉呢？」

「因為葉。」

郭說。

「我不害怕被葉找到，但是毒猿如果輕易接近日本的臺灣社會，就會被葉發現自己的存

⑳兩側車門往上開啟的車款。

在，到時候葉馬上就會逃走。他好不容易偷渡進來，為了殺葉而來日本，就沒有意義了。」
「你覺得他是偷渡進來的嗎？」
「當然。他身上可能有護照，不過應該是假的，毒猿知道葉逃到日本幫派這邊來。他帶著戰鬥用的道具，是不能搭飛機的。」
「你是說，槍？」
「如果只有槍，那在日本也可以找得到。」
郭看著前面車窗，靜靜地說。
「其他還有什麼？」
「誰知道呢？不過，『水鬼仔』受過訓練，知道很多殺人、破壞建築物和交通工具的方法。」
鮫島搖搖頭。如果郭的擔心成真，荒木不應該請機動隊出動，而應該請自衛隊出動。
「他是怎麼偷渡進來的？」
「應該是搭船吧，用看起來像漁船的小船。臺灣、大陸本土、日本，有一條連接這三個地方的走私路徑，專門運送興奮劑和手槍。日本也跟臺灣和大陸的人一樣，有幹這些買賣的人。這些船會避開巡航艦，故意繞遠路走，刻意挑選風浪不平靜的時候。」
「錢呢？」
「毒猿不缺錢，他賺了好幾百萬、幾千萬元，要換成日幣不難。不管這個國家或者臺灣，只要有錢，大部分的事情都能辦到，不是嗎？」
應該是在日本海岸的某處上陸，僱了車，移動到東京——鮫島心想。
「毒猿愛著那個在臺北被殺的女人嗎？」

「不知道。如果毒猿是劉，那麼劉對女人很認真，他不喜歡花錢買女人玩。還有，他也不喜歡毒品。毒品和興奮劑，他絕對不會碰。所以自己的女朋友被注射毒品然後被殺這件事，他一定不會忘掉。」

鮫島點點頭。開在大久保通上的便衣警車來到大久保二丁目，有個叫田口清美的「玫瑰之泉」陪酒小姐住在這附近。

找到方向後，他左轉進一條單行道。開了一會兒後，右邊有一間便利商店，樓上是公寓，是專供出租的套房公寓。

停下車，郭也一起下了車。他們爬樓梯上了四樓，房門口並沒有掛名牌等東西。

鮫島按下對講機，沒有人回應。他等了一會兒，又按了好幾次，但還是沒人應門。

他試著按了兩鄰的門鈴，左邊鄰居不在家，住在右邊房間的是個穿牛仔褲短褲、年約十七的女孩。頭髮有將近一半的挑染，看到她讓鮫島想起了晶。

「隔壁？不知道。平常也沒在往來，最近好像都不在吧。」

鮫島向她道了謝，並且詢問了這裡是怎麼付房租的。像這種出租公寓有可能每間的房東各自不同，也有可能是由專營出租的不動產公司來統一管理收租的，鮫島想知道的是這一點。

公寓是由位於百人町的一家不動產公司所經營，房客的房租都交到這裡來。

鮫島再次向她道了謝，離開這棟公寓。

坐進車裡，郭說：

「你的做法很客氣，日本的警察大家都像你這樣嗎？」

「對沒有做壞事的人，警察都很客氣的，不是嗎？」

「但是剛剛那個女孩，有染頭髮，說不定有在注射興奮劑。年紀輕輕就一個人住，服裝又很新潮，這樣不可疑嗎？」

鮫島微笑著。確實沒錯，別說郭了，即使在日本，或許大部分的刑警看到染髮的年輕女孩，就會跟郭一樣投以懷疑的眼光。

鮫島從前也是這樣。是晶讓他了解，就算是染髮，或者穿上與眾不同的服裝，都不見得是罪犯——這麼理所當然的事，是晶教會自己的。在警官的社會裡，這卻並非理所當然。

郭要是看到晶，會做何感想呢？而且如果不是現在的晶，是鮫島剛認識的晶的話？

車子開向高田馬場。一般的問話都會先打電話確認過住址之後才出發，但是眼前跟毒猿共同行動的女人，很可能是曾經待過「玫瑰之泉」的陪酒小姐，所以鮫島決定直接拜訪。

住在高田馬場的是一個叫北野真澄的小姐。

他們開進明治通上戶塚警署斜對面這條路，這裡是高田馬場二丁目。這裡跟剛剛一樣，都是純套房式的公寓，不過有電梯。

來到六樓，按下房間電鈴，過了好一會兒都沒人應門。鮫島回頭看看站在他背後的郭，對他搖搖頭，再按了一次門鈴。

「來了。」

聽到一聲感覺很不耐煩的回應，門打開了，但依然掛著鐵鍊鎖沒開。一個頭髮捲得蓬鬆的年輕女人露出臉，只穿著背心短褲沒穿胸罩。

「誰？」

「新宿署的。」

鮫島亮出手冊。

「又來了。」
女人不耐地咂舌。
「你們真的很煩耶。」
「不會耽誤您太多時間的，很快就結束。」
「等一下啦。」
她粗暴地關上門，但是並沒有馬上解開鐵鍊鎖，過了好一陣子。鮫島猶豫著要不要再按門鈴，附耳在門上。
他聽到玻璃瓶喀啷喀啷互碰的聲音，看來是在整理房間。
鮫島馬上想到建築物的另一側。如果毒猿在裡面，看到有刑警來想逃走，那只能經過陽臺逃往隔壁房間。
在這時候，門開了。
「進來吧。」
女人不耐地說。鮫島看了看玄關的三和土上，在皮鞋和涼鞋當中，混著一雙男人的球鞋。
女人嚼著口香糖，右手插進背心前，摸著胸部。
「有客人？」
鮫島看著球鞋問她。
「我朋友，跟這沒關係吧？」
「沒有錯。」
說著，鮫島看了看女人的齒列，那是吸食毒品的牙齒。

「您是北野真澄小姐對吧。」
「對。」
「妳可能已經被問好幾次了，之後那個姓楊的少爺有跟妳聯絡嗎？」
「沒有啦，我跟他根本沒說過幾句話。」
「是嗎，記得他長相嗎？」
「記得啊。」
「可以幫我們確認一下照片嗎？」
郭從上衣拿出照片。鮫島接過來，遞到女人面前。
「就是最左邊這個人……」
「不認識。」
她一邊嚼口香糖一邊不情不願地說，眼睛只看了照片一瞬間。
「請妳仔細看。」
「不認識，這樣可以了吧？」
鮫島沒說話。女人單手放在門把上，急著想關上門，還不斷抖著腳，根本沒想到遮掩自己的焦躁。
「是不是稀釋劑吸太多，眼睛也搞壞了？」
鮫島平靜地說，女人瞪大了眼睛。
「你說什麼啊。」
「妳剛剛在吸稀釋劑對吧，我聞到味道了。」
女人打算關上門，鮫島用左手阻止她，繼續說：

「大白天就吸毒，妳日子過得還真愜意。吸完稀釋劑，等到稀釋劑吸膩了怎麼辦？換其他毒品嗎？啊？」

叭達叭達的腳步聲，從房間後方傳出。接著是喀啦一聲，拉開落地窗框的聲音。

鮫島推開女人，跑到房中。女人慌了，急忙大叫：

「你幹麼！」

散亂一片的套房中央有張床，裸著上半身穿著牛仔褲的年輕男人站在陽臺，一頭鮮紅的頭髮，胸前掛著金鍊。

「你幹什麼啦！」

背後傳來女人的聲音，鮫島衝向陽臺。

男人正單腳跨在陽臺扶手上。他抬起頭發現鮫島，嚇得臉色鐵青。

「跳下去你穩死的。」

鮫島說。

男人再次從陽臺往下望，又看看鮫島的臉。男人看起來曬得很黑，可是又黑得不太自然，應該是故作衝浪風打扮，但不是在海邊，而是跑到日曬沙龍曬黑，再把頭髮染紅的。

男人慢慢把腳放回陽臺上，一臉不悅。

「搞什麼嘛，隨隨便便闖進別人家！」

聲音相當尖銳。

鮫島環視著室內，剛剛整理過，沒看到健康飲料瓶或者飲料水的罐子。

「放開啦！你這個笨蛋！」

鮫島聽到身後女人的聲音，回頭一看，郭用一隻右手抓住女人的手，正走過來。他把女人推到床上，又無言地走向廚房裡的黑色垃圾袋。他單手解開綁緊的袋口，用腳踢翻。幾瓶健康飲料的褐色瓶子滾落，從開口滴出的液體，發出強烈的揮發臭味。

「你渾蛋，我要去告你，說你違法搜查。」

女人瞪著郭大罵。

「小姐，不要搬弄這些自以為是的東西。」

鮫島說。

「想告妳就去告，我現在就把妳帶到新宿署去，再叫人到這間房間強制搜索，妳說怎麼樣？除了『麵包』以外還會有什麼東西跑出來？」

邊櫃上有個捲菸器。

「這是什麼？啊？」

鮫島瞪著男人，這種時候男人總是比較快屈服。

男人垂下眼睛。

「『麵包』加上大麻，其他還有什麼？快樂丸嗎？說不定還有金魚[21]吧？」

「我不知道，這裡又不是我家。」

男人像小孩一樣嘟著嘴，女人狠狠地瞪著男人。

「那你為什麼要逃？」

男人沒說話，乾嚥了一口口水。

鮫島再次望著女人。女人也終於安靜下來，咬著自己拇指指甲。

「妳現在在哪裡工作？」

「跟這有關係嗎？」
女人挑著眼看鮫島。
「有。」
「新宿的『夏慕』。」
「什麼？」
「『夏慕』，在歌舞伎町二丁目。」
「是酒店嗎？」
「是高級俱樂部。」
「算是高就了嘛，店是誰幫妳介紹的？」
女人別過臉去。
「快說啊。」
「安井先生。」
「妳跟安井什麼時候見面的？」
「隔天，還有再隔一天。」
「最後見到他是幾點？」
「傍晚，四點左右。」
那是他失蹤前的十二個小時左右。
「為什麼安井對妳這麼好？」

㉑溶於水中的興奮劑，因為被裝入便當裡裝醬油的魚形容器，故有此名。

女人沒說話。

「妳告訴他什麼關於楊的事了嗎？」

女人深呼吸一口氣，再次咬著指甲仰頭看鮫島。「你要抓我嗎？」

「那就看妳了。」

「你會放過我嗎？」

「妳跟安井說了什麼？」

「楊他手裡有店長的包包，裡面有安井先生借給他的東西，很重要。所以——」

「所以？」

「你先答應，要放過我。」

「今天可以先放過你們一馬，但是我還會再來，到時候如果那東西還在，就強制搜索。」

女人點點頭。

「我告訴他們奈美的事啦。」

「奈美？」

「店裡的人啦，本名姓田口。那個女人會說中文，好像是什麼殘留孤兒吧。所以我告訴他們，她應該是跟楊一夥的吧。」

「看看照片。」鮫島又讓女人看了一次照片。

「怎麼樣？」

女人安靜了一會兒，接著才啐了一聲，「就是他啦。」

20

六十五年以來，從沒後悔過的男人，現在相當後悔。而他終於知道，只要一開始後悔，就會變成連鎖反應。一開始的後悔，當然是把毒猿的住址交給白銀文那個吸毒吸到半瘋的小夥子。但若是當時沒告訴他，自己當場就會被殺，而且要是白銀文確實殺掉毒猿，或許現在自己也不會在這裡了。

接下來他後悔的是，把消滅白銀團的工作交代給毒猿。早知道應該付完贖金後就忘記那些傢伙，反正就算放著不管，總有一天他們也會被警方像抓狗一樣解決掉，這就是那些人的命運。

但是苟活下來的人可能會在苦窯裡吹噓曾經綁架過自己、要求贖金的事。不、不只這樣，他們還可能把堂堂黑道大哥葉威發抖向他們求饒的樣子，說給同房的人聽。

身為傳承自歷史悠久天地會的四海幫大幹部，現在還擔任數家一流企業顧問的葉威，竟然被蒙著眼睛，向自己看不見長相的人求饒，這種事傳出去怎麼能聽。

而現在他最後悔的，就是待在臺北那個叫梨華的女孩的公寓時，減少了保鑣的人數。他萬萬沒想到，竟然會有愚蠢莽撞的流氓，膽敢綁架大名鼎鼎的葉威。白銀團這批年輕傢伙的名字，以前聽都沒聽過。

白銀文殺了可愛的梨華，也殺了跟了葉威十五年的侯姓司機，實在無法原諒。

可是，為什麼自己現在落得只帶著兩個保鑣躲到日本來的下場？

得快點終結這場荒謬的騷動才行。毒猿是個厲害的角色，但卻因為情人被殺而發怒，把矛頭對準自己，腦子已經不正常了。

葉威很早以前就覺得毒猿不想活，並不是說他想自殺，而是覺得他對延長自己的壽命並沒有多大的興趣。可能是因為殺了太多人，連帶對自己的生命也變得感覺遲鈍了。

命令毒猿解決白銀團時，葉威知道毒猿身上有病。盲腸炎雖然不是什麼嚴重的病，但是放著不管一樣可能送命。可是那傢伙卻捨不得挪出時間去動手術，埋首於工作中。現在毒猿的肚子裡，可能還留有發膿的盲腸。

那傢伙在殺了自己之前，應該不會想要去割掉盲腸吧。

葉威知道，毒猿只要開始工作，就沒有人能阻止他。除非毒猿死，或者他的目標死。毒猿以往的工作就證明了這一點，不管要花幾個禮拜、幾個月，毒猿都會捺著性子完成工作。

毒猿就像一種不治之症。只要在他耳邊說出必須解決對象的名字，他就會全心放在這個目標身上，雖然可能根據病情而有時間長短之分，但他一定會纏著對方不放，直到取走對方性命。

而這種不治之症，現在盯上了自己。

葉威打從心底覺得膽怯，但是以往他雖然不常後悔，也嘗過好幾次恐怖的滋味，每一次都能夠成功地存活。

所以這次也一定能夠逃過的，一定可以活著回臺灣，再次坐上權力寶座。他逃到美國、再逃到日本，全都是為了活下來。

他命令臺灣的手下，盡快找到毒猿，並殺了他，還為了毒猿的腦袋懸賞一千萬元獎金。

可是這並無法消除他的不安。

比方說，昨天那個姓郭的，他是臺北市警察局的刑警，一直在追毒猿，是個不肯收「紅包」（賄賂）的笨蛋。昨天晚上郭對自己的無禮舉動，葉威並不在意。等到回臺灣，他馬上就會讓那個小警察知道自己有幾斤幾兩重。他會讓對方知道，根本不該碰自己一根寒毛。

但更重要的問題是，郭認為毒猿人在日本。

最了解毒猿的是自己。所以他逃到日本來的時候，也想過毒猿可能追自己追到日本來。因此他才拜託石和，多注意來歷不明的臺灣人。

石和答應了他的請求。如果在新宿有臺灣人提到葉威的名字，他馬上會叫手下去查清楚對方的底細。

到昨天為止，根據下面的消息顯示，目前並沒有這樣的人。

郭的出現對葉威來說是個壞消息。郭出現在日本，就表示葉威必須認真思考毒猿人在日本的可能性。

如果真是這樣，那石和對自己布置的警備顯然不夠嚴密。

要躲過毒猿的毒手，最重要的就是不能被他知道自己的藏身地，可是毒猿知道自己和石和的關係。

他知道只要毒猿去找石和組的人一個一個問，最後一定可以找到葉威。

大致來說，日本的流氓腦筋都很好，組織也很嚴謹，但是他們往往把戰鬥看得太簡單。他們深信只要組織嚴謹，就沒有人敢對抗自己。更別說對手不是組織，只是一個人了。沒有一個日本流氓知道毒猿的可怕之處。不，他們可能連想像都無法想像吧。他們不懂毒猿是多麼冷酷、有效率地接近目標，而且只要有必要，毒猿還能夠長時間耐心等待。

在接獲解決掉毒猿的通知之前，葉威不打算回臺灣，不管要等幾年。

這場騷動結束的時候，不是自己死，就是毒猿死。

葉威只希望，毒猿在臺灣被殺掉。如果毒猿來到日本，以葉威現在認識的這些日本流氓，根本不是毒猿的對手。

石和的左右手羽太等人，完全小看了毒猿，他知道羽太暗地裡嘲笑自己是膽小鬼。對方只是一個人，有什麼好怕的——看羽太的表情就知道他心裡正這麼想。

只要被毒猿攻擊過一次，他就會懂了。如果他僥倖能活命，應該會更認真地考慮怎麼殺掉毒猿。

說不定這樣比較好。

先發生些小事，但是不至於傷到自己——只要死幾個石和的人——石和或許才會認真地思考怎麼殺掉毒猿。

前提是毒猿人真的在日本的話。

那就快點殺個人吧，除了自己以外殺誰都行。

昨天晚上是他久違的外出，但是全被郭給破壞了。郭身邊還有一個日本的刑警，看起來很年輕，應該是個不足為懼的小角色。

心情大受影響的葉威，今天一整天都打算躺在床上。帶回來的女孩雖然長相不差，但是因為昨天晚上發生的事，他實在提不起興致，結果天還沒亮就打發她回去了。她是個十九歲的日本人，是他們在那間店之後去的酒店小姐。不能找臺灣人，這間公寓的地點可能會被毒猿發現。

葉威的房間是石和名下的資產，是石和買給情婦的。那個十九歲的女孩，就是在石和出資讓情婦經營的酒店裡工作的陪酒小姐。

石和家就在這公寓附近，走路也可以到，但是昨天晚上石和也住在這邊的公寓。

葉威和石和各自的房間，從外面看起來是兩間相鄰的獨立房間。各有各的玄關，陽臺也不相連。

買下這裡的石和把房間改裝過，讓兩間房間從裡面相連通。這兩間都是三房兩廳的格局，最後面的房間中，看來像衣櫃的門扇，就是相通的出入口。

石和告訴葉威，這是為了提防警察或對立組織襲擊而做的設計。所以現在葉威住的那邊，平時可能是空著的。

窗戶貼了防風紙，無法從外面偷看到裡面，葉威在離窗戶最遠的臥房休息。

離窗戶較近的兩個房間分別是臺灣帶來的兩個保鑣黃和李住。黃是白鶴拳的師父，李的射擊很強。這兩個人都有心理準備，可以隨時為了葉捨命。

現在，石和和他的情婦應該在隔壁的房間裡。石和只讓兩個保鑣進這間公寓，兩個保鑣睡在跟石和臥室隔兩扇門，面對玄關走廊的房間裡。葉威想，可能是不希望自己跟情人之間的行為被手下聽到吧。

上午十一點多，李敲敲臥房的門，探出臉來。

「石和打電話來，他有話要跟你說，希望我們把連接隔壁房間的衣櫃門鎖打開。」

葉威從床上起身，點點頭。

「打開吧，然後備茶。」

「是。」

裝有隱藏門的衣櫃，在李睡覺的房間裡。

葉威下了床，在睡衣外披上睡袍。他覺得有點冷。沒什麼食慾，想喝點熱茶。

進了洗手間上完廁所，洗好臉回到客廳，石和已經坐在沙發上了，浴衣下露出刺青圖案。身後站著手持行動電話、身穿西裝的手下。

他臉上的表情看來很不高興。

「早安。」

說著，葉威也在他對面坐下。接受日式教育的葉威，日文的讀寫都沒什麼問題。

李從廚房端出裝了熱茶的茶壺。李身穿運動背心，背後脊椎骨旁插著手槍，那是請石和準備的四十五口徑軍用柯爾特。

「要不要喝茶？」

葉威擠出笑臉，李也拿起從茶壺中倒了茶的茶杯。

「葉先生，有壞消息。我的手下高河，你也認識的，昨天還一起喝酒的，他被殺了。」

石和搖搖頭，

葉威無言地看著石和。

「動手的是一男一女的兩人組，會說中文，高河被一刀割斷了喉嚨。」

葉威低頭看著手邊的茶杯，好像已經變涼了。

「高河被殺之前好像受到拷問，很可能把這裡的位置說出來，警察要開始囉嗦了。抱歉，你最好不要繼續待在這裡。」

「要到哪裡？」

石和叼著菸，背後的保鑣送上點了火的打火機。

「不知道。到機場，或者再往西邊走。總之，再過一會兒羽太就會帶年輕手下上來，我會讓那些傢伙送你到機場或車站去。」

葉威將石和的話翻譯給安靜在一旁的李和黃聽。

「這個混帳想要背棄老大嗎？」

李面無表情地說。

「很可能，他怕警察找上門來。」

葉威回答。黃問：

「高河屍體旁邊有沒有猴子？說不定殺了高河的是沒關係的人。」

葉威再次轉向石和，

「高河先生附近有沒有看到猴子的雕刻？」

「好像有，發現屍體的是我們的手下。」

葉威說給兩個保鑣聽，兩人無言地點點頭。

「石和先生認為我到哪裡去好呢？大阪？京都？還是回臺灣？」

「回臺灣怎麼樣？在日本的話，我是已經轉告手下要小心，但是警察還是會來煩我們。而且，看來昨天在新宿署的警察，知道你口中的毒猿。」

葉威點點頭，突然想起了什麼，開口問：

「跟他在一起的女人是誰？」

「應該是那個傢伙的女人吧？好像是臺灣人。」

葉威搖搖頭，

「他的情人已經死了。」

「那我就不知道了。」

石和在沙發上往後仰，吐出一口煙。

「那個沒禮貌的傢伙，待會把他解決掉吧。」

李輕聲說。

「等等。」

葉威說，他轉向石和。

「話說回來，石和先生打算怎麼處理毒猿？」

「羽太那傢伙最近很衝動。不過我告訴過他，暫時不要太莽撞，否則剛好稱了條子的心，但也不能什麼都不做。」

「那請先設法找那個女人。毒猿不會說日文，女人應該是毒猿的口譯。他會知道高河先生的事，也是因為這個女人的關係吧。」

「……沒錯。高河在新女友的房間被殺，他跟老婆分開還不到一個月。」

石和露出深思的神情。

「我也想想看。」

葉威一邊說，一邊看著黃和李。

「準備出門。」

聽了葉威的話，兩人點點頭，開始整理行李。

葉威回臥房換衣服，換好回到客廳，石和也在。

「我剛接到電話，羽太已經到下面了。我讓他調查了一下附近，警察還沒到這附近。現在下面很安全，你可以下去了。很抱歉，我就送到這邊，今天早上請當作我們沒見過面。」

葉威點點頭，他強按捺住內心的感覺，堆出笑臉。

「石和先生，這陣子受您照顧了，這份恩情我永遠不會忘記。等到這場風波平息之後，請務必到臺灣來，我會準備一份大禮接待您的。」

石和站起來。

「很抱歉，沒幫上什麼忙。總之，到您搭上電車或飛機之前，羽太都會寸步不離地跟著你。」

葉威和石和握了手。石和的右手跟左手一樣，沒了小指尖。

石和對手下動了動下巴。

「送李先生到樓下。」

「是。」

石和的手下快速走向玄關，黃、李和葉威也緊接在後，石和跟另一個保鑣站在葉身後。

石和的手下先從玄關的防盜孔看看外面，再打開門。

葉威抱著緊張的心情，從敞開的門看看走廊。

門開了三十公分左右停住。石和的手下看著門下方，一個二十公分見方的小紙箱，放在門開啟的方向上，還包著包裝紙。

手下毫無防備地俯身，打開紙箱。

砰！爆炸聲音響起，冒出一陣黃色閃光，覆蓋了手下的雙手和臉部，手下一聲都來不及吭就倒下了。

「有人襲擊！」

站在葉威前的李大叫著。葉威一轉身換了方向，剛好跟瞪著眼看著手下屍體的石和四眼相對。

「快逃！快逃啊！石和先生！」

葉威大吼一聲，推開石和另一個呆站在一旁的保鑣，跑進房間內側。

一回頭，石和還站在原地。

「石和先生！是毒猿！毒猿來了！」

黃衝向門把，正想關上沾滿血跡的門。但是屍體的腳擋住了門，無法關上。李手裡拿著手槍，想替黃助勢時，從門縫裡不知被丟進了什麼東西。

葉威抓住石和的肩膀。

令人目眩的光和震耳欲聾的爆音充滿了室內。黃用雙手遮著耳朵閉上眼睛，露出痛苦的表情，這副光景深刻地烙在葉威眼底。

葉威沒再多想，拉著石和就跑。

門被推開，一個黑色人影衝進來。葉威拉了石和，來到跟客廳分隔的門前。此時，他的視線之中散著許多紅、藍、紫色的光點。

李開了槍，但這只是他臨死前痙攣按下的扳機。

穿著黑色潛水衣戴著帽子的男人，開始冷靜的殺戮行動。他雙手中緊握的東西，葉威也知道，是毒猿愛用的烏茲衝鋒槍，像縫紉機一樣快速地在黃、李，還有石和另一個保鑣的身上穿出許多孔。

狹窄玄關的走廊，充滿了霧般的血煙。

葉威放開石和的手，關上走廊與客廳之間的門，他完全聽不到外面的聲音。

他這才好好看了石和的臉，在恐懼包圍下，成了一張已經沒有血色的臉。

客廳的門被撞破，槍彈斜斜地飛來。

石和放聲大叫，聽覺又回來了，石和的左肩被槍彈打中。

葉威和石和爭先恐後穿過客廳。兩人都沒開口，但是都知道要往哪裡去——衣櫃的隱形門。

他們衝進李的房間，用力甩了門關上。槍彈再次穿破門，兩人跌落在地上趴著。

「這、這、這是怎麼回事啊……」

石和伸出手，上了門鎖。葉威先他一步到了衣櫃，他打開門，向石和招招手。

石和用雙手和膝蓋爬到衣櫃，就像隻被追殺的熊一樣。

關上衣櫃門，打開內側的門。兩人互抱著穿過門，滾進石和情婦的房間。

「快關門、快關門、快關門、快關門。」

石和像個笨蛋一樣不斷重複，跟葉威兩人關上隱形門。門是不鏽鋼製，相當堅固。這兩扇門設置在隔著兩間房間的牆壁正中間，緊密重疊。

房間裡，石和的情婦睜大了圓圓的雙眼。

「怎麼了！有人打過來？」

石和一邊吐出慌亂的呼吸，一邊去抓電話的話筒。按下一串長長號碼，向接電話的對方怒吼，「渾蛋！搞什麼東西！他在樓上、在樓上！快點上來！我要被殺了。」

他掛了電話，臉色蒼白，盯著衣櫃裡的不鏽鋼門。

他一驚，回頭看著情人。

「玄關有沒有上鎖？」

「嗯，要報警嗎？」

「等等、再等等。」

石和可能稍微平靜下來了，咬著脣說：「在那邊！那邊、那邊！」

葉威和石和移動到客廳。途中可以聽到大批人跑在走廊上的腳步聲。

「羽太來了，羽太終於來了……」他喃喃唸著，石和跌進客廳的沙發裡。

「咚咚」的聲音從衣櫃隱形門傳出，葉威全身僵硬。毒猿找到他了。

「快逃。」

他對一驚抬起頭的石和說，指著玄關。石和的臉色蒼白，浴衣吸飽了肩膀的出血。

石和一愣一愣地點著頭，帶著情婦三個人一起跑向玄關。

隨著爆炸聲，整棟公寓也一起搖晃。不鏽鋼隱形門被炸破，一陣陣白霧升起。

黑影再次從白霧裡出現，這次他確認對方就是毒猿。他從肩到腰斜掛著灰色的肩包，手裡拿著一瞬間擊殺三個保鑣的烏茲槍。

不行了，要被殺了──就在葉威已經絕望的這時候。

「媽的給我站住！」羽太領著十幾個男人，一邊怒吼一邊從玄關衝進客廳，每個人都拿著手槍，那是葉威在跟石和的交易中提供的黑星手槍。

彈幕宛如爆竹般響起，毒猿跟葉威有一瞬間四目相對，下個瞬間，他撞破窗框的玻璃跳進陽臺。

接著他跳上陽臺的扶手，沒多久，就真的像隻猴子一樣快速逃到隔壁的陽臺。

「快追，殺了他！」

石和大聲吼著，但是追殺到陽臺的羽太等石和組手下，卻已經看不見毒猿的身影。

21

經由無線接獲桃井指示的鮫島，跟郭一起前往新宿區若葉町的公寓。那裡已經由四谷署、警視廳搜查一課和四課組成共同搜查小組。

公寓大廳也看到了荒木，距離上次見面才過了短短幾小時。

荒木看到郭，拒絕讓他進入正在進行現場採證中的房間，三人在停滿警車和鑑識車輛的公寓地下停車場下了車。

「你別怪我，現在要是讓你插手，搜查員會起疑心的。」

雙方打完招呼後，荒木對郭說。郭面無表情。

「我很感謝你提供的情報，但老實說沒想到那個殺手會做到這個地步——」

「這些都不重要了。被害狀況怎麼樣？葉死了嗎？」

鮫島說。

「沒有，死者四名，重傷一名，但是葉不在這裡面。死者中有兩名是臺灣人，應該是葉的保鑣。」

「葉現在在哪裡？」

鮫島問，荒木搖搖頭。

「不清楚，他好像跟石和的年輕幹部羽太一起逃了，石和的肩膀被擊中住院了。」

「可以告訴我襲擊的經過嗎？」

郭開口問道。荒木猶豫了一下，在鮫島的尖銳視線注視下，開始說明。

「畢竟現在逃過一劫還活命的，只剩下石和一個人，所以狀況還不是很清楚……葉和石和人在這棟大樓的十樓一〇二三號室。他們打算開門出去，發現走廊上放著一個小包裹。石和的部下撿起來後，馬上爆炸，當場死亡。之後，根據鑑識的說法，被丟進室內的是一種叫『音響閃光手榴彈』的東西，就是在一瞬間內發出強烈聲音和閃光，把對方嚇傻的一種炸藥。在這之後男人馬上闖進室內，拿起輕機關槍掃射，殺死了葉的兩個保鑣和石和的另一個部下。一〇二三和隔壁一〇二二房之間有一道隱形門相連，石和和葉多虧了這道隱形門，才在千鈞一髮之際保住一命。發現隱形門的男人，又用另一種炸藥，應該是塑膠炸彈吧，炸掉了隱形門。眼看逃到一〇二二房的石和和葉小命不保，在樓下的羽太等石和的手下衝進來，男人從陽臺逃了。你相信嗎？他用自己的身體撞破玻璃，沿著陽臺的扶手跑，利用外牆上的排水管下到地面，簡直像忍者一樣。」

「他用的輕機關槍是哪一種？」

郭問。

「這不太清楚，但是現場的彈殼最多的是九釐米口徑的手槍子彈。」

「烏茲。毒猿殺白銀團時，用的也是烏茲，烏茲用的就是九釐米的手槍子彈。」

郭轉向鮫島說。荒木吐了一口氣叼上香菸，他在白色POLO衫外穿了防彈背心，腰上插著手槍。

「石和的傷呢？」

「好像還不至於死。他在警察來之前讓葉跟羽太逃了，他不想讓葉落到我們手裡，羽太一定跟在葉身邊。」

「攻擊的男人有受傷嗎？」

「排水管上發現了血跡，不知道是被石和部下打到的，還是被玻璃碎片割到的。」
「有逮捕石和的部下嗎？」
「幾個人依槍械管制條例以現行犯逮捕了，聽說石和吵著要警方守著醫院門口。」
鮫島點點頭。羽太不在，這可棘手了。夥伴被殺，頭目又受傷，讓羽太相當生氣，接下來石和組一定會下達對毒猿的追殺令。
「通緝羽太了嗎？」
荒木吸了一口氣，搖搖頭。
「這個案子裡他不是嫌犯。等一下的會議裡我打算說服搜四，對石和施壓。搜四現在好像很混亂，因為石和並沒有傳出跟哪裡開戰的情報。」
鮫島看著郭。
「郭先生，下一步他會做什麼？」
郭露出嚴肅的表情思考著。
「毒猿會做兩件事：躲起來，治好傷，接著攻擊石和組，直到葉出現為止。」
「你是說他還會繼續發動襲擊？」
荒木面色也變得凝重。郭抬起頭說：
「只要是毒猿看上的目標，他一定不會放過，絕對會殺掉。」
「這可糟了。」
荒木低聲沉吟。鮫島說：
「查出跟毒猿在一起的女人了，叫田口清美，在歌舞伎町的酒店當陪酒小姐。」
「你說什麼？」

荒木相當訝異。

「怎麼會出現這麼一個女人……」

「毒猿用楊這個假名在酒店工作了兩星期。毒猿最先在日本殺害的，就是這家店的店長。」

鮫島說明了在「玫瑰之泉」發生的命案經過，同時也告訴荒木，跟高河交情匪淺的同系幫派幹部安井下落不明。

「毒猿應該是沿著亞木→安井→高河這個路徑，找到了這間公寓。換句話說，安井很可能已經在某個地方被解決掉了。請下令搜索田口清美的公寓。不太會說日文的毒猿，把清美當成自己的口譯。」

「那個女人為什麼會中文？」

「可能是殘留孤兒的第二代。」

荒木咬著唇。

「竟然會這樣……」

「不知道清美跟毒猿一同行動，是被威脅，還是出於自願。但如果這次的襲擊是毒猿一個人所為，那清美現在很可能一個人在。只要找到清美，說不定可能牽制毒猿的行動。而且……」

鮫島看著郭，郭無言地拿出照片。

「已經確認身分了，照片裡的這個男人就是毒猿。」

接過照片，荒木的用字變得客氣許多。

「能向您暫借一下嗎？」

「請，可以拜託你一件事嗎？」
郭說。
「什麼事？」
「如果毒猿——他本名叫劉鎮生，如果找到劉，要說服他的時候，需要有人會說中文，到時候請選擇我。我了解劉，比這個國家的任何人都了解。」
他表情相當認真。荒木盯著他的臉，又低頭看著照片。
「我知道了，我會盡量試試。」

22

「知道了。你們聽好了，不管條子說什麼，都不准離開老大身邊！」

說罷，羽太關掉行動電話的開關，交給旁邊的年輕男人。

葉威從窗戶望著起飛衝向天空的客機，這裡是鄰近羽田空港一座飯店的套房。

羽太重重地坐在葉威對面。這個房間由兩個房間相連，隔壁房間裡有兩個保鑣，這邊有一個。但是這三人都是羽太的手下，葉威的兩個部下都已經死了。

葉威的視線從窗外拉回，他啜了一口客房服務送來的中國茶。

羽太已經狂怒到失去理智。夥伴高河被殺，頭目石和受傷，也難怪他生氣，這就是讓葉威感到不安的地方。如果羽太覺得這所有的原因都在葉威身上，可能會殺了葉威。唯一幸運的，就是石和還留著他一條命。要是石和當時死了，羽太肯定會殺了葉威。石和能得救，是因為葉威把他拉到客廳，當然那是葉威情急下作出的判斷。

「頭目要我轉告，請向葉先生道謝，他的命是葉先生救的。」

羽太很不甘心地從咬緊的齒縫間擠出這些話。

「哪兒的話，這是當然的，石和先生兩個年輕手下死了，我覺得很抱歉。」

「是三個，還有高河。」

羽太的眼睛又泛紅了。

「高河的個性跟我不同，但他這個人很不錯。我們兩個人一起從基層幹起，一起拚到今天，所以……」

「你一定很不甘心吧，我也是。」葉威說。
「頭目要我把葉先生送回臺灣。他說，如果葉先生有什麼萬一，就麻煩了。」
羽太在雙膝上緊握著拳頭。葉威看著他的雙拳微微顫抖，不覺心裡發毛。他嘴巴上雖然順著羽太的話說，但是葉威對於部下死了這件事一點都不覺得痛苦，可以被取代的人，終究只是消耗品罷了。
「警察來找麻煩了嗎？」
「還好，畢竟我們這次是被害人。」
羽太對葉威投以尖銳的眼光。葉威探出身子，抓住羽太的手。
「羽太先生，我本來要搭明天的飛機回臺灣。但是，我不回去了。你不想報仇嗎？不想替高河先生和那幾個年輕人報仇嗎？」
羽太的臉上浮現驚訝的表情。
「當然想！可是現在警察看得很緊……」
「現在新宿的人都提高警覺找人嗎？」
「對，我們的人都紅了眼拚命在找毒猿，要是比警察先找到，一定會宰了他。」
「有很多警察在監視嗎？」
羽太舔了舔嘴脣。
「本部好像有機動隊在監視，條子也在找我們兩個，可是宿舍那邊警力比較鬆，那裡的人可以用。」
「宿舍？」
「為了以防萬一，我們租了一個房子讓年輕小夥子過夜，那個地方真的只有棉被睡覺用。剛剛接到的電話裡說，那邊只有三、四個便服警察……只要是出入本部附近的人，連叫外賣的都要接受檢查。」

「那就用那邊的人吧，我有辦法抓到毒猿，這方法連警察都不知道。」

葉威說。羽太皺起眉，看著葉威。

「真的有能抓到他的方法嗎？」

葉威點點頭。

「我一直在想，如果毒猿人在日本，有沒有方法能抓到他。我有一個方法，但是，我不知道他在不在，所以沒有跟石和先生談這件事。要是他其實不在日本，出動這些年輕人就太可憐了。」

「方法是什麼？要怎麼辦？」羽太以他懾人的語調逼問著。

「我馬上告訴你，但是在這之前，你要先找人。」

「找誰？」

「毒猿一定不是一個人，因為毒猿不會說日本話。石和先生說過，殺害高河先生的犯人，是一個男人跟女人。女人會說日文和中文，是毒猿的幫手。」

「幫手？」

「毒猿到日本來，怎麼找到高河先生公寓的？女人可能知道高河先生的公寓，或者認識知道高河先生公寓的人。」

羽太的臉愈來愈認真，

「我想起來，那個女人告訴由香里，自己是從『阿黛莉』來的。由香里就是高河生前的女人，由香里以前真的在『阿黛莉』工作過。」

「他是怎麼知道的？」
「可能是那個在『阿黛莉』待過的女人吧？」
「很可能，也有可能像他拷問高河先生一樣，拷問了認識高河先生的某個人？」
「不可能是我們的人，我們這邊沒有其他人被殺。」
「毒猿知道新宿的情況，他知道石和組是新宿的幫派。你們在新宿的幫派朋友當中，有沒有人知道高河先生的公寓？」
羽太拿起行動電話，
「我問問高河的司機。」
葉威制止了他。
「等等，重要的是藥局，派人去監視藥局。」
「藥店？」
「毒猿，他生病了，他得了盲腸炎，很嚴重。說不定，那個女的會去買藥。」
「但是藥店有上百間啊。」
「毒猿不能去醫院，需要很強的藥，可是沒有醫生寫的處方箋，你會怎麼辦？」
「葉先生的意思是可以不用處方箋就買到很強效藥物的藥局？」
「對，這種地方有很多嗎？」
「不，新宿應該也只有幾間。」
「那就叫人去監視那些地方。女人會去買盲腸炎的藥，那就是毒猿的幫手。抓住那個女的，她知道毒猿在哪裡。」
「女人，沒錯，要先抓到那女人。」羽太低聲地重複著。

23

拿出香菸盒，打開，裡面是空的。厚重門扉的對面，隱約傳來女人的叫聲和槍聲。

通道上的座位除了奈美以外，沒有其他人影。

奈美站起來，沿著走道走了出去。商店位於進入入口後左邊的角落，剛剛她才在那裡買了咖啡。

這是一家在科瑪劇場附近的電影院，輪播兩片B級動作片的狹窄館內，全部加起來也只有二十位左右的客人，既沒睡覺也沒在卿卿我我，專心看電影的客人，應該不到其中的一半吧。

奈美站在商店前打算買菸，店已經關了。看看手錶，傍晚七點四十分。

最後一場電影在二十分鐘左右前剛上映。

是不是搞錯電影院了？這可怕的疑問突然出現在腦中。

不可能，楊很清楚地告訴自己戲院的名字，客人也確實如同楊所說的少。這附近的電影院很多，但是輪播兩片B級洋片的只有這裡。

——今天一切都會結束。

楊是這麼說的。

——把我忘了吧。到了明天，妳去報警也無所謂，去找高河說的那個姓郭的臺灣警察，把我的事告訴他。可是，妳所做的一切都是在我威脅下，不得已才做的。這點千萬別忘了。還有，去報警之前，千萬不要回自己的住處。

——不要，我等你，我要等你，所以你結束之後來找我。

奈美搖搖頭，楊不敢置信地看著奈美。

奈美不知道自己在想什麼，她不知道到底是什麼，讓自己不想跟楊分開。

不過，楊很不一樣，跟自己以往喜歡上的男人完全不像。

一想到要跟楊分開，她就不安得發慌。

警察一定在找楊，如果在找楊，那說不定也在找自己。

自己也會被抓嗎？幫楊殺了兩次人，如果楊被判死刑，自己也會被判死刑嗎？

跟楊相約的地點有兩個。如果在這個電影院沒遇到，就到新宿御苑。

楊本來要奈美在新宿御苑等。

——我不想在那裡等，你找別的地方吧。

奈美說。她忘不了屍體還沉在那池裡。

所以楊才提出這個電影院。

——妳坐在最前面左邊的位子，如果到晚上我還沒去電影院，就到御苑來找我，在臺灣閣。

——什麼時候？

——明天早上，九點到十點之間。如果這個時間沒去，就是隔天早上的同一個時間。

楊顯然完全沒有考慮被殺的可能性。進了電影院，知道這裡上映的是動作片之後，奈美決定閉上眼睛睡覺。她實在無法張開眼睛看人被射擊、砍殺的畫面，要是看了，又會勾起作嘔的感覺和恐懼感。

奈美打著盹，當中有兩次被色狼摸膝和胸。每次因此驚醒，奈美都會用包包甩向色狼的臉和手。她雖然害怕，卻更擔心萬一離開座位會跟楊錯身而過。毆打色狼的時候，她忍不住掉淚。

被打的色狼像蟑螂一樣猥瑣地慌張逃走。

楊現在在哪裡？是不是被槍打中、被刀刺傷，在哪個黑暗的角落無法動彈呢？

楊也會說一點點日文，應該足以攔下計程車，到歌舞伎町來。

如果他還能走、還能說話的話。

他可能傷到不能走、不能說話的程度。自己一整天都待在這裡所以不知道，說不定楊人已經在醫院了。

不能想、不能想。

楊在分開的時候拿了三十萬圓現金給奈美。

——不能回家的時候，就用這些錢去住飯店吧。

錢我有，要是沒了也找得到人借。

——不要跟任何人聯絡，直到我說可以為止，連家人都不行。

只有在說這些話時，楊的眼光很嚴厲。

——知道了。

——這是為妳好，高河的夥伴在找我，可能也在找妳。

天亮前，走出參宮橋公寓後，兩人走到附近徹夜營業的家庭式餐廳。

接著兩人在這裡分手。

已經經過十二個小時了。

奈美沒有想過，如果楊平安無事回來，之後有什麼打算。短時間內發生了太多事情，現在除了聽楊的指示之外，自己也想不到該怎麼辦。

總之，最後一場電影結束前，就待在這吧。等到電影演完，如果到時楊還沒回來，就到外面買份報紙。如果報上什麼也沒寫，就找間飯店，看看電視新聞。說不定會聽到些消息，跟楊有關的消息。

快十點了，奈美離開電影院。來時還很明亮的新宿街頭，已經夜幕低垂。

新宿擁擠的人潮一如往常，奈美佝僂著肩走著，在科瑪劇場旁整夜營業的小攤買了報紙。

她將報紙塞進購物袋，快步離開。隨便找了間咖啡廳躲進去，坐在後方的座位，翻開報紙，她買了今天的晚報。

「光天化日，住宅區激烈槍戰。」

打開社會版就看到這樣的標題。

「攜帶炸彈及輕型機關槍的男子，襲擊幫派頭目情婦住處。」

下面緊接著這樣的副標。奈美倒吸了一口氣，入神地埋頭緊盯著報紙，甚至沒有注意到女服務生到桌邊來點菜。

她反覆看了好幾次，終於看到犯人已經逃走這段內容。

楊還活著，沒有被殺。

奈美長長地吐了一口氣，這才發現女服務生一臉不高興地站在一旁，趕緊點了咖啡。

她繼續在死傷者名單中尋找「葉」這個名字。

沒有，其中有中文名字、持臺灣護照的人，只有姓黃和姓李這兩個人。報紙上寫，這兩個人只是恰好去拜訪受襲擊的石和組頭目，不幸遇害。

她也想過，說不定「葉」只是假名，但是年齡不對。報上的報導寫到，這兩人都三十幾歲，她記得「葉」應該是個上了年紀的人。

也就是說，還沒有結束。因為事情還沒有結束，所以楊沒有出現在電影院。

奈美伸手去拿送來的咖啡，指尖在顫抖。

總之，楊還活著。

他沒有來電影院，是因為還沒殺掉「葉」。

奈美突然睜大眼睛，說不定他不是沒來，而是來不了。

不能想，不可以去想。

但是楊的樣子，還是不由自主地浮現在她腦中。楊坐在地上，單手按著肚子忍受著疼痛的樣子。

他說過這是盲腸炎，她知道盲腸炎要是惡化，就會變成有生命危險的腹膜炎。

國中二年級的時候，曾經有個女學生昏倒在學校廁所，因為分不清是生理痛還是盲腸炎的痛，所以從前一天晚上痛到現在的症狀更加惡化，差點就引發腹膜炎。當時還聽說如果晚個半天，就小命不保了，消息應該不假。

藥沒了。

抑制化膿和止痛的藥，都是楊從臺灣帶來的。就算沒受傷，要是藥沒了，楊也無法動彈。

楊身上的藥頂多只有兩次的份量。楊說過，疼痛發作的頻率大約一天一次，間隔也漸漸縮短。

楊在達到目的之前，盡力保留足夠的藥。如果關鍵時刻病情發作，又沒有能抑制症狀的藥，那肯定會被殺。

兩人分別之前，奈美在家庭式餐廳裡看過楊吃藥。

——會痛嗎？

——不會，現在不痛。

看來確實不像發作的樣子。

那是在他完成最後目的之前，為了避免途中疼痛發作而服的藥。

也就是說，藥只剩下一次的份量，今天之內一定會用完。

沒有藥，沒有藥了。

奈美也知道，那個藥的藥效相當強。其中一個是止痛藥，跟頭痛或生理痛的藥可不一樣，應該也沒辦法在一般藥局買到吧。

楊沒有辦法補充用完的藥。

得送藥去給他才行，否則楊的目的就無法達成。

但要去哪裡買呢？

沒有醫生的處方箋，一般的藥局不會賣這麼強效的藥，不管是楊或奈美去買都一樣。

明天早上一定要把藥帶到新宿御苑去才行。

奈美看看手錶，就快要十一點了。藥局都營業到很晚，但是她想不到能買藥的方法。

怎麼辦，該怎麼辦才好？

香月小姐。

奈美突然想到，香月小姐以前曾經因為大兒子有氣喘，很頭痛。

氣喘的藥有很強的成分在內，用完了就得到醫院去拿。但如果沒時間到醫院去，她都在藥局買同樣的藥。

——本來這個藥要有處方箋才能賣，不過那家藥局願意賣。

她記得香月小姐曾經這麼說過。

奈美看了咖啡廳店裡一圈，入口旁有一具粉紅色的電話。

奈美站起來。

「歡迎光臨。」

店門打開，看起來只有十五、六歲的兩個男孩子走進來。

「喂，我要打電話，你先幫我點個冰。」

其中一個人這麼說，在奈美眼前拿起了電話，他丟入硬幣按下按鈕，單肘撐在吧檯上開始說話。

「喂，我啦。什麼？喔，我就說有吧？就是啊，那傢伙超囉嗦的吧……對對對……」

奈美呆站在一旁，緊咬著嘴脣。男孩注意到奈美，回頭看了一眼，但馬上又轉回去。

「啊？沒什麼啦。就上次那件事啊，我跟你說，裝傻就好啦。」

奈美深深吸了一口氣，回到座位上，看著打電話的男孩。男孩靠在吧檯邊，屁股往後翹，抖動著一隻腳。途中他還拿出香菸，對女服務生說「不好意思，請給我菸灰缸」，點起了菸。

不能再等了，公共電話的話外面應該也有。奈美拿起帳單站起來。

這會違反跟楊之間的約定，奈美往車站的方向走去，一邊這麼想。但是，只要問出藥局的地點就可以，就這麼一次，詳情她也不會告訴香月小姐。

她發現兩具公共電話，兩具都有人在用，第三具已經壞了。走到車站附近，終於找到空的電話亭。一個把外套掛在肩上、拉鬆了領帶的男人，似乎也相中了同一個電話亭。奈美開始小跑步，比男人早一步進了電話亭，關上門。

她聽著男人的不耐咂舌聲，從包包裡拿出電話本。如果香月小姐已經開始在其他店裡工作，那這個時間就找不到她了。

插入電話卡，按下香月小姐公寓的電話號碼。

要在啊，妳一定要在家啊，香月小姐。

電話響了四次左右，話筒終於被拿起。

「喂！」

聲音聽起來有點不耐煩，是個上了年紀女人的聲音。

「喂，是香月小姐嗎？我是奈美。」

一陣沉默。

「喂？」

「奈美！妳從哪裡打的？」

「我現在在外面。」

「妳啊……妳……」

香月急迫張皇的語氣，奈美一聽就懂，警察果然在找自己。

「香月小姐，拜託妳，告訴我藥局在哪裡？」

「藥局!?」

香月小姐的聲音提高了八度，她半咳半說著，「妳受傷了嗎？」
「沒有，我朋友生病了，所以我想找可以不去醫院也可以買到藥的藥局。」
「妳這傢伙，這樣……沒有關係嗎？」
「為什麼？」
「還問我為什麼……」
香月小姐無話可說。
咚！電話亭的門被踹了一下。
「快一點啦！」
男人在外面大吼。
奈美回頭看。
「妳快一點！」
男人眼裡帶著怒氣，又說了一次。行人都往這邊看。
奈美心想，要是引警察來了就糟了，連忙轉過去。
「拜託妳，香月小姐，我趕時間，請告訴我妳買小孩藥的藥局。」
「好是好……妳，我是為妳好，妳最好快點去找警察。現在不去，連妳都會被當壞人，那些人都把我們這種人當眼中釘……」
「嗯，會的，我會去的。」
這次換成砰砰砰用手掌拍門的激烈聲音。
「藥局就在那裡，我們店附近，我是說『玫瑰之泉』，那邊再往前直走，走到底左邊那間店。禿頭老爺子和年輕醫生兩個人，去找禿頭那個就沒問題。」

「謝謝。」

「奈美，需要的話，我可以過去接妳，怎麼樣？如果妳不想一個人去警察局的話。」

奈美的眼淚就快要掉出來，怎麼會有這麼好的人。

「嗯，沒事的，妳放心，我沒有做什麼壞事，我會再打電話給妳。」

「奈美……」

奈美放下話筒。一回頭，男人單手插在口袋裡岔開腿站著。

「——媽的，妳要講到什麼時候啊！這可不是妳一個人的電話……」

打開門，奈美也衝著對方罵：「煩不煩啊！」

奈美大叫：「醉鬼！滾開！」

男人的眼睛瞪得斗大，等紅綠燈的行人紛紛竊笑。

奈美頭也不回地跑在人行道上。

24

葉威回到新宿，坐在賓士車後座，車窗玻璃用雙重遮光貼紙貼得很密實。賓士車並沒有停在固定的地方，不斷以歌舞伎町為中心，在新宿街上繞著圈。後座旁邊坐著羽太，他從剛剛開始就不斷用行動電話四處聯絡。前座和駕駛座之間有車用電話，但這具電話沒有人可以碰，只能空出來等著接打進來的電話。

葉威心想，日本流氓的機動力，實在叫人吃驚。尤其是組織橫向連結的情報收集力，說不定遠勝於警察或軍隊。

從下午到現在，如洪水般的情報湧入羽太這邊。

其中最多的情報是關於頭目石和的病情，還有警方的動向，就連警察是怎麼監視石和組的，羽太都瞭若指掌。葉威知道警察在找自己和羽太，於是羽太命令賓士車的司機，絕對不得接近石和組本部和宿舍附近。

其次收集到的情報是在葉威唆使下，關於毒猿幫手的下落。高河的司機是守在石和入住醫院的人之一，羽太從這個人口中問出幾個高河朋友的名字，命令待在宿舍的年輕手下地毯式地打電話去查。結果發現其中一個高河的好兄弟安井，幾天前就下落不明。

羽太馬上跟安井直屬上層以及下層的人聯絡。原來安井的幫派從事興奮劑的買賣，而引介貨源管道的就是高河。安井經手的興奮劑，源頭其實就是葉威的組織所輸出的貨。

羽太從安井興業的人口中，知道「玫瑰之泉」酒店裡發生了命案。被殺的店長亞木那天硬是從安井那裡要到了些興奮劑，亞木手上興奮劑的量有好幾次的份量。安井發現亞木屍體的時候，亞木裝有興奮劑和吸食用注射器的包包並不在現場。

安井相當緊張，因為興奮劑的藥包上有自己的指紋。殺害亞木的犯人，很可能是兩星期前開始在「玫瑰之泉」工作的外籍少爺。安井企圖早警察一步取回亞木的包包，現在卻行蹤不明。

另外還有一些警察並不知道的情報，安井被跟那個少爺很熟的「玫瑰之泉」陪酒小姐叫出去。安井興業也暗地在找那個小姐的行蹤，但是還沒有掌握到。

羽太馬上命令部下去調查那個小姐的住址。

到了晚上，查出那個叫奈美的陪酒小姐住址，石和組的兩個人到奈美新大久保的公寓去探查狀況。

當時警察正在進行強制搜索。

聽到羽太這番說明，葉威相當滿意，一切都順利地連接上了。

「很好，真不愧是石和組，這樣就可以確定毒猿的幫手是誰了。」

葉威說完，羽太顯得滿肚子不痛快。他心裡也清楚，要是沒有葉威的指示不可能收集到這些情報。

（這麼簡單的道理也不懂，白痴。你腦袋裡只知道替頭目和夥伴報仇，這只不過是在逞意氣和虛榮，你跟個嗜血的小混混有什麼兩樣？）

葉威在心裡嘲笑著羽太。不過，這些輕蔑一點都沒有表現在臉上，他對羽太說，

「我們已經跟上警方調查的腳步了，接下來該超過他們了。」

「怎麼超過？」

「要抓住毒猿，首先要找出認得奈美這個女人長相的人。高河先生的女朋友應該看過

她，但是她不行，警方已經掌握了她。」

「請等一下。」

羽太繼續打了好幾通電話，終於探聽到葉威想要的名字。

掛斷電話後，羽太對司機說：

「到歌舞伎町二丁目一間叫『夏慕』的高級酒店，我已經跟安井身邊的人談好了。」

25

奈美到的時候，藥局的鐵門已經拉下一半。操作鐵門的就是香月小姐所說，穿著白衣的禿頭男人。

「不好意思！」

奈美跑著衝進店裡，男人嚇了一跳，透過老花眼鏡看著奈美。白衣上有幾處汙漬，他手上還拿著拉鐵門時用的長鐵棒。

「喔，歡迎光臨。」

「請問……」

奈美看了店裡一圈。擺在店外的面紙和衛生紙箱都搬進店裡，顯得很擁擠。空氣裡有混合了紙、藥，還有洗潔劑的味道。

男人側著身，慢慢移動到堆積如山的商品深處，

「您需要什麼呢？」

上了年紀的人了，說起話來還有點大舌頭，老花眼鏡讓他的眼睛看起來大得出奇。

「呃……我朋友明天要去旅行，但是好像突然得了盲腸炎……」

奈美說出事先編好的謊言。

「看過醫生了嗎？」

「以前有，那時候也有拿藥………」

「漆（吃）完了嗎？」

奈美不懂這句話是什麼意思，但還是點點頭。

「放著不管可不好啊，最好開刀切掉啊。」

「回來他就會去切的，不過這次的旅行他無論如何都想去……但是現在已經沒時間去找醫生了。」

「也是，去看醫生他一定會叫他動手術的。」

「拜託您了。」

男人從鼻子哼了一口氣，

「很痛是吧？不會是妳吧？」

他不斷打量著奈美。

「不，當然不是我。」

「這個嘛，應該需要鎮痛劑跟抗生素……」

「拜託您了。」

「妳等一下啊，這本來要有處方箋才行的。」

說著，男人走進有玻璃窗隔開的後方小房間。

太好了，奈美心想。這樣就能把藥交給楊了，楊一定會很高興吧，明天楊一定會到新宿御苑來。

等待的時候奈美看了看店內，剛好在舉辦保險套的特賣，增強精力飲品的廣告像捕蠅紙一樣，從天花板垂掛著。

她望著寫有「調劑室」玻璃的後方，男人正在打電話，電話旁邊好像有張紙條，他頻頻看著那張紙。

電話打完了。
男人打開多格抽屜的架子，開開關關地找著藥。
奈美開始感到不安，要是他在找的藥已經賣完了該怎麼辦？
不可以，絕對不能這樣。
男人花了很長時間上上下下到處東翻西找。
男人看看奈美，好像終於找到東西了，男人的手在她看不見的地方頻頻動著。
接著，他從「調劑室」探出上半身，左手拿著一個白紙袋。
「三天份左右夠嗎？」
「如果可以的話，能再多給一點嗎？」
「五天份左右？」
奈美點點頭。
男人再次進了「調劑室」，奈美吸了一口氣等著。總之，藥算是到手了。
男人再次出現，開始打開袋子對奈美說明裡面的藥。紅色錠劑一次要吃兩顆，白色的膠囊一顆，要是很痛就吃兩顆。不過真的痛到這個地步，最好還是去醫院，不然會很危險。
奈美點點頭，拿出錢包。男人報出的金額並不便宜，但是奈美什麼也沒說，依言付了錢。到底是對方看準了自己不敢講價，或者這種藥真的這麼貴，奈美也不清楚。
「好，謝謝啦。」
男人從收銀機裡拿出零錢，一直盯著奈美，看得奈美都心慌了。
奈美把找零收進錢包裡，將袋子收進自己的包包，小心塞在深處以免掉了。
她走出藥局。

左右看了看，考慮該走哪邊。總之，得先找今天晚上過夜的飯店。兩邊的路上兩側都站著貌似流氓的男人們，但是奈美毫不在意。這附近搶劫的人很多。

結果她還是不想經過「玫瑰之泉」門前，選擇走向相反的方向。「玫瑰之泉」拉下了鐵門，鐵門上還張貼著告示。

她沒有特定的目標，從歌舞伎町二丁目到職安通附近有很多飯店，雖然幾乎都是賓館，但她只有自己一個女人，店家應該會願意接受。

雖然也有想離開新宿的念頭，但是這個時間很難攔到計程車，她也不太敢到人多的車站去。從跟香月小姐的對話裡，就知道自己已經是警官搜索的對象。

她低著頭，快步走著。隱約覺得後面好像有人跟蹤，但是她害怕得根本不敢回頭看。

她現在只想找間飯店進房間，鎖上房門安靜一下，只想看看電視新聞。

她走進一間活魚餐廳旁邊，這間餐廳因為可以讓客人從水槽或桶子裡挑選活魚，以喜歡的方法烹調，所以小有名氣。

玻璃外牆的建築物，看起來不像間日式料理店，更像間舞廳。現在可能已經關門了吧，沒什麼人聲。

「小姐……」

聽到聲音奈美並沒有停下腳步，以為是有人搭訕。

「景子小姐？」

一回頭。後方站著一個陌生男人，身穿深藍色西裝和擦得發亮的黑鞋。仔細想想，是剛剛站在藥局附近的流氓。她呆立在當場。

男人的對面停著一輛車身側對這邊的白色賓士車。車窗慢慢上升，裡面有一張雪白的女人臉孔，看不出對方是誰。

「啊，對不起，我認錯人了。」

男人說。看到賓士車時，她有一瞬間嚇到心臟幾乎要停止。

但是當對方說認錯人，奈美又安心到膝蓋不住顫抖。

她再次邁開步，走到飯店街。正在考慮要進哪一間，附近是一片漆黑。

突然有許多人從背後衝向自己。他們抓住奈美雙手，摀著嘴巴，還揪著她頭髮。

「出聲妳就沒命了。」

有人在她耳邊這麼說。接著，她被拉著拖上了緊接著停在後方的車。鞋子掉了，包包也被搶下。頭重重地撞上車頂，奈美有一瞬間覺得幾乎要昏厥。

「好了，開車。」

某個人說了話。奈美被丟在車後座，臉被壓住往下趴著，手在背後被抓住。

她還搞不清楚發生了什麼事，只聽到「嗶」一聲，眼睛和嘴巴就被封箱膠帶貼住了，被扣在背後的手則是用粗鐵絲綁起。

「好了。」男人的聲音說著，「把她丟到地上去。」

她從座椅被推落到地上，胸部受到撞擊的奈美一口氣悶塞著，再加上頭痛，把她的眼淚給逼了出來。

「電話給我。」

「在幹麼啊，快給我。」

「知道幾號嗎？」

「深藍色的賓士對吧？」
「對。」
「我知道啦，笨蛋，給我閉嘴。」
「對不起。」
按下按鈕，聽到嘟聲。過了一會兒，最早開的那個男人出聲說：
「抓到了。對，那方面沒問題，您不用擔心。」
又過了一會兒，「是，本部長呢？……好，我馬上過去。」
可以聽到放回電話的喀嚓聲。
「喂，開慢點，知道吧。」
「是。」
「要到本部長那裡去嗎？」
「對，他要我們把這個女的帶去。」
有人笑了。
「笑什麼笑！笨蛋！」
怒吼聲響起，車內變得一片安靜。

26

車用電話響了，葉威搭的賓士車駛在狹窄的溝邊。

這裡離新宿不遠。

接了電話的羽太再次確認有沒有被警方發現，之後告訴對方：

「在老地方，貨運公司那邊。」

然後掛上電話。

羽太看著葉威。

「人抓到了。」

「不會有錯吧？」

「我們找了在之前酒店一起工作的女人在車裡確認過了，確實是她本人。」

葉威點點頭。

「那個女人呢？」

「你說找來確認身分的那個？我們把她從店裡帶出來，讓兩個人跟著她。那間店開到半夜兩點，我告訴他們要跟著她直到關門，錢也給了。媽的，這臭娘兒們獅子大開口，叫她確認個身分竟然開口要五十萬。」

羽太嘖了一聲。

「現在要到哪裡去？」

「就快到了，這附近是北新宿，算是我們的地盤，前面有一個破產貨運公司被我們扣住的建築物。那房子旁邊就沿著這條河，一半在地下。修理人的時候很方便，所以沒賣掉。搬運死饅頭的時候，只要把車尾開進那地下室，就可以丟進去處理了。」

「這是一條河嗎？」

葉威以為這只是條水溝。

「對，這叫神田川。現在看起來這個樣子，夏天下大雨的時候，水幾乎會滿出來。」

原來是河啊，葉威心想。年輕時他曾經有一個據點，在運河旁的倉庫。那裡只有一扇窗，位於比道路還低的護堤部分，當時還沒有四海幫。

葉威跟幾個夥伴租下那個地方，承接當時剛從大陸撤退來台的國民黨政府委託工作，那是光復後五年左右的事。國民黨政府為了鞏固政權基礎，徹底地剷除本省人的知識分子、大學教授、思想家、共產主義者及民主主義者等等。葉威的工作就是接受國民政府軍祕密警察委託，持槍威脅把名單上的人綁來接受拷問。

他們綁架來的多半是戰前在臺灣出生、受過高等教育，在日本殖民統治下展開獨立運動的人，多半是醫生、政治家，或者學者。

蔣介石和他的軍隊節節敗退逃亡到臺灣來時，這些人拒絕接受國民黨統治，成為本省人的思想領導。

有時候拷問會接連兩天兩夜執行，只為了讓他們供出那些反抗運動同夥的名字。

有人供出來，也有人不供。無論如何，拷問結束之後葉威都會往他們頭上開槍，再用麻袋包著從窗戶丟進運河。

水會將屍體帶到很遠的地方，有時候還會沖進淡水河。那時候國民黨政府軍很多人是中國大陸貧窮農家的次男或三男，連大字都不識一個，甚至有人在到臺灣之前連電氣或自來水是什麼都不知道。這群人到了臺灣，不僅因為這裡遠比大陸富足而驚訝，雖說是殖民地教育，看到遠赴日本大學留學的知識分子，他們心裡也不太是滋味。

葉威是本省人，為了在光復後的混亂中存活，他也曾經假裝自己是外省人。

當時臺灣的狀況，幾乎沒有傳到日本來。

賓士車終於停在一處被鐵絲籬笆包圍，入口上著鐵鍊鎖的建地前。鐵鍊的另一端是鋪了水泥的停車場，角落有一棟三層樓高的建築物。建築物本身沒有亮燈，不過靠車頭燈的反射可以看出，停車場最後方有個往下傾斜的斜坡，深入建築物地下部分。

坐在前座的男人下了車，拆下鎖住鐵鍊的鎖頭，賓士車開進停車場。水泥隨處有斑駁裂痕，從細縫蹦出的雜草長得老高。

下車的男人小跑步到建築物前，他跑下水泥斜坡，推開盡頭的鐵門。

賓士車開進鐵門內側。

裡面是間裸露著水泥的空蕩房間，角落堆著不用的桌椅和舊電話，露出裡面海綿的沙發和有裂痕的玻璃桌刻意地擺在一旁。

賓士車的頭燈還沒關之前，男人操作著房間裡某處的總開關。天花板上垂下的三盞電燈亮起，水泥地板上有斑斑點點的黑色油汙。

男人從外面打開後座車門，葉威走出車門，羽太也下了車，手裡拿著行動電話。

「等谷的車來了，就拉下鐵門。這裡面電話能通嗎？」

他搖了搖行動電話。

「沒問題。」

男人說。

「好，這你拿著。然後拿一張椅子過來，讓這女人坐。」
「是。」
司機和這個男人開始俐落地行動。葉威叼起香菸。
羽太遞出火。
「在殺掉毒猿之前留這女人一條活命。要是有麻煩，說不定還可以利用這顆棋。」
葉威說，心裡異樣地浮躁。他想起剛剛回想的那個年代，拷問時經常用燃油器，或者是用刀把腳趾一根一根剁下來。
「是。」
「聲音沒問題嗎？很大聲也可以嗎？」
「拉下鐵門就沒關係，這後面是河，其實聲音不太容易傳出去。」
頭燈射進地下室裡，白色賓士車正要開進停車場。
羽太說：
「那女人下車之後，把谷的車開上去，叫他在外面監視著。」
「是。」
白色賓士車開下斜坡，進入地下室，裡面坐著四個男人。
停下來之後，從後座拉出一個臉上貼了封箱膠帶的女人。
「讓她坐在那椅子上。」
葉威說。女人的臉被膠帶貼著，看不清楚。
女人坐在鐵椅子上，被男人們包圍著。
白色賓士車上只剩下司機一個人，車子倒退著開上去。賓士車開上地上後，鐵門被拉下。

葉威看了看地下室裡留下的成員。

羽太和剛剛同車的兩個人，還有指揮綁回女人的谷，他也是羽太的部下，另外還有兩個谷的手下。除了自己以外，總共有六個男人。

羽太看了看葉威的臉徵求指示，葉威點點頭。

「撕掉膠帶。」

羽太下了命令，女人臉上的膠帶被一把撕開，撕開之後女人並沒有要睜開眼睛的意思。

這是個臉長、膚色很白的女人，臉上並沒有什麼出色的特徵。額頭上有瘀血的痕跡，她閉著眼睛，小聲地抽噎著。

其中一個男人走近她，抬高右手正要打上女人的臉。葉威舉起單手制止了他。

沒有人出聲，地下室只聽到女人微微嗚咽的聲音。

葉威一邊抽菸一邊看著哭泣的女人。

女人總算慢慢睜開眼睛。葉威打量著，原來是這副長相，雙眸雖然陰鬱，卻細長而美麗。她顫抖著身子，環視著周圍的男人，依序看著男人們的眼睛，最後停在葉威身上。

「不用害怕。」

葉威用中文對她說。

女人沒有回答，只是不斷地發抖著。

「我們想幫妳，妳認識的那個男人，是個殺人魔。」

他繼續用中文說。

「妳知道那個男人躲在哪裡吧？」

女人沉默地搖頭。
果然聽得懂中文——葉威心想。
「妳是中國人嗎？」
「……我、我是日本人……」
女人發顫地說。她相當害怕，這也難怪。
「放我回去吧。」
「我當然會放妳回去，那我們用日文說話吧。」
後半句葉威是用日文說的，女人微微張開了眼睛。
「妳會說中文，為什麼？」
「我、我在中國長大的。」
「到幾歲？」
「十三歲。」
「妳父母親都是中國人嗎？」
「爸、爸爸是，媽、媽媽是在中國長大的日本人……」
「原來如此。」
葉威點點頭，他聽說過這種人。日本戰敗時，有許多日本人當時住在中國大陸，他們一心以為這是自己國家的土地，後來被毛澤東的軍隊追擊，逃回日本的途中有很多嬰兒在這時候被留在中國，這個女人的母親應該也是其中一個。
「那妳就會說中文了，也可以跟毒猿說話。」
「毒猿？」

「對，有毒的猿猴，很可怕、很可怕的殺手，他已經殺了幾十個人了。」

女人安靜諦聽著。

「妳當時也在，高河先生被殺的時候，妳就在旁邊。」

女人低頭，盯著下方沾滿汙漬的地板。

葉威心想，說不定還挺耗時間的，這個女人出乎意料的頑固。

「但是我不生妳的氣，可惡的是那個男人。告訴我，那個男人在哪裡？」

「不知道。」

依然低著頭的女人恍惚地這麼說。

「不要說謊了，妳不是去買藥了嗎？那是毒猿吃的藥。」

女人咬著嘴脣，臉上沒有血色。

「我不喜歡暴力，所以，妳告訴我，如果妳說，我們就什麼都不做。」

女人不說話。

葉威吐了一口氣。

「妳本名叫什麼？」

「清娜。」

「妳是日本人嗎？叫清娜是嗎？」

女人點點頭，眼裡有著掙扎的痛苦神色。

不會吧……葉威心想，這女人迷上毒猿了，她眼中透露的頑固，是一個女人想保護心愛男人的眼神。

葉威用力將下巴往內縮。

「妳不說，我就交給這些人，會很痛苦，非常痛苦。」

女人的表情沒有變化。

「這是最後一次問妳，袒護殺人犯，會讓自己受傷，這很愚蠢。來，告訴我，他在哪裡？」

女人就好像沒聽到一樣，完全無視葉威所說的話，像個玩偶一樣，臉上失去了所有表情。

葉威湧起一陣不耐，他看了看羽太，點了頭。

羽太點點頭。他踏出幾步，連出好幾拳揍在女人臉上。

血從撕裂的嘴唇和鼻子濺出，女人發出呻吟，但一個字都沒有說。

「媽的！我讓妳嘗嘗比死還痛苦的滋味。」

看著女人鮮血淋漓的臉，羽太低聲說。女人一邊發抖，同時用力閉著眼睛。羽太用力地踹了女人的椅子，女人發出小聲的哀鳴摔倒，臉撞在地下，頓時無法呼吸。

「脫掉她衣服。」羽太命令部下。

27

車子停在醫院停車場裡，鮫島和郭坐在車裡，這是位於新宿五丁目的急救醫院㉒。

馬上就快到凌晨零點，偶爾吹過的強風，讓車身隨之晃動。

兩人仰頭望著醫院三樓的單人病房，那就是石和竹藏住的房間。

石和謝絕會客，住院之後只回應了搜查一課的簡短偵訊。醫院和病房周邊只部署了數位警察，守在這裡的石和組幫派成員人數遠遠超過警方的人數。其中也有無視於醫師的制止擅自進入病房的人，部署在此的警官和醫院方面的人之間也產生了互相較勁的現象。

羽太並沒有出現在醫院，他應該跟葉共同行動沒有錯。

兩人坐的車依舊是那臺新宿署的便衣警車，車上有無線設備，傍晚過後擴音器不斷播放著打鬥或施暴案件的一一〇通報。

先是五點左右，在西新宿七丁目使用公共電話的中國年輕留學生，突然被疑似流氓的集團包圍、逼問，結果被毆打，臉部受重傷。不久，在西新宿飯店工作的中國廚師和女朋友買東西時，一樣被疑似流氓的集團包圍毆打找麻煩。

到了晚上，類似事件開始在新宿歌舞伎町周邊頻傳。被害人幾乎都是一邊走在街上一邊說著母語的中國人或韓國人等亞洲圈外國人。

無線電發出訊號聲。

㉒根據日本的消防法第二條第九項，各地方政府會指定合乎標準的醫院做為急救醫院。

「這裡是警視廳，呼叫各巡邏警力，以下通報新宿轄內的傷害事件。西新宿七丁目，大興公園大廈，附近分局聽到請回答。」

「這裡是新宿七，目前位置西武新宿車站前。」

「這裡是警視廳，新宿七已收到，還有其他分局嗎？」

「這裡是警視三一〇，目前位置現場附近。」

「這裡是警視廳，請新宿七、警視三一〇趕往現場。現場位於西新宿七丁目ＸＸ號，大興公園大廈。目前接獲通報後方員工停車場有一名流血倒地的男人，致電通報者為該公園大廈男性員工櫻井。請迅速趕往現場調查。」

「新宿七，已收到。」

「警視三一〇，趕往現場中。」

「警視三一〇，趕往現場中，警視廳收到。另外通報者表示，發現疑似被害人男性之後，目視確認有數名疑似黑道的男子往歌舞伎町方面逃走。警視三一〇、新宿七到達現場後，請跟各勤務人員合作。請以有無事件性為最優先前提，提供調查回報。」

「警視廳呼叫新宿。」

「這裡是新宿，請說。」

「本件一一〇報案編號為一二八六。指令二十三點五十三分，負責人木內，請馬上派專任幹部及待命車輛到現場。」

「新宿收到。負責人濱田，待命車輛一號及專任幹部已在新宿十八由ＰＳ出動。」

「警視廳收到，另外新宿轄內案件，待了解詳情之前，將實施通話管制。在此知會各局。」

鮫島在菸灰缸裡捻熄了香菸，發動引擎。

「狩獵開始了。」

郭沒說話。

兩人一直在等待羽太或葉，或者是以這兩人為目標的毒猿出現在醫院。

「回街上去吧。」

郭點點頭。

鮫島將便衣警車開向靖國通。石和組的本部事務所，就位於剛剛通報發生了傷害事件的西新宿。鮫島先把車頭朝向這個方向。

石和組本部在西新宿七丁目，附近停著機動隊的裝甲巴士，所以馬上就知道目的地。機動隊員身穿防彈背心加上安全帽、杜拉鋁盾牌，全副武裝進行警戒。周邊道路也執行著路檢。

鮫島停下車，跟郭一起從車內望著外面的狀況。

「即使這樣，他還是可能來襲？」

本部的建築物裡燈火通明。郭回答：

「只要葉在那裡面。」

鮫島搖搖頭。

「應該不在吧，羽太沒有出現，就是最好的證據。」

接著他掉頭轉向，驅車往歌舞伎町的方向。

到醫院之前，兩人去找了之前還沒見過面的「玫瑰之泉」小姐們。在這段期間警方對田口清美住處執行了搜索令，搜查人員手裡都拿到了清美的照片，田口清美和劉鎮生已經被緊急通緝。

他們見過的每個陪酒小姐都不約而同地說，最後一次見到田口清美是在安井興業的事務所。

「下來走走吧？」

鮫島在西武新宿車站附近停下車，對郭這麼說。他並不認為盲目在街上亂走，就可以找到毒猿。不過，在車流嚴重堵塞的歌舞伎町裡開車前進，也沒什麼意思。

鮫島心裡有種預感，今天晚上可能會有狀況。毒猿身上雖然有傷，如果真如郭所說，他並不打算藏身，那很可能馬上對石和組、葉再次展開攻擊。

兩人下了車，徒步走進歌舞伎町。

一走上街頭，鮫島馬上就可以感受到街上一觸即發的緊繃感。

新宿一年會有好幾次這樣的夜晚。就算不是流氓或警官這些特殊身分的人，只要是來過新宿幾次的人，都可以馬上察覺到，這跟平常不同的「味道」。

表面上街上看起來跟平常沒什麼兩樣。但是，只要水面下有任何重大變化，馬上就會如震動般，傳到街上的空氣裡。

皮條客的人數比平常少，走在街上的流氓們，腳步也特別急促。平常開到很晚的情趣商店，現在也早了幾小時關店。

街上彌漫的某種「殺氣」，膨脹到連一般百姓也能察覺到，這股強烈的緊繃感，讓人覺得嚴重的時候即使戳上一根針，也會引發巨大的破裂。

鮫島心想，在其他地方一定不會有這種感覺吧，檯面下的緊張不可能這麼直接地影響到整條街的氣氛。這就是新宿，只有新宿才會存在的空氣。

走在街上的許多流氓，一發現警官或刑警，就會迅速採取行動。平常總是會面對面打聲招呼「您辛苦了！」今天晚上卻不一樣，故意轉換方向，避免彼此有擦身而過碰面的機會。但他們也不能藏身，很明顯的，他們繃緊了神經，以便應付隨時可能發生的狀況。在新宿劃有地盤的所有幫派，都為了這份「可能」，敏感地拉長了天線。

郭單手拿出香菸，點起火。

「今天晚上很多流氓呢，平常也很多，不過，今天更多。」

兩人正經過風林會館前，鮫島點點頭。

平常都以四到五人為單位移動的流氓，今天晚上卻多半以兩人為一組行動，而且幾乎每個人都拿著行動電話。

「這些都是獵犬吧，大家都在追著跟我們同樣的目標。」

「這些人是抓不到毒猿的，如果他們真的找到毒猿，也會被殺的。」

郭低聲說。

風林會館的咖啡店裡走出了七、八個流氓，接著他們分成三組，消失在街頭。

「奇怪……」

鮫島說，接著他按住正要通過他面前的其中兩人肩膀。

「喂。」

被按住肩的流氓先是狐疑地瞪著鮫島，下個瞬間，又換上了驚恐的表情，這個男人手上也拿著手機。

這是在安井興業事務所見過的臉孔。

「你們今天晚上倒是挺積極做生意的嘛。」

鮫島看著男人吊在手腕上的電話說著。
「安井之後有跟你們聯絡嗎？」
男人表情僵硬地搖搖頭，
「沒有啊，怎麼了？」
「什麼怎麼了？我才想問你們為什麼這麼緊張呢。」
「哪有，我們哪有緊張……」
鮫島再抓住男人的肩膀。
「石和要求你們幫忙嗎？」
「跟那沒關係啦。」
「那你們為什麼要分頭？你們在找人吧？」
「警察先生，你就饒了我吧。」
另一個人在一旁說。
「閉嘴。」
鮫島瞪了那個男人一眼，男人閉上了嘴。
「給我老實說，指令是從哪裡來的？」
「不知道。」
「是上面嗎？石和跟你們是同一個派系的嘛。」
男人低下頭，應該是覺得再說下去就太危險了。
「你想抓我就抓啊，看你要用什麼罪名抓我。」
男人說。鮫島繃緊了臉，放開男人的肩膀，看樣子上面下了嚴厲的封口令。

「可以走了嗎？」

鮫島點點頭。男人咂舌一聲，走開了。

郭對目送流氓走開的鮫島說：

「有什麼奇怪的嗎？」

「那些人不是石和的人，是安井手下的人。」

鮫島說。

安井和石和的幫派上頭確實屬於同一個廣域幫派，但是如果只為了找出襲擊高河和石和的犯人，而出動安井這邊的成員，這就太不尋常了。

「這些人知道安井被做掉了，唯一的可能就是石和這邊以某種形式把消息放出去。」

「從石和這邊？」

鮫島看了看手錶。

「酒店的店長命案、高河命案、石和情婦家受到襲擊，這三件事之間有關聯的事實，目前還沒有任何媒體報導出來。更別說安井的事了，就連警察裡也只有一部分的人察覺到。如果警察方面沒有外流情報，那麼安井這邊的人有所行動，就意味著石和提供了情報。」

「為什麼呢？」

「從毒猿的手法看來，一定有人串起高河和安井組這邊的關係。」

鮫島看著郭，郭低聲說。

「是葉嗎？」

「我想也是，羽太和葉雖然躲起來，但是一定沒有跟外界斷了聯絡，葉應該是想利用石和來對毒猿進行反擊吧。」

「這也不是不可能。」

「這麼說來……」

鮫島說著，眼光看著附近住辦混合大樓的招牌。

「石和已經發現了田口清美這個人的存在，當石和把情報透露給安井組這邊知道，安井也回報了自己這邊掌握的情報，所以把他們懷疑跟楊、也就是毒猿有關這個女人的消息，告訴了石和。」

「怎麼了？」

從田口清美住處扣押的照片，讓高河的情婦由香里看過後，由香里已經確認，自稱在由香里以前工作的酒店上班，讓她打開公寓大門的，就是田口清美。

但是警方不可能把田口清美這個姓名和她跟犯人的關係告訴由香里，因為告訴了由香里，就等於告訴石和組。

「石和組正在找田口清美，這麼說，石和也會因為安井的關係知道白天那個女人的事。」

「那個女人……」

「在吸甲苯的那個女人，北野真澄。」

「沒錯……要找田口清美，要靠那個女人……」

「不知道石和跟她接觸了沒有？我想最好再去找她一次。」

鮫島說。他記得真澄在安井的介紹下在歌舞伎町二丁目的「夏慕」這間高級酒店工作。時間已經晚了，但是說不定有些店現在還開著。

走了一會兒，在稍遠的住辦混合大樓集合招牌中找到「夏慕」的店名。

店在六樓。

鮫島和郭搭進電梯，時間過了凌晨一點。

走出電梯後，鮫島知道「夏慕」目前還在營業中。寫著「夏慕」的木門另一端，傳出卡拉ＯＫ的合唱聲。

鮫島拉開門。

「歡迎光臨。」

站在門內側身穿黑衣服的男人，回頭看著鮫島和郭大聲打著招呼。

越過男人的肩膀可以看到店內，狹窄的通道從入口延伸進去，在後方呈Ｌ字型變寬，Ｌ字角落的部分是卡拉ＯＫ用的舞臺和電視。

Ｌ字的包廂座位坐滿約六成，有十幾個客人跟差不多人數的陪酒小姐。

「過來一下。」

鮫島說，把黑衣男子叫到門外。還不等拿出警察手冊，男人好像就知道鮫島的身分。

「有什麼事？我們可是有提出餐廳的營業許可……」

「我不是要問這個，你這裡有沒有本名叫北野真澄的小姐？最近剛來的？」

「北野……」

男人露出不太清楚的表情。

「就是安井興業介紹來的那個。」

「喔，安井先生的那個……你說的是郁子吧。」

鮫島用眼睛指著門，

「她現在在嗎？」

「在啊，剛剛出去過一下……現在在裡面啊。」
說完，男人馬上露出說溜了嘴的表情。
「出去過？」
「沒、沒什麼啦，好像出去買個東西吧……」
他突然話說得很快。
「你知道什麼最好老實說。」
「真、真的啊，她去買東西啊。」
鮫島一直盯著男人的眼睛，男人終於放棄，慢慢低下頭。
「……她被客人帶出去……又是我們不方便拒絕的對象。」
「哪種對象？」
「你就饒了我吧，我們也是靠客人做買賣的，這您就別再逼我了……」
男人露出為難的表情。
「那個客人現在還在嗎？」
「這……這個……」
「在不在？」
男人無言地點點頭。
鮫島閃過男人，推開門。
「拜託啦……」
「別擔心，我不會在你店裡惹事，他坐在哪裡？」
「最後面數來第二桌。」

「你在這裡等一下。」
鮫島交代了郭，自己走進店裡，他隔著走道的牆壁偷偷看了一下那男人的位子。
身穿粉紅色迷你裙套裝的北野真澄夾在兩個男人中間坐著，一邊打著拍子，面前的桌上放著白蘭地酒瓶。
兩個男人看來很無聊，別過臉沒有看著舞臺。其中一個鮫島見過，是石和組的人。
鮫島趁這三人還沒注意到他，趕緊別過臉退開。
打開門，他對郭點點頭。
「是石和組的。」
接著他對店裡的男人說：
「可以幫我叫那三個人出來一下嗎？」
「拜託拜託，你別找我麻煩了。」
男人露出膽怯的表情。
「很抱歉，但是我等不到你們關店了，要是現在進去，又會給你們店裡添麻煩。」
男人低下頭，似乎是想不到其他方法。
「拜託你了。」
鮫島說。
「他們出來之前都不需要交代我是誰，就說是個普通的客人。」
「好。」
男人很不情願地回應，走進店內。
門一關上，卡拉ＯＫ的音樂頓時遠去，鮫島看看四下。

出電梯之後，正面和左右各有一間店，「夏慕」在左邊，中間和右邊的店都已經關門了。

郭靠在牆上，離鮫島有幾步遠。

「場面可能會有點粗暴。」

鮫島低聲說，郭無言地點點頭，偷偷地笑了。

門打開，音樂聲隨之變大。

兩個流氓現身。走在前面的男人鮫島沒見過，兩個都大約三十五歲上下，前面那個穿西裝，後方的穿著夾克跟厚棉褲。

穿著夾克的那個男人鮫島認識，北野真澄跟在最後面出來。

發現鮫島的那一瞬間，夾克男睜大了眼睛，真澄說了聲「是條子」，倒吸了一口氣。

走在前面的男人一個轉身打算回到店裡，鮫島抓住了他的肩頭。

「媽的！放開啦！」

男人甩開鮫島的手。

「不要跑！」

鮫島說著，把這個男人推向郭那邊，然後抓住真澄的手腕。

「喂！你幹麼啦！」

夾克男想也沒想就衝向鮫島，企圖拉開真澄的手。鮫島收回手，抓住這男人的胸襟。

「你幹什麼，渾蛋！」

鮫島眼角餘光看到正打算往自己背後伸手的西裝男，被郭抓回去。

「你想怎麼樣啊！」

郭的右手扣住男人的雙頰往牆上撞，男人發出呻吟聲。
鮫島把夾克男的背壓在牆壁上。
「媽的！」
夾克男的右手伸進衣服裡，鮫島用左手抓住他的手腕，用膝蓋踢了他雙腿之間，夾克男發出慘叫。
鮫島回頭看看郭，郭一隻右手就把西裝男料理得服服貼貼。西裝男的臉被壓在牆上，右手則繞到背後，匕首的刀鞘露出。下一個瞬間，郭的腳一閃，掃過西裝男的腳，讓他倒在地上。匕首有一半離開了刀鞘，飛到半空中。
郭的右腳踩在男人喉嚨，男人發出乾嘔聲，不再妄動。
鮫島將視線移回自己的對手身上，抽出夾克男的右手腕，看到手槍的黑色槍把。他迅速抓起，壓在夾克男臉上。
「這是什麼！啊?!」
郭看看鮫島，對他說：「是黑星。」
「拿的傢伙挺不錯的嘛，手上拿著這種東西，想幹什麼?!」
夾克男別過臉去。
「不知道啦，要抓就快抓，別囉嗦。」
「你囂張什麼。」
鮫島再次抬起膝蓋一踢，夾克男呻吟著，彎下身子。鮫島抓住他的劉海，把他的頭往牆上撞。夾克男閉上眼睛，張著嘴。
「你不說，我就問問那位大哥，行吧？」

郭揪住西裝男的領帶把他拉起來，西裝男正要甩開，郭抓著領帶的右肘就往男人下巴上敲去，男人膝蓋跪地。嘴脣破了，血流了出來。

鮫島看著呆在一旁的真澄。

「這些傢伙叫妳做什麼去了？」

真澄睜大了眼，用力搖頭。

「不知道，這跟我沒關係啊。」

「少給我裝傻！」

鮫島大聲吼她，真澄變得臉色蒼白。

「這些人因為幫裡的幹部被殺，現在滿腦子都是報復。身上還帶著這種傢伙，妳當我會相信他們真的是來這裡悠閒喝酒吃飯的嗎，啊？」

鮫島搖著夾克男的頭，夾克男睜開眼睛，斜眼看著真澄。

「我、我什麼都不知道啦。媽的，臭婊子妳要是敢說，小心沒命！」

真澄往後退了一步。

「你少在我面前逞威風，混帳！」

鮫島踢了夾克男一腳，夾克男也膝蓋跪地。

一聲慘叫，是西裝男發出來的，郭正用力地踩著西裝男右腳後方阿基里斯腱附近。一邊踩，還一邊揪著男人胸口把他拉起來。

「你幹麼啦……」

真澄遮著嘴小聲說。

「痛死我了！唉喲！痛啊……，痛、唉……」

「你不要這樣啦，快放手啦，不要這樣啦。」
真澄對郭說，西裝男已經說不出話來，只能發出尖銳的慘叫聲。
郭面不改色，繼續修理西裝男。男人眼睛睜得斗大，滲著冷汗。
郭猛地抽出腳放開手，男人抱著腳踝在地上翻滾，看著他的夾克男臉色鐵青。
「你們到底幹了什麼？快說！」
夾克男嘴唇顫抖著。郭慢慢走近他，鮫島把夾克男讓給他。
郭右手抓住夾克男讓他站起，然後狠狠地瞪著他的眼睛。
「說不說？」
鮫島把西裝男的手銬在他背後。
夾克男無法承受郭冰冷的視線，躲開了他的注視。
「快帶我走啊。」
郭迅速把頭往後一抽，接著用額頭撞向男人的鼻梁，又是一聲慘叫，夾克男的兩個鼻孔流出血來。
「說不說？」
郭又問了一次。
「這兩個人搞什麼啊。」
夾克男哭著說。郭的右手抓住男人的右手腕，高高舉起。
男人發出呻吟聲，郭的手指像老虎鉗一樣嵌在男人手腕上。
鮫島走近真澄，真澄瞪大了眼睛，呆呆地看著郭。
「這些人叫妳做什麼？」

真澄搖搖頭，
「我不能說。」
「妳非說不可。」
「說了他們會殺我的。」
鮫島用下巴比了比正箝制住夾克男的郭。
「不說，等一下就輪到妳了。」
「不要這樣嘛，拜託你，饒了我吧。」
「那妳快說！那些傢伙不敢殺妳的。妳看看！你也知道他們只是嚇唬嚇唬妳吧。」
真澄的眼睛湧出淚水，
「放過我吧……你就饒了我吧。」
「什麼都不說要我放了妳，想得美！妳到底幹了什麼！」
「——我只是告訴他們而已！告訴他們那個人就是奈美，就這樣而已！」
真澄大叫著，蹲在地上。
「為什麼我要遇到這種事啊！」
真澄掩著臉。
「在哪裡？」
「那邊的飯店街附近。我坐在車裡，只是告訴他們就是那個女人沒錯，就這樣。」
「然後呢？」
「我不知道啦，真的。」
真澄縮著身子。

「奈美一個人嗎？」
真澄沒有回答。
「是不是一個人⁈」
「是啦。」
鮫島回頭看著被郭扣住手腕正在呻吟的夾克男。
「你們抓走她了嗎？」
郭在手上使勁。
「抓了！」
夾克男發出尖銳的哀鳴聲大叫著。
店門打開，是剛剛的黑衣男，他手裡拿著行動電話，電話正在響。
「不好意思……」
看了門外這副光景他一時說不出話來。
「是這些傢伙的電話嗎？」
鮫島說。
「是、是啊……」
鮫島接過，按到夾克男臉上。
「接。」
夾克男別過臉，郭更加用力。
他慘叫著。
「好、我接、我接……」

鮫島把電話放在男人左耳，按下接聽鍵。

「……喂……不，我是大久保……」

夾克男虛弱地說。

「你說什麼？什麼時候、什麼時候？知道了，我知道了……」

夾克男睜開眼睛，看著鮫島。話筒移開夾克男的耳邊，可以聽到「嘟嘟」的聲響。

「怎麼了？」

鮫島問。夾克男垂著眼，像是已經放棄掙扎。

「剛剛有人突擊我們宿舍，有三個人被殺，明明警察也在場的……」

接著他瞪向鮫島，大罵道：

「你們這些廢物到底在幹什麼！為什麼還抓不到那傢伙！」

鮫島看著郭，郭也用嚴肅的表情回望他。

「你們把綁走的女人帶到哪裡去了？」

鮫島問。

28

奈美好像隔了很遠的距離聽著男人們的對話，眼淚不知不覺中已經停了，也並不覺得太痛苦。

就像是儀式一樣，男人們一個一個輪流侵犯奈美，滿足慾望之後不約而同地毆打、踹踢奈美的身體。不管哪個男人，大家都一樣。不管是好幾個人上，或是一個人上，都沒什麼兩樣。不過是一個接著一個，不斷連接著。

只有一個人沒參加儀式，就是那個上了年紀的臺灣人。那臺灣人坐在椅子上，一直看著奈美被男人們當成玩具般玷汙、傷害的光景。

男人們騎在奈美身上，粗野地吐氣，性急地動著身體，在這期間奈美只用她毫不在意的眼光，看著地下室的各處，跟那老人家的目光也對上好幾次。

她沒辦法一直看著對方，因為男人們搖晃著奈美的身體，她的頭也像玩偶一樣不停地晃動著。以為永遠不會結束的儀式，突然結束了。那是在當場的男人——除了那個老人家以外的所有人——全部都侵犯完奈美之後。最後的男人離開奈美身體後，老人家從椅子上站起來。奈美再次看著那對眼睛，知道他一直在等著。

奈美就像個壞掉的玩偶一樣，倒在沙發上。她知道自己的臉還有下半身都流著血，如此而已。不過是流血，又怎麼樣。奈美連接心和身體的線，已經斷了。

「聽好了。」老人說著，奈美一直看著其中一個男人將短刀遞給那老人。

老人把短刀從刀鞘裡拔出來，蹲在奈美身邊。「到妳想說話之前，不說話也無所謂。」

老人家用中文說著，接著他用左手輕輕抬起奈美的左腳腳踝。

「從現在開始，我要把你的腳趾一根根剁下來。」

左腳腳底接觸到冰冷水泥地板，下個瞬間，小趾頭傳來熾熱的電流。

奈美發出叫聲。遠去的痛苦回來的同時，原以為跑到遠方的心，再次回到體內。

她覺得喉嚨哽住，叫也叫不出來，奈美開始啜泣。男人們按住奈美的雙手雙腳，不讓她掙扎，還撐開她的眼皮不讓她閉眼。

老人把染滿鮮血的小趾頭拿到奈美眼前，然後又輕輕放在她乳房之間，老人用認真的表情看著奈美的臉。電話好像在很遠的地方響著，跟這場合很不搭稱的聲音。其中一個流氓接起電話，但老人並沒有回頭，只是一直看著奈美的臉。

「……葉……葉先生。」

拿著電話的流氓，站在老人家身後。老人家一回神，轉頭看著背後。

「什麼?!」

奈美一邊啜泣一邊看著。遞過電話的，是最先毆打奈美的男人，最先侵犯她的也是這個男人。老人家站了起來，右手拿著染上奈美鮮血的短刀。

「是誰？」

「那傢伙。」流氓低聲地說。

「誰？」老人家很不耐煩地說著。

流氓的聲音異樣的低沉，好像刻意壓低了聲音，還混雜著恐懼的聲響。

「他說自己是毒猿，不知道從哪裡查到這支行動電話號碼的。」

奈美睜大了眼睛。

29

葉威覺得背上好像有把刀刺著。為什麼?為什麼毒猿會打到這裡來?

葉威低頭看著女人。滿身是血，髒得嚇人，但竟然沒有開口求饒，簡直讓人覺得不可思議。葉威把借用的匕首換到左手，把電話放到耳邊。

「我是葉威。」

他用中文說。

「背叛者，殺無赦。」

電話的那頭這麼說著，葉威的背上開始冒汗，這確實是毒猿的聲音，他曾經好幾次跟他講過電話，命令他殺人。

雖然知道這是行動電話，但是毒猿打這個電話，讓他覺得自己的藏身處似乎已經被發現，湧起強烈的不安。

「你錯了。」

葉威慢慢地說著。

「我沒有錯，白銀文求我饒他一命，但他還是死了，不過你，連求饒我都不允許。」

毒猿說著。聽著，葉威注意到他聲音的語氣，毒猿的聲音帶著忍痛的人特有的異常尖細。

「我們見個面吧。見個面，讓我告訴你你錯在哪裡。」

毒猿笑了。

「好啊，今天晚上你睜開眼睛，就會看到我站在你枕邊。」

「不不不，你的朋友，也很想見你啊。」

「朋友？」

「一個叫清娜的女人。」

葉威享受著毒猿的沉默，最好看清楚誰才是真正的主子。

「——我不認識。」

「是嗎？」

說著，葉威把電話拿近女人的嘴邊。

「打個招呼吧。」

女人抖著嘴脣，輪流看著電話和葉威。淚水從眼角不斷溢出，葉威把刀尖抵在她臉頰，稍微使了點力，血濺了出來。

「楊……」

「怎麼樣？」

女人邊哭邊說，葉威很滿意，再次把電話放到耳邊。

「——不認識。」

毒猿用強忍的語氣說。

「不認識就算了，對了，你是怎麼知道這個號碼的？」

葉威故意換了個話題。

「我殺了幾個石和的部下，割破其中一個人的肚子。他們說了一大堆，我幾乎聽不懂那些傢伙在說什麼，其中一個人把這電話號碼寫在紙上。我想下次見面的時候應該沒空說話，就先告訴你吧。」

「這麼說，你也沒有空跟這個女人說話了吧。我本來想大家見一面，有機會釐清大家的誤會呢……」

葉威說著，這次他把匕首的刀尖伸向女人的嘴。

「毒猿不想見妳，清娜，他說他不認識妳。」

他故意說給毒猿聽。電話另一頭謹守著沉默，刀尖抵在女人嘴巴時，裂開的嘴唇裂得更大。

女人開始啜泣。

「這樣好嗎？清娜，妳是不是想忘記那種不忠的男人？」

葉威溫柔地說著。

毒猿的沉默宛如沉寂的黑暗，葉威感覺毒猿躲在黑暗內側，虐殺著自己。

「那，我就替妳打幾針吧，清娜。」

葉威說。

黑暗被打破，傳出宛如嘆息般的聲音。

「新宿御苑。我在臺灣閣，把女人帶來。」

電話在這裡掛斷。

30

石和組的宿舍離本部有點距離，位於西新宿四丁目。

附近是離新宿中央公園很近的密集住宅區，愈接近現場，蓋滿木造公寓和小規模公寓的一角，擠著相當可觀的圍觀人群，再加上消防車的出動，塞滿了整條馬路。

鮫島和郭在現場稍前方停下車。出動了消防車，就表示使用了爆炸物。

撥開圍觀人群，穿過指揮交通警官的身邊。一名巡警企圖攔下郭，鮫島制止了他。

「不要緊，他跟我一起的。」

宿舍所在的公寓入口，一位消防隊員正跟荒木在說話。

荒木的頭髮蓬亂，臉頰上有瘀青。可能是剛做完緊急處置，右邊的袖子裂開，繃帶纏著手肘周圍。鮫島和郭跨過腳邊的水管，走上前去，荒木回頭看他們。看到他眼睛的瞬間，鮫島馬上知道荒木剛剛體驗過什麼。

一年前單獨追捕私造手槍犯的鮫島，曾經被犯人監禁，經歷過前所未有的恐懼。事件之後，自己映在鏡子裡的眼睛當中，有著全無表情的遲鈍光線，而現在荒木望向這邊的眼睛，就跟當時的自己一樣。

在那之後鮫島沒有陷入歇斯底里的症狀，都是因為有晶將自己拉回現實。因為關心鮫島而發怒的晶，雖然不能讓鮫島完全忘卻曾經嘗到的恐懼，但確實有沖淡的效果。

荒木身邊有沒有這樣的存在？跟荒木說話之前，鮫島心裡想著這個問題。

鮫島和荒木互相對看了一陣子。

「他來了。」荒木終於開口。

「我太天真了。我跟搜四商量，刻意減少這裡的警備。打算讓他認為這裡是最適合發動襲擊的目標，所以我們在本部出動了機動隊，但是這邊只配備了便服刑警。」

鮫島什麼也沒問，奔流不停的話語就從荒木口中不斷流瀉出來。

「不知道那傢伙什麼時候、怎麼進到建築物裡的，這裡是普通的公寓，入口只有一個。背面跟其他員工宿舍連在一起，牆壁和牆壁之間的空隙不到三十公分。宿舍在四樓邊間，是三房兩廳的格局。他攻進來的時候，只有兩個負責接電話的人跟一個正在小睡的人在。

所有人都是肚子被刺而死。我猜應該是在他刺殺最後一個人的時候，那人發出慘叫。不對，他應該是故意讓他叫的。當時我跟搜四的人從停在樓下的車子裡監視著宿舍，聽到慘叫聲後趕上來。正要開門，門從正中間炸開。搜四的警部補一個死了，另一個也受了重傷。

門沒有上鎖，上面裝著炸彈，一打開就會爆炸。」

「他人呢？」

「那之後他跨過倒在地上的我們，走了出去。我身上有手槍，可是根本無法伸手出去。你懂嗎？他穿著全身黑的衣服，頭上套著帽子，站在倒地的我身邊，低頭看著我。我的傷不重，他應該是在考慮要不要給我最後致命一擊吧……如果、如果他認為我是石和的人……他一定會殺了我。我全身無法動彈，就好像被鬼壓住了一樣，連一根手指都動不了。他在我身邊蹲下來的時候，我只能閉上眼睛。結果你知道他接下來做了什麼？」

荒木失去血色的嘴唇顫抖著。

「那個啊！就是那個，木雕的猴子，他把猴子放在我的手裡，然後他就走了。那傢伙、他、他不是一般人。總之，他跟以前看過的任何罪犯都不一樣……」

郭低聲說：「——有警察死了嗎……」

他的臉好像突然衰老了好幾歲。他輕輕搖頭，接著緊咬牙關，從齒縫間吐出「毒猿」這兩個字。

荒木本想移動右手，發出一聲呻吟，只好換成左手，費了一番功夫伸進外套內側口袋。

「這是跟你借的照片……」是郭在船上拍的那張照片。

「我已經複印完了，還給你。」他咕噥著說完這句話，郭接過照片，稍微抬起頭。

荒木像喘氣般用力吸了一口氣，然後說：

「總之，那傢伙已經失去控制了。直到他找到葉為止，直到他殺了葉為止，他都會不斷地殺、殺、殺個不停……想要阻止這個人，之後還不知道會死多少人。」

「不用擔心。」郭低聲說，荒木聽了抬起頭來，

「為什麼？你為什麼這麼想？」

「毒猿、葉，已經慢慢接近了。很快，再不久，就會見面。」

接著郭看著鮫島。

「沒有時間了。快點到那個男人說的，田口清美那裡去吧。」

鮫島看著荒木。

「有可能請求支援嗎？我們有可靠的情報證實，田口清美被石和組綁架、監禁了。」

荒木咕嚕一聲吞了一口口水，

「喔、這樣啊，可是要花點時間。本廳和新宿署今天晚上都因為石和組總部的警備和非常配備忙得不可開交。除此之外還發生了一連串的事件……要是不等到明天……」

鮫島點點頭。荒木說得沒錯，他以違反槍械管制條例和妨礙公務的現行犯逮捕兩個石和

組的流氓時，要求歌舞伎町派出所派人來帶走，結果對方表示無法馬上派人，要等三十分鐘左右。

一天之內接連發生了大大小小的事件，在署裡的命令系統下，還沒有充裕時間能切換到全員待命的體制。要挽回這些時間上的遲延，也只能等明天之後了。

最後鮫島只好自己把兩人帶到派出所去。

「我知道了，你自己保重。」

荒木驚訝地睜大眼睛，「等等，你該不會要自己去吧？再等一下，我這裡也想想辦法，現在先不要輕舉妄動啊。」

「沒時間了，田口清美有生命危險。」

「可是，你一個人去——」

「不是一個人。」

郭冷靜地說。荒木看著郭，不知該接什麼話。

「——不行，這可不行。要是出了什麼事，這算是越權行為啊。」

鮫島凝視著荒木。

「告辭了。」

他們留下荒木，準備離開。回到停車的地方，郭對他說：「你會帶我去吧？」

他的手放在車門上，鮫島點點頭。

「會。你是情報提供者，沒有你的幫忙，我也找不到現場，報告書上我會這樣寫的。」

郭對他微笑。「你的背影，我會保護。」

兩人坐進車裡。

31

蓋在神田川邊的這棟建築物，是往橫向延伸的三層樓高建築，沒有亮燈。不過經過前面時，鮫島看到有一輛白色的車子停在鋪著水泥的停車場裡。

「大內陸送」的招牌還留在建築物上，跟鮫島從在「夏慕」逮捕那個流氓嘴裡逼問出的一樣。

鮫島先開過去，經過一段距離後再停下便衣警車，跟郭兩人小心不發出聲音地下了車。空氣裡有潮濕的味道。聞著這股從神田川傳上來的味道，鮫島感覺到逐漸高漲的緊張感。如果田口清美被監禁，就表示羽太和葉也在同一個地方。這跟之前在深夜餐廳見面的時候不同，現在自己踏入的是正在進行中的嚴重犯罪現場。而且羽太等石和組的流氓，一定為了應付毒猿的襲擊做好武裝準備。

「你在這裡等，我先去看看狀況。」

鮫島對郭說，然後沿著剛剛來的路走回去。附近是住宅區，交織著複雜如迷宮般的小巷道。

他來到圍著鐵籬的大內陸送區域前，白色賓士車橫停在建築物的部分一樓前。鐵籬中斷的地方圈著鍊條，其他車子無法進入。

鮫島停在鐵籬前。看不出白色賓士車上有沒有人，如果有人，不可能沒發現有人跨過鍊條。

他隔在鐵籬前鄰家的圍牆，觀察著賓士車。

附近的房子幾乎都已經關掉燈。這也難怪，現在時間已過兩點，將近三點。

鮫島深呼吸了一口氣，假使車裡有人，應該是負責把風的。被把風的人發現，就等於給羽太等人抵抗或逃亡的空間。

他將手放在腰部皮套上，握了握新南部的槍把，手掌心滲著汗水。

賓士車裡突然變亮。一個男人坐在駕駛座上，正在點菸，駕駛座的位置靠外面這邊。

鮫島回頭看著留在原地的郭。

沒看到郭的身影，他一驚，再次看著賓士車的方向。

不知不覺中，郭已經蹲在賓士車斜後方，像個影子。

他是怎麼到那裡的？想了想，鮫島不禁啞然。郭一定是沿著神田川的河邊或者河床前進的，他有一隻手不管用，怎麼還能這麼做，實在無法想像。

郭也注意到鮫島發現的事，他用身體示意，表示他要轉移司機的注意。

鮫島擺擺手作為回答，他從圍牆後走出，香菸的紅色亮光在車內移動。

鮫島裝作若無其事，走向繞在鐵籬間的鍊條，跨過鍊條，進入停車場內。

賓士車門打開，車裡的男人一腳踏出來。

「喂——」

話還沒說完，郭迅速往前一跳，將男人撲倒在地。鮫島到達之前，郭已經把男人的頭往水泥地面敲，讓他失神了。

鮫島一邊用手銬扣住這男人，用領帶綁著堵住他的嘴，鮫島小聲對郭說：

「你怎麼過來的？」

郭的休閒褲吸飽水分變了顏色，還發出惡臭。郭搖搖頭。

「我以前是『水鬼仔』。」

他們檢查男人身上，發現一枝黑星手槍插在腰帶上。郭抽出槍，看著鮫島。

「我之後會還，可以借用嗎？」

鮫島當機立斷，點了頭。郭拉了手槍的滑套，將第一顆子彈送進彈匣。

他們讓男人趴在地上，繞過賓士車。

橫向停放的賓士車，遮住的並不是建築物的一樓，而是一段往地下室的傾斜坡道，坡道終點擋著一道鐵門。

鮫島脫掉鞋赤著腳，他慢慢走下斜坡，接近鐵門。

可以聽到些微的人聲，鐵門下的隙縫漏出一絲光線。鮫島確認過之後，回到地面上，除了鐵門之外，好像沒有其他通往地下的入口。

「在裡面，我們找找有沒有其他入口。」

郭點點頭。接近建築物的一樓牆壁半面是鐵門，剩下半面裝著霧面玻璃窗，玻璃窗好像是一般的窗框。

鮫島脫掉外套。他將上衣抵在窗框上接近鎖附近的地方，用手槍的槍身一敲，碎玻璃掉到屋內地板上發出聲響，但聲音沒有想像中的大，這聲音應該不至於傳到那邊。如果這裡的聲音那邊聽得到，那邊的聲音外面應該也一樣聽得到，他們不可能把綁架來的人帶到那種地方。

鮫島把手槍放回腰上，手指伸進裂口打開窗框上的鎖。

開了窗後，他們進入建築物裡。內部的結構由裸露的水泥組成，很空曠，但有股悶重的霉味竄進鼻子裡。

他點起打火機，看到後方堆著木製板狀平臺，不知是什麼用途。

郭也跟在鮫島身後進入內部，兩人很快地觀察了內部一圈。

形成建築物外觀的橫長一樓部分，有三堵隔間牆，由一條走廊連接，走廊最左邊有樓梯。

樓梯在中間有轉向的平臺，但是這平臺上堆滿了老舊的置物櫃。這些塞滿的置物櫃，擋住了大半往下走的樓梯。

鮫島從扶手上探出上半身，樓梯盡頭右邊有一扇嵌著鐵絲網玻璃的鋼門，玻璃另一端亮著燈。

門把上有門鎖的轉栓。

鮫島和郭對看了一眼。郭輕聲對他說：

「我繞到正面，敲鐵門，吸引他們注意，你從那道門進去。」

「從正面進去比較危險，應該由這個國家的警官我來。」

鮫島反駁他。但是郭微微一笑，搖搖頭。

「沒錯，但是我的左手不能用，我不能爬過這些置物櫃到下面去。」

鮫島凝視著郭。

「——我知道了。」

「你先下去。到那扇門後，慢慢數到一百，然後，Ｇｏ。」

鮫島點點頭，他在扶手上撐起身體。扶手上堆滿灰塵，很容易打滑。他先把扶手抹乾淨，沾了汗水的手掌心沾上灰塵，一片黑。

跨過置物櫃可能會發出聲音，只能攀過扶手，直接跳到地下一樓的平臺上。

鮫島雙手一撐，將身體拉到扶手上。傾斜的扶手是水泥做成的，本來就已經很滑了。他雙手挾抱著扶手，先放下左腳，指尖還碰不到中間的樓梯。他將右腳放在扶手上，跟在左腳後放下來。腰部也從扶手落下，腳趾尖終於接觸到堅固的觸感。

鮫島站在地下一樓的門旁。他抬頭看，對郭點點頭。

郭輪流指著手錶和嘴巴，表示要開始數了。鮫島沒有出聲，只動著嘴巴開始數著一、二……

郭轉身，爬上樓梯。

鮫島蹲在樓梯從下數來第二階，拿出手槍，汗水和灰塵讓他全身冰冷又濕黏。

門把上的轉栓是橫的，通常這表示門上了鎖。從狀況看起來，上了鎖也比較正常。

他數到五十幾了。

鐵絲網玻璃上有圖案，看不到屋子內部。可是從光線照射的狀況來推斷，門前並沒有擺放大行李之類的東西。

數到八十之後，鮫島移動身體，把耳朵貼近門。

——多久啊？

聽到一個男人的聲音。

——十分鐘左右吧。

另一個男人的聲音回答。

——那這個呢？

——等殺了那傢伙之後，再把她埋了。

會話中斷。

——那是什麼？

——應該是高尾吧。

——把風太久不耐煩了，想進來舒服舒服是嗎？是誰?!

隱約可以聽到鐵門被搖晃，發出喀沙喀沙的聲音。

——應該不是毒猿那傢伙吧？

——笨蛋！他在御苑！御苑！把門拉上來看看吧。

鮫島的左手在褲子上摩擦，然後伸向門把。他可以聽到鐵門往上拉的唧唧聲。

鮫島把門把扳直，打開門。但是只聽到喀鏘一聲，門並沒有打開。

裡面傳來「咚」的槍聲。鮫島咬緊了牙根，原來並沒有上鎖，他將轉栓恢復橫向，一拉門把，門開了。

這一瞬間，爆出第二發槍聲，一聲慘叫響起。

他把槍口朝上，低著頭，進了地下室裡。

眼前是一片裸露水泥牆包圍的空間，右手邊有一扇往上捲了五十公分左右的鐵門。

鐵門旁邊有個男人抱著膝倒在地上。

後方是往上堆起的家具，一個男人站在家具和牆壁之間的隙縫，企圖再往深處躲。前面有張長椅，上面躺著一個白色的身體。

「警察！不要反抗！」

鮫島對躲在家具邊的男人舉起手槍大叫，男人開了槍。

鮫島趴在地上，舉槍朝天花板發射，他沒看到郭。

男人臉色蒼白陷入恐慌，一開始他對著鐵門的方向開槍，這次則把槍口對著鮫島。

「沒聽到是警察嗎！」

鮫島怒吼了一聲，但是男人似乎完全沒聽到鮫島的話。鮫島猶豫著要不要發射第二發子彈，男人跟自己之間有張長椅子，上面有個全身是血的女人身體。以鮫島現在較低的姿勢開槍，有可能會打到女人。

男人開始胡亂掃射，鮫島做好可能送命的心理準備。地下室內部的槍聲在牆壁、地板、天花板上反響，形成震耳欲聾的轟聲。

郭突然從鐵門的縫隙間衝進來。

他擋在鮫島和男人中間，膝蓋跪地連發了兩槍。

男人轉了半圈，身體撞到堆高的桌子，一屁股跌在地上。

鮫島有好半晌無法動彈，這不是第一次有人對他開槍，但卻是第一次有人連續發射這麼多發子彈。男人倒地之前，大概開了四、五槍吧。

但是沒有一顆子彈命中鮫島身體的任何部位。

鮫島往喉嚨裡乾嚥了好幾次口水，撐起身子。

郭的膝蓋仍然跪在地上，他仰頭回望鮫島。

「多虧你幫忙。」

郭無言地點點頭。接著他立起的右膝也撞到地面，讓他整個身體往前倒，只用握著手槍的右手支撐著身體。

「郭先生！」

郭沒有說話。他襯衫右胸到肚子附近，全染得血紅。

「不行，我叫救護車！」

郭放下手槍，伸出右手。鮫島抓住他的手，郭動著嘴脣，說話方式像是斷斷續續漏出的呼吸。

「毒、毒、毒猿……」

「郭先生！郭先生！」

郭用舌頭舔濕自己的嘴脣。

「抓、抓住他……」

接著他甩開鮫島的手，把手伸到外套裡。鮫島支撐著郭的肩膀，不讓他跌倒。

旁邊傳來呻吟聲，是被郭擊中膝蓋的流氓發出來的。

郭伸手拿出照片，血色迅速從他臉上消褪。他把照片塞到鮫島手裡，壓在他胸口。

「振作一點，郭先生！」

郭的眼睛看著鮫島，右手放在鮫島脖子上，用令人難以置信的力量拉近自己。

「你、要抓住，毒、猿……」

鮫島深深吸了一口氣。

「你。」

郭又說了一次，他希望鮫島答應他。

「我知道了。」

郭鼓脹起他的脖頸和下巴，發出呻吟聲，那是種充滿不甘的聲音。呻吟聲停止後，他靜靜地吐出一口氣。

「郭先生？」

背後的悶哼聲依然，但是郭已經不再動彈了。

鮫島用停在樓上賓士車裡的手機，打電話請派警官和救護車到現場。

他回到地下室，看到被他放在牆邊靠著的郭。臉往下看，好像低著頭。鮫島覺得鼻頭後方湧起一股酸楚，他移開眼神，走向長椅子上的女人。

女人全身赤裸，左腳和臉上有嚴重的傷，也看得出被多次施暴的痕跡。雖然還活著，但是臉上很空洞，沒有足以稱為表情的東西。

鮫島輕輕扶起躺著的女人身體，脫掉外套替她蓋上。

「我是新宿署的人，妳是田口清美小姐吧。」

女人的眼睛一直看著郭那邊，

「妳是田口小姐嗎？」

鮫島說著，並不期待有反應，他知道女人正處於受到嚴重打擊的狀態。就連鮫島自己，要開口說話也很辛苦。

女人的嘴唇動了。

「我是戴、清、娜。」

鮫島凝視著女人，女人的視線沒有動。

「我是戴、清娜。」

女人再次重複。

鮫島拿出郭交給他的照片，放在女人面前給她看。

女人的眼睛動了，停在劉鎮生臉上，凝視著。

「他在哪裡？」

鮫島問。
「臺灣閣。」
女人說。
「臺灣閣？」
女人下巴輕輕動了動。
「臺灣閣是指哪裡？」
她沒有回答。
救護車和警車的警笛傳來，慢慢接近。
鮫島繼續跟女人說話，但是女人什麼也不再說。
救護車和警車駛入大內陸送的停車場內。
拿著擔架的急救隊員和兩名制服刑警探頭看看鐵門內側，其中一個警察大驚。
「這——」
鮫島回頭看，表明了身分後，兩位警官挺胸致意。
「發生什麼事了？」
「我逮捕了綁架、監禁這名女性的現行犯。」
急救隊員走近郭和被郭打中的流氓，檢查傷勢。
「死者兩名。這個女性是被害人，那具屍體和腳被射傷的男人是嫌犯，上面的車子裡還有一個戴著手銬的嫌犯。」
「這邊的死者呢？」
警官指著郭。

鮫島閉上眼睛，他的眼淚就快要流出來。

「提供情報的人。他協助逮捕嫌犯，結果受害。」

田口清美先被放到擔架上運上救護車。

急救隊員回來打算把膝蓋被打傷的男人放上擔架，鮫島制止了他。

「羽太和葉在哪裡？」

男人不斷發出慘叫。

「在哪裡?!」

鮫島抓住男人的肩膀。

「喂！你——」

急救隊員按下鮫島的手，鮫島看著急救隊員，急救隊員似乎被他的氣勢嚇到，縮回了手。

「抱歉，我很快就結束。」

鮫島說著，繼續轉頭看著男人。

「在哪裡？」

「不知道啦！快帶我去醫院！痛死我了，我快死了啊。」

鮫島抽出手槍。流氓瞪大了眼睛。

「喂……」

他按下擊鐵，槍口對準流氓沒受傷的那個膝蓋。

「喂！你幹麼！快住手啊！」

「警部！」

在一旁看著的警官們，也都僵在當場不敢動。
「在哪裡？」
「不要這樣，你饒了我吧。」
鮫島沒說話。流氓嚇得睜圓了眼，盯著鮫島的臉和手槍。
「——我、我說就是了。」
流氓哭哭啼啼地說：
「就是那個女人說的地方，在新宿御苑。本部長為了砍下那傢伙的腦袋，集合了大批人馬到那個叫臺灣閣的地方去了。到了這個時候，那傢伙應該已經被五馬分屍了……」
「這是什麼時候的事？」
「四、四十分鐘左右前，那傢伙打了電話來。」
鮫島看著警官，警官的表情緊繃。
「你沒聽到嗎！快跟石和組襲擊犯的搜查本部聯絡。」
「是、是！」
鮫島壓回手槍的擊鐵，放回皮套，就這樣往外走。
「警、警部——」
警官不知所措，開口問道：
「現場呢？這邊的現場怎麼辦——」
「晚點處理。」
說完，鮫島開始奔跑。

32

不應該是這樣的，怎麼會這樣。

賓士車停在東京都廳前，坐在後座的葉威心想。

葉威的兩邊是羽太的兩個手下，其中一個是後來開白色賓士車來、姓谷的男人。

說出毒猿打來的電話內容後，葉威一心以為羽太會帶著手下和女人到新宿御苑去。自己只需要留在這裡，等著接聽他們解決掉毒猿的消息。

但是在接到毒猿電話之後，石和組本部捎來聯絡，說石和組的另一個設施遭到襲擊，正好證明了毒猿剛說的話。

聽了之後羽太大發雷霆，命令本部動員石和組所有可用兵馬，全部集結。

「——條子守在本部？那就告訴條子你們要回家！聽好了，要是一群人一起出來會被懷疑，分散著出來就不會有問題。只要留人接電話就可以，還有，把手電筒所有能找到的傢伙都給我帶來！不管是回家的或是在外面跑的，給我打所有人的B.B.Call和電話，全部集合！這是戰爭，聽懂了嗎！」

接著他對葉威說：

「葉先生，請你也一起來。」

如同葉威所擔心的，羽太腦中只想著向毒猿報仇。現在他好不容易掌握復仇的機會，羽太不管付出任何代價，都一定會拿毒猿的血來獻祭。

葉威掩飾住內心的不安問他：

「那女人怎麼辦？」

「那種東西之後怎麼處理都可以，要是帶去只會惹人注目，礙手礙腳的，等到宰了那傢伙之後再來想吧。」

「你叫了多少人？」

「大概二十人會來，我讓大家都帶著傢伙。」

二十個人。他心想，只有二十個人。可是毒猿身上有病，而且女人又在這裡。再加上，如果現在讓他逃了，很可能再也沒有斷絕毒猿追殺的機會。就算回臺灣，也只是每天心驚膽戰地度日。

羽太看著葉威的沉默，臉上的表情讓人很不舒服。

「你會一起來吧。」

要是說不，他可能會殺了自己。這個男人似乎想起，歸根究柢，所有的原因都在葉威身上。

葉威故意裝出開朗的語氣說：

「我當然會去啦。我雖然年紀大了，說不定還能派上點用場。」

如果石和人還健康，一定不會允許這種狀況發生。畢竟，萬一葉威落到日本警察手中，石和組和臺灣之間手槍、興奮劑的交易管道就會被殲滅。不僅如此，石和供給各組織的這些東西，也會被斷斷貨源，這會影響到石和在更大組織中的地位。

可是石和人在醫院，高河已經死了，現在指揮石和組的所有權力，都在羽太身上。

葉威轉過頭看後方。在羽太指示下，攻擊部隊集結在西新宿的東京都廳前。為了不引起警方的注意，指示一輛車裡不得坐超過四個人，所以車輛總數約有七、八臺。

宛如未來都市般聳立在眼前的東京都廳，黑暗的形體四處散見閃爍的紅色光點，讓葉威莫名有種超現實的不祥預感。都廳腳下，男人們魚貫坐進車中。

每個男人都閉口不語，眼睛炯炯有神，釋放著殺氣，沒有一個人敢輕率開口說玩笑話。

羽太一臺一臺望進聚集的車內，確認有沒有武裝，並且指示攻擊毒猿時的注意事項。

儘管已經怒火攻心，他也沒有愚蠢到忽視開戰時應有的步驟——看到這副光景，葉威才稍微安心了一些。

平常這裡好像是計程車司機在路邊暫停小睡的地方，但現在不相干的車早就都被趕走。

羽太終於回到賓士車的前座，他用力關上車門，命令司機。

「開車。」

開在最前面的賓士車一開動，集結的石和組車輛就像編好陣列的戰鬥機，逐輛跟上。

「聽一個對御苑很熟的手下說，臺灣閣在御苑正中央靠近池邊的地方。因為地方太大，所以會讓大家分散，但為了避免打到自己人，總共會分成五人一組、共四小組。那傢伙是一個人行動吧？」

羽太回頭問葉威。

「是一個人。不管什麼時候，那個男人都只有一個人行動。」

葉威說。他小心不要讓聲音洩露了自己的膽怯。

羽太點點頭。

「我先把後面那批人送到御苑裡。這個時間門還關著，只能翻牆進去了。先讓一臺車過去，準備梯子。不過門關著對我們來說剛剛好……畢竟裡面太大了。」

「那我……我們呢？」
「等後面那些傢伙進去之後，再翻過牆往臺灣閣前進，他一定馬上就發現我們沒帶女人來，不過不用管那麼多，總之把他宰了就對了。那傢伙突擊我們宿舍的時候，沒用上次那種機關槍，所以也有人猜，他說不定已經用光子彈了。」
「這很難說。」
葉威搖搖頭。羽太點點頭，視線轉回前方。這時車用電話響了，接起電話後，羽太命令司機：
「繞到千駄谷那邊，那裡好像比較好進去。」
葉威拿出香菸，他將菸放在嘴上，但坐在兩旁的男人並沒有替他點火的意思，很明顯可以感到他們對自己的敵意。等到這件事告一段落，還得兜個圈子告訴石和，羽太在手下之間醞釀著很可能破壞臺灣和石和組重要友好關係的氣氛。
不到十分鐘，車子就到達了羽太指定的地方。
之所以知道已經到達，是因為有一臺亮著警示燈的車，緊鄰著兩公尺左右高的黑色鐵柵邊停靠著。
「好。」
羽太輕聲號令停車，自己先下了車，隔著車窗跟坐在先到車裡的人說話。
這裡是窄巷中的一角，其中一側是連綿的整面黑色鐵柵，上有尖銳前端，鐵柵對面蓋著成排的小型樓房或住家。
跟在後面來的車輛，一輛又一輛地超過葉威坐的賓士車，排在先到的那輛車後面，在巷子裡停成一直列。

羽太將手放在第一臺車的車頂，靜靜看著。

鐵柵對面是一片茂密的雜木林，長著濃密樹葉的樹枝從柵欄之間往外突出，有些樹種的高度將近七、八公尺。

裡面很暗，看著看著，恐懼讓葉威嘴中開始乾澀。

兩個男人從第一輛車裡下來，其中一個肩上扛著折疊式踏梯，另一個人手裡拿著行動電話，這兩個人緊貼在鐵柵邊走著。

看到他們往前走後，羽太回到車裡。他敞開前座車門，就這樣坐著，把手放在車用電話的話筒上。

過了一會兒，電話響了，羽太很快接起。

「怎麼樣？」

他問。

「知道了。」

他掛掉電話下車，對列隊停車在路邊待命的男人們打了個暗號。

男人們同時下車，其中也有人穿著戰鬥服。羽太以身體示意後，他們一句話也沒說，就陸續往剛剛那兩人前進的方向走去。

羽太回到車裡。

「開車，在這附近繞個十分鐘左右。」

司機發動引擎，慢慢往前開，追上了步行的這群人。戰鬥部隊發現鐵柵欄從外面馬路凹下一段的地方，從那裡進入了廣大御苑內。

葉威只來過新宿御苑一次。四年前他來訪東京，順便觀光，有個臺灣導遊帶他遊覽，當時也參觀過臺灣閣。這是在一九二七年，葉出生後一年左右吧，為了慶祝當時天皇的婚禮，由臺灣人民捐贈、建設的建築物。主體以臺灣杉建造，還記得第一次看到的時候，他很驚訝為什麼東京會有這麼古老的臺灣建築。

導遊說，可能因為是非假日，所以廣大的庭園裡幾乎沒有遊客，真是浪費土地。

——這裡是東京的黃金地段，為什麼不拿來作更有效益的用途呢？日本人真是奇怪。您看看，根本沒什麼人，只有賞花季節人會多一點而已。

在這個面積多達五十多公頃，擁有美麗草坪和茂密樹林包圍的西式庭園和日本庭園，點綴著大小池水的廣大公園裡，當時的遊客確實屈指可數。

——而且，這座公園到傍晚就會關門。要是一直開放也就罷了，關門之後，年輕情侶也不會過來。即使在犯罪那麼多的紐約，晚上都還是可以進去中央公園啊。

說著，導遊搖搖頭。這導遊雖然住在日本，但好像不太喜歡日本。當然，他並不知道葉威的真正身分，還說自己將來希望到美國住。

車用電話響了，羽太接起電話。

「是我……知道了，現在就過去。梯子還在嗎？……好，那就在那裡，你們在那裡等著。」

他放回電話。羽太命令司機，車子開回剛剛過來的路。

「停在他們剛剛進去的那裡。」

那裡蓋著好幾棟老舊得像是廢屋般的房子。鐵柵欄往內側凹入，就像從外圍包著這些房子一樣。

停好車後，羽太指示司機：

「你在這附近慢慢繞幾圈，小心條子。我一打電話，馬上就開過來。」
「是的，知道了。」
羽太回頭看坐在後座的三人。
「走了。」
葉威在男人包圍中下了車，沿著往內凹的鐵柵欄，排成一列走進狹窄的小路裡。走到底後，鐵柵變成了水泥柵。那裡架著梯子，柵欄內側有幾個手持手電筒的男人在等著。
其中一個人先爬上去，跳下到柵欄的另一邊。接著谷也爬過去，然後羽太說：
「接下來換葉先生了。」
留在外面的只剩下羽太跟葉威了，葉威很想要一轉身拔腿逃走。
「我是老人。羽太先生，請你先爬。」
羽太慢慢搖頭。
「請快點上去。」
他緊盯著葉威的眼睛不放，右手放在腰際附近。
葉威點點頭，踏上了梯子。
「你們要好好接住葉先生，聽到了沒有。」
羽太說。
「我們知道。」
水泥柵的高度跟鐵柵欄差不多。葉威爬上傾斜架著的梯子，跨上水泥柵上方。水泥柵跟有間距前端尖銳的鐵柵欄不同，最上方有一根橫向的棒子，棒子的寬度約二十公分左右，葉威用雙手攀到那根棒子上。

在下面待命的石和組男人們伸出手，接住葉威的身體。

水泥柵內側是一條窄路。樹枝延伸到水泥柵上方，長著繁盛的樹葉，但是樹木本身距離水泥柵還有三、四公尺遠，周邊長滿了雜草。

路面是沒鋪任何東西的泥土地，上面疊著落葉。

羽太最後一個爬上梯子，來到水泥柵頂部後，提起梯子，往內側放下。

進入園內後，羽太問：

「其他人呢？」

「依照您吩咐的，分頭行動，現在在前面的大路上。」

「前面的狀況呢？」

「沿著這面水泥柵再往前進一點，有一條通往園裡的路，穿過樹林之後就會接上外面明顯的大路。」

其中一個男人說明著。

葉威看著樹林另一端。確實，暗黑的樹木之間，有著閃爍搖動的光線。

每當風吹動，頭上的葉片就會發出沙沙的聲響。御苑跟外面不同，是個黑暗的世界。

「好，照亮前面，走吧。最前面和最後面的人記得傢伙，不過可不要跌倒走火。」

葉威被夾在八個男人正當中前進。剛剛那個男人說得沒錯，沿著柵邊走一小段，左手就出現一條寬兩公尺左右的小路，路面像是踏平泥土形成的。這條路再往前走，就會連接到御苑內鋪著砂礫的一般步道。

步道比剛剛的小路更寬一點，穿梭在樹林中，往左右兩邊延伸著，沉默的男人們都聚集在這裡佇立著。

「都到齊了嗎？」

羽太命令只留下一盞手電筒的燈光，手下們一一回話。

「好，臺灣閣在哪個方向？」

年輕男人上前一步說明，這個男人好像就是羽太口中對新宿御苑很熟的手下，他身穿戰鬥服和靴子。

「這條路再往右邊走，會碰到Y字岔路，左邊那一條再往前走，左手邊就是。」

「不能從左邊走嗎？」

「也不是不行，但是會繞很大一圈。那邊有一個菊花栽培場，繞過它外面一圈再回來也可以……」

「那Y字岔路如果走右邊那條呢？」

「會通往千駄谷門入口。路會變得比較寬，很容易分辨。」

「從那邊可以回到臺灣閣嗎？」

「千駄谷門前的路直走，會看到一個池子。沿著池邊的路往這個方向走回來的話，正前方就會看到臺灣閣。」

「你真清楚啊，為什麼這麼熟？」

「這小子住附近，從小就經常進來裡面玩。」

谷說。

「原來你都在這裡泡馬子啊。」

兩、三個人發出笑聲，稍微緩解了緊繃的緊張氣氛。

「好，那我們這邊走你最剛開始說的那條路。你和久保那一個小組從左邊走，因為那邊最容易迷路。」

身穿戰鬥服的男人點頭，應了聲是。

「接著大岸和古窪這兩組從千駄谷門那邊，走池邊的路。我們四個人走中間，你們各十個人分別從左右過來。我們應該會最快到，所以晚一點出發。聽好了，那傢伙只有一個人，他動作很快，你們要注意。萬一遇到不是我們的人，不用想太多，都解決掉。如果是遊民，就算他倒楣。」

「條子那邊沒問題吧？」

其中一個人問。

「不需要想那麼多。萬一被抓到，我們人這麼多他也不知道是誰幹的。就算判個二十五年長期，二十五人下去除，一個人只要蹲一年。誰敢因為怕條子而退縮給我試試看，武鬥派的石和會成為全日本的笑話。聽懂了吧！」

「是！」

所有人都精神抖擻地回答。

「好！拔槍，出發！」

羽太低聲叱喝。

33

自己接下來要做的事有多麼莽撞，鮫島自己最清楚。現在新宿御苑裡，不只有毒猿，還有武裝的石和組戰鬥集團。

但鮫島不能不去。郭為了救鮫島的命而死，要是郭沒有以他的身體去擋子彈，現在躺在那個地下室流血的，就會是自己。

郭要求鮫島跟他約定，毒猿要由鮫島親手抓到。郭為什麼希望鮫島，而不是別人來做這件事呢？鮫島沒有忘記在那狹窄的飯店房間，郭曾經說過的一句話。

——劉是軍隊裡最好的朋友，如果要抓毒猿，那就是我，我不希望劉被特勤中隊包圍射殺。

郭希望能一對一跟毒猿對決。不管是要殺或要抓，他都希望能一對一面對毒猿。正因為如此，他明知道是越權行為，還是請假來到新宿。但是卻為了救一個日本警察，讓他無法完成他的目的，所以郭才希望這個警察代替自己，實現心願。正因為是自己以命相贈的警官，所以才希望對方能承接下郭身為警官的責任。

如果背叛了他的希望，鮫島就會失去自己身為警官的驕傲。做為一個人，往後的所有人生可能都將抱著對郭的虧欠而度過。

他不能這麼做。

鮫島曾經告訴郭，他當警察不是為了國家，而是為了自己，而且往後也會一直持續這樣的心態。同是警察的郭，雖然知道有國情的不同，還是對鮫島的想法表示理解。因為了解，才會把自己的目的告訴鮫島。

郭面對這場戰爭，也不是基於警官的職務，而是為了身為警察的自己。郭的戰爭不是為了法律或國家，而是為了自己對自己所期待，警察應有的姿態。

鮫島並不知道郭這個警察的所有做法。如果郭是自己的同事，鮫島也沒有把握能跟他好好相處。可是，關於鮫島想要為了自己而當警察的想法，郭也有著極其接近的念頭。

所以鮫島才會對郭有好感，支持郭的奮戰，郭心裡一定也有相同的想法。

當郭知道有日本警官死在毒猿手中時，他臉上出現萬念俱灰的表情，那似乎只是一轉眼之前的事。

鮫島必須去，因為繼承郭這場戰爭的警官，必須是一個為了自己而戰的警官。

就算郭賠上命相救的人不是鮫島，這個事實也不會改變。

經過甲州街道的新宿天橋後，鮫島就關掉了便衣警車的警笛，只閃著紅色警示燈。

即使警官從北新宿現場要求警方出動到新宿御苑，等到人員到齊、整裝完全、決定現場指揮官等等之後出動，大約也要花上三十多分鐘吧。

待會百分之百會發生槍擊戰，不能跟只出動警車的狀況相提並論。

要是空等下去，連同目前為止落後的分，到達現場時很可能一切都結束了。

鮫島一邊減速一邊駛過新宿高中的操場旁，右邊這一區名稱從新宿四丁目改為內藤町，新宿高中跟新宿御苑隔鄰相接。

他沿著新宿御苑的牆邊前進，新宿御苑總共有正門、大木戶門、新宿門、千駄谷門這四道門，其中位於大京町的正門，除了觀櫻會等官方活動之外，一向都關著。

現在這個時間每一道門都是關著的，不過距離最近的是新宿門。新宿御苑跟東京都內其他公園不同，是隸屬環境廳管轄下的國營公園，裡面的職員都是國家公務員。從前職員人數大約有六十人，也曾經有輪班制度，不過在行政改革之後現在人數減少為半數的三十人，晚上也無人管理。開園時間為上午九點，關園時間是下午四點三十分。這裡屬於四谷署管轄，只有賞花時期會在夜間派出警車巡邏。

看到新宿門的大門後，鮫島將車子的方向盤一轉，直接開上門前的空地。

臺灣閣在御苑裡的哪個方位，鮫島並不清楚。他從前座置物箱中取出常備的手電筒，讓紅色警燈保持旋轉狀態，下了便衣警車。

看看手錶，時間是上午四點二十分。再過一個小時，天就要亮了。

他以便衣警車的引擎蓋當踏腳臺，攀上大門，門是由高約兩公尺的鐵柵欄和粗壯石柱組合成的。

爬到門的頂部，他跨坐上去，眼前是一大片漆黑的森林。

側耳靜聽，裡面什麼聲音都沒聽到。毒猿和石和組的衝突究竟是已經爆發，或是還沒，鮫島無法判斷。

如果已經爆發，那麼這片靜寂是否象徵著其中一方獲得了壓倒性的勝利？

他跨過門，跳進園內，門的右邊有一座結構厚實的石造門票販賣處。雖然不大，但蓋得很有味道。

鮫島沒有用手電筒，環視了周圍一圈，旁邊就有園內的導覽板，他走近導覽板拿起手電筒照亮。

從鮫島所在的位置看來，新宿御苑呈現橫長形，右前方是日本庭園，左前方是西洋庭園。東西寬度有一公里多，深度約七百公尺，繞周圍一圈長度達三公里，占地相當廣。

位於其中的臺灣閣，就在東西橫斷御苑約中央位置的細長池水邊，大約在中心偏後方，差不多是穿過庭園和森林約五百公尺後的地點。

鮫島將導覽板上的地圖深深烙在眼中，然後關掉手電筒。

他掏出皮套中的手槍，確認剩餘的子彈。原本裝了五發子彈，其中一發在地下室用掉了，現在剩下四發，他並沒有攜帶預備的子彈在身上。

鮫島深呼吸了一口氣。

只能就這樣迎戰毒猿了。

這時候，槍聲從森林那邊傳來。

34

由身穿戰鬥服的年輕男人率領，繞過菊花栽培場的十人，先往左邊的步道前進。接著羽太指示另外兩個小組共十人，從千駄谷門那邊沿著池邊繞過來。

等到第二組這十個人往Y字岔路的右邊前進，看不見背影之後，一直沉住氣等待的羽太才低聲說：

「走了。」

谷和另一個人抽出手槍，他們兩人都各有兩挺手槍。羽太接過其中一枝，另一枝則由葉威接過。

葉威拉動滑套，已經好久沒有拿手槍了。因為姓李的保鑣總是會跟在自己身邊，所以沒有必要拿槍。

久違的槍枝拿起來很沉。年輕的時候他的槍法並不差，但是現在還能不能有那樣的水準，他並沒有把握。可能的話，最好是不要碰上需要拔槍的場面。下次看到毒猿的時候，希望他已經是一具屍體。或者，是盡量接近屍體的狀態。

四個人踩在小砂礫上，往步道的右邊走去，鞋下響著砂礫的聲音。

葉威全身滲著汗水，尤其是掌心，被汗水弄得濕糊糊的。因為沒開手電筒，只能靠夜空的微光確認腳下的路。

強風再次吹起，左右的樹木齊聲發出激烈的沙沙聲，大家都一語不發地安靜走著。

葉威重新握緊手槍，不斷睜大了眼睛注意著前面和左右。

走在前面的是谷，後面跟著羽太，再來是葉威，殿後的是另一個男人。

葉威覺得全身起了一陣雞皮疙瘩，回頭一看。殿後的男人的恐懼也差不多，頻頻回頭看著後方。

「那傢伙說不定會老實地待在臺灣閣等吧。」

谷低聲說。

「很難說。」

葉威發現羽太回答的聲音有點嘶啞，羽太也覺得害怕。

但是葉威心想，就算把這些男人感到的恐懼全都加起來，也不及自己的恐懼。知道毒猿真正可怕面目的，只有自己一個人。

來到Y字岔路，四人往左轉，到臺灣閣只剩不到一百五十公尺。

這時候右邊傳來答答答答的全自動槍清脆射擊聲。槍聲沒有想像中的大，聽起來好像遠處的爆竹聲。

「本部長，是大津他們。」

谷回頭說。

「不要急——」

羽太話還沒說完，又響起打斷他話聲的慘叫，而且不只一個人，是好幾個人發出的慘叫。在連續的槍聲之後，又有單發的槍聲，慢慢地，一發、兩發連著發射，然後是一片寂靜。

「喂！」

羽太叫著。

前方的路上有個黑色人影，從右到左一閃而過。左右被樹林包圍，右邊樹林的另一端，就是剛剛響起槍聲的池水那邊。有一個人從那裡跑了出來，橫過四人約一百公尺左右前。他是從左邊的樹林裡跑出來的。

葉威迅速拿起手槍，朝著樹林裡發射了三發子彈，谷和跟在背後的男人也接著開槍。七、八發子彈射進臺灣閣那個方向的樹林裡。

「剛那個是他嗎？」

羽太說。

葉威正要回答，右邊又出現了人影。雙手按著腹部，好像快要倒地般蹣跚地走著。一看到葉威一行人，他就呻吟著跪倒在地面。

「本、本、部長……」

「是古窪。」

谷回頭告訴其他人，四人跑上前來。

古窪的臉上和身體沾滿了血，「哈、哈、哈」地重複著粗淺的呼吸。

「古窪！」

羽太一蹲下來，他就像個黏住爸媽的小孩子一樣，緊抱了上來。

「你怎麼了?!」

「可惡……可惡……」

古窪嘴裡喃喃唸著。

「太、太卑鄙了……那、那傢伙，藏、藏、藏在池子裡……」

嗚地發出了嘔吐聲後，古窪吐出了大量鮮血。羽太迅速往後跳開。

「喂！喂！」

谷搖了搖他。古窪膝蓋就地，就這樣往前倒下。他趴在砂礫上，睜大了眼睛再也不動。

「喂！久保！你聽得到嗎！」

羽太突然站起來大叫。

咚！震動五臟六腑的爆炸聲大作。周圍乍然一亮，抬起頭的葉威，眼睛裡看到黃色的閃光竄過天際。

「怎麼了？」

谷說。

爆炸是從臺灣閣那個方向傳來的。

「可惡！」

羽太咬著牙。

「走了！」

羽太拔腿開跑，谷和另一個人也追在後面。葉威的恐懼讓他覺得全身無力，但還是勉力拖著腳地追在後面。

右邊出現了池子，沿著池邊的步道上，遍地橫躺著許多男人，就好像被巨人隨手亂丟的玩偶一樣。

發現到地上這些人的葉威停下了腳步。那是走千駄谷門那條路來的那一組人，一定是快走到池邊步道時，藏在水中的毒猿突然出現，賞他們一陣烏茲子彈。對毒猿來說，這就像在射擊排列好的標靶一樣吧。

葉威硬是將眼光從散亂的屍體上移開，往左邊看。延伸進樹林中的狹窄岔路對面，可以看到臺灣閣的白牆，玻璃門旁各排著一扇圓窗。

羽太和谷等人呆呆站在岔路的途中，手電筒照著腳邊。

「羽太先生！」

葉威叫著，想告訴他們屍體的存在，但三人並沒有移動，葉威走近他們。

臺灣閣位於岔路的盡頭，被樹林包圍著。

在那左邊，有一條穿過樹和樹之間的小道，可以通往臺灣閣後面。

從後方看，臺灣閣就好像被外推到池邊一樣。從池連接到臺灣閣這邊、被樹木包圍的窄路上，閃著星星點點的小火光。四周彌漫著爆炸物炸藥的味道，飄著如霧靄般的淡淡白煙。

耳裡傳來低沉的呻吟聲。那裡也散亂著玩偶，而這次的玩偶不止被巨人丟出去，還是先被撕扯一陣後，再丟出去。

附近散落著人的手腳、身體，到處鮮血飛濺。

谷吐了。

葉威閉上眼睛。毒猿在通往臺灣閣後方的這條窄路上裝了炸彈。睜開眼睛，發現散落的手腳上，還嵌著無數閃閃發亮的東西，連地面上也有。他蹲下來，仔細看著。

是釘子。幾百根、幾千根的釘子。

他一定是將釘子埋在炸藥裡，再把連接導火線的線圈藏在路上。導火線屬於延時爆炸型，先走上這條路的人勾動線圈之後過幾秒鐘，才讓炸彈爆發。大量的釘子飛到這條路上所有人身上。發出呻吟聲的，是極少數還沒有送命的人。

羽太回頭看葉威。他的臉往下拉垂，眼睛裡已經沒有所謂的生氣了。

羽太動動嘴，但是並沒有說話，他的喉嚨蠕動，胃裡的東西彷彿噴泉般湧上。

這是怎麼回事。短短一瞬間，他就殺了二十個人。

這時候葉威發現自己的身體喀答喀答地不住顫抖著。

「快、快逃吧……羽太先生。」

羽太的眼睛因為嘔吐而泛著淚，他睜大了眼睛。

「不行！不管怎麼樣，一定要幹掉那傢伙！」

用力擠出聲音大叫著：

「你躲在哪裡?!給我出來！你的女人被殺了也無所謂嗎?!」

他等了一會兒。

低沉的呻吟聲，逐漸變成類似做惡夢時的唉哼。

還活著的不只一個人，但是卻沒有人站起來助長聲勢。

「毒猿！」

葉威也用中文大叫著。

「清娜在我們手裡，你快出來！」

四人很自然地背對背站著。風吹響了樹梢，就像在回答他們一樣。

哼聲變成了啜泣聲。四人一沉默，就只聽到這哭聲。

「你他媽的！」

在葉威和谷中間的羽太手下，大吼一聲，往圍著臺灣閣的樹叢間發射手槍。

「媽的！畜生！有種你就出來。」

他雙手緊握手槍，衝進樹叢裡。

漆黑樹林吞噬了男人的背影。

「畜生！去死！去死！去死！」

之後槍聲響起，然後戛然停止，可能是子彈用光了。

轉瞬之後，聽到一聲大叫。

「這傢伙！」

羽太和谷對看了一眼，跳進樹叢中。

葉威目送著他們離去。兩人的背消失在樹叢中過了不久之後，聽到了「哇──」彷彿從身體深處擠出來的尖叫聲。

葉威雙手握好手槍，瞄準著樹林裡。

樹叢沙沙地搖動。葉威再次扳動手槍的扳機，產生反作用力的同時，槍口噴出火光，他聽到小樹枝折斷的聲音跟人倒地時的鈍重聲響。

葉威將持手槍的雙手伸到最長，慢慢前進。

長成渾圓形狀的茂密樹叢中，出現了一雙黑鞋。其中一隻鞋直直地朝上，另一隻扭了半圈朝向旁邊。

他用槍身撥開樹枝，探頭去看樹叢裡面。

羽太渾身顫抖著，正用雙手摀著自己脖子上噴血的洞，看起來就像是自己勒著自己的脖子一樣。他奮力睜著眼睛，快速眨著眼睛。

葉威的眼睛看著前方。

樹叢後面稍微寬一點，谷和另一個男人倒在那裡，就像疊了起來一樣。兩人的肚子都被橫向開了一刀。兩人都還活著，死前痙攣的身體，一抽一抽地抖動著。

葉威別過頭，迅速轉身。

35

爆炸聲響之後，緊接著是槍聲，接著是一片寂靜。

鮫島拿著手槍，穿過設有茶室的日本庭園。整理得相當漂亮的草地和剪成圓形的樹木之間，蜿蜒著鋪滿小砂礫的走道。

穿過森林進入日本庭園時，正面可以看到建築在黑色水邊、屋頂尖銳的建築物。在暗黑森林的背景之下，建築物散發出幽微的氣氛。

從水邊延伸的柱子，支撐著裝有扶手、宛如能樂堂般的舞臺。從這舞臺上又有好幾根柱子延伸出去，連接著每處尾端反翹、指向天空的屋頂。無論是形狀，或者是建在池邊的姿態，都讓人聯想到京都的金閣寺。

鮫島穿過草坪，慢慢接近建築物。他一眼就知道，那就是臺灣閣。

通往臺灣閣要先繞過前面的池子，左右各有一條路。一條是穿過右邊池子較細部分的路，另一條是往左繞一圈到池邊，走一大圈的遠路。

鮫島決定走左邊這條路，要是走右邊那條路，穿過池子後就會進入樹林裡，在那裡會有受到攻擊的危險。

臺灣閣的周圍，在新宿御苑裡也算是綠意特別茂密的一帶。高達十公尺的樹木形成一片壓倒性的暗雲，覆蓋著建築物。

鮫島走在設在樹叢當中的蜿蜒步道。

左邊是一個細長形的池子。池子面積不小，寬的地方距離對岸有將近五十公尺之遠。

來到池子前時，看到對岸躺著幾個人。大概算算就有七、八個，倒在池子邊緣和樹叢之間的路上。

鮫島停下腳步，屏住氣。什麼聲音都沒有，只聽到偶爾吹過的風吹動樹葉，在池水面畫下波紋。

鮫島推測，臺灣閣的入口應該在這條路前面的右手邊吧。

他繼續前進，接著他看到右邊岔路的前方，有個蹲著的人影。那個黑色人影的姿勢，好像額頭擦著地面正在祈禱。

鮫島將槍口對準對方，走近那個人影。

他往前走近幾步。

「喂！」

他叫了一聲。彎駝的背朝向這裡，男人一動也不動。鮫島慢慢繞著男人身邊一圈，男人一邊的臉壓在地上，身體就像對折成一半。那張臉沾滿了血，睜大著眼睛，雙手壓著肚子。

不需要碰也知道，已經死了。

鮫島深呼吸了一口氣，重新緊握手槍。稍微往後退回來時的方向，進入岔路。

從左右延伸枝葉的樹木後方，可以看到白色的建築物牆壁，上面嵌著圓形的窗戶。

鮫島停下腳步。令人作嘔的濃重鮮血味道，飄蕩在四周。

他望向白色牆壁邊緣，如果度渡過池子前進，應該會從前面樹林裡的路出來。

身上散滿閃亮物體的男人們倒在地上，人體的殘骸也散在四處，包圍著樹枝和建築物的牆腳，掛著還穿著衣服的手腳。

鮫島強忍住從喉嚨深處往上翻湧的東西。這是前所未見的殺戮現場。連同倒在池邊的人，死者人數總共將近二十人。

他的目光向右轉，用乾草和竹子組合做成的門，朝建築物內側倒下。裡頭有一扇鑲著玻璃的門，一扇往內側開，玻璃已經碎裂了。

臺灣閣建在池邊傾斜的地面上，從這邊看過去好像只有一層，但是從池子對面看過來，構造像是蓋在土臺上的二層樓房。

鮫島走近傾倒的門邊，門的高度不到一公尺，玻璃門片朝內側敞開著。

他跨過門，進入屋頂下。

這裡可以聞到古舊建築物特有的乾燥木頭的味道。內部一片漆黑，除了確定有一道連接走廊往池子的方向延伸，其他東西則完全看不出任何端倪。

臺灣閣是由白色牆壁和粗壯杉柱組合而成的建築物。

裡面什麼聲音都沒有。

鮫島深呼吸了一口氣。有一段階梯可以通往內部，碎裂的玻璃門散落在腳下，發出清脆的聲音。

這一瞬間，建築物內部閃起一抹槍火，子彈擊破緊閉門上的玻璃，從鮫島身旁擦過。

鮫島跳到白牆邊的角落。第二發子彈穿過杉木框，碎片散落一地。

鮫島的背緊貼著牆壁，緊縮著腳。

裡面傳出了中文的叫聲，接著第三發擊穿了玻璃門。

鮫島慢慢從牆角站起。把槍口朝向腳邊，按下扳機。

腳邊瞬時噴出足以照亮周圍的火焰，發射出槍彈。

「我是警察！不要再抵抗了！」

鮫島大叫。

對方停了片刻。

「警察？真的、警察！」

帶著口音的日文從裡面傳出來。

「對，我是新宿署的鮫島！」

鮫島大叫著回答。

喀吵！一聲，裡面丟出一枝已經拉過滑套的黑星手槍，彈倉裡的子彈都發射完了。

手槍滑過地板，劃開玻璃碎片，來到鮫島腳邊。

「別開槍！我什麼都沒帶！」

鮫島雙手握槍，從牆角跳出來。

舉起雙手的人站在建築物裡。鮫島拿出手電筒，照著那個男人的臉。男人畏光地瞇著眼，銀髮閃著光。是葉，他穿著黑色的兩件式西裝。

「你是葉吧。」

鮫島說，他從打開的玻璃門進了建築物裡。

「對。」

葉怯生生地回答，但是臉上浮現了安心的表情。

羽太怎麼了——鮫島正要問時，照射在建築物內部的手電筒光線中，又出現另一個黑色的人影。他從葉的背後，突出於池上的連接走廊扶手對面出現。

黑色人影跨過扶手，跳進建築物裡。葉完全沒有注意到，他結結巴巴地說：

「我、我得救了——」

說到「了」這個字，鮫島還來不及發出警告，一道白光便在葉的後頸閃過一劃。

葉張著嘴巴。看到這一幕，鮫島聯想起在新宿車站投幣式置物櫃前被刺的本鄉會流氓佐治。

鮮血在光線中迸裂。葉一邊把手放到脖子後，同時往後轉身。

身穿黑色潛水衣、戴著服貼帽子的男人臉孔浮在光線中。那男人的眼睛宛如燃燒完的煤炭灰燼，黑暗而沒有光澤。兩頰削瘦，眼窩凹陷，鬍碴覆蓋著整個下顎，而且他全身濕漉漉，水滴晶亮地閃爍著，他的右手握著一把銳利的兩刃刀。

葉雙膝落地一跪，回頭望那男人，發出尖細的慘叫聲。就好像跪在那男人面前，哀求對方的原諒一樣。

男人凝神聚氣，發出有力的叫喊，他將雙手收至腰際，抬高穿著靴子的右膝，下個瞬間，他的腳趾尖抬高到幾乎可以踢到自己額頭，然後從這頂點揮落腳後跟，落在葉的額頭上。

一聲悶響，葉的頭在衝擊下陷入雙肩當中。葉的慘叫被中斷，霎時停止。

他從雙膝跪地的姿勢，慢慢往後倒下。

葉睜大的眼睛從鮫島的腳邊仰頭望著他，那眼睛裡已經沒有了生命的光彩。

鮫島的眼睛從葉的臉上轉移到男人身上，男人也正從葉身上轉向鮫島。

男人的雙肩分別斜掛著衝鋒槍和布製灰色肩包，腳踝上綁著收匕首的刀鞘。

鮫島的手電筒照著男人的臉，那張臉上已經沒有生氣。

男人的身體跳過倒地的葉。他的左腳一閃，一瞬間，鮫島的胸口受到強烈的撞擊，騰空飛起。他的背撞到關著的玻璃門，混著碎片滾到建築物外。

手槍和手電筒不知掉到哪裡去。接住鮫島背後的，是傾倒的乾草門。

鮫島正要起身，但瞬間覺得無法呼吸，肋骨感到一陣劇痛。

男人踩上倒地的玻璃門，出現在建築物外。那如灰燼般的眼睛從上往下凝視著鮫島的臉，望進鮫島的眼睛深處。

鮫島的雙手展成大字型，身體無法動彈。

男人打算再往鮫島身邊走近一步，但卻停了下來。他的頭往後方傾斜，好像在仰望夜空般，左看右看。

好像注意到什麼聲音。

一瞬間後，聲音也傳到鮫島的耳裡。

那是好幾十臺警車和裝甲巴士發出的警笛共鳴怒吼聲，劃破清晨還未全亮的大氣，互相迴響，逼近這新宿御苑。

男人的視線回到鮫島身上。

「你、你是劉、劉鎮生吧……」

鮫島用力擠出聲音來。

男人的眼線不再移動。他睜大眼睛，低頭盯著鮫島。鮫島拚命潤濕著乾澀的嘴，說：

「我、我要逮捕你。」

男人的表情看不出變化。鮫島慢慢舉起左手，他發現男人的體重放在左腳上，看似在準備隨時都能踢出下一腳。

這時候他突然出現了變化。男人用力緊咬牙根，腳步踉蹌，左手用力地壓著下腹部。

男人體內似乎產生某些異狀，看來像是受了重傷。男人搖搖晃晃，伸出左手抓著支撐屋頂的柱子，企圖撐住身體。他睜大眼睛，丟下刀，拿起衝鋒槍。

鮫島沒放過這個機會。他忍住痛苦撐起身體，迎頭撞向男人的身體。男人的手離開柱子，往後倒在地。

男人的頭用力撞在入口的高起處，但男人還是用右肘往下撞向鮫島的肩。鮫島因為左肩胛骨受創的劇痛，發出呻吟聲。

在下一記肘擊襲來之前，鮫島用右手打向男人的臉。他正要發動第二次攻擊，男人側身避開，但是鮫島發現他的動作已經相當遲鈍。

男人轉身，企圖避開鮫島的手，他膝蓋撐地想站起來，鮫島衝向掛在他肩膀的衝鋒槍。因為鮫島抓住了衝鋒槍，所以男人被背帶勾住，再次倒地。男人企圖脫身，揮著右手，甩掉了背帶，衝鋒槍到了鮫島手中。

但是一瞬間後，男人的右腳宛如旋風般旋轉，從鮫島雙腳後方掃過。鮫島抓著衝鋒槍，往後面翻了一跟斗倒下。

男人搖搖晃晃地站起來，左手再次抓著柱子，把右腳往回收，他打算趁鮫島背後再次受到衝擊掙扎時，踢掉他手裡的衝鋒槍。

鮫島的右手放在衝鋒槍的扳機上，隨著強烈的反作用力，子彈朝著天花板噴出，打穿了木製的骨架，擊碎了瓦片。

「不要動！」

鮫島躺在地上，槍口朝著男人的胸口大叫著。男人的動作突然停下來。

鮫島一邊往後退，再次擺好握槍的架式，痛苦讓他的雙手不住顫抖。

「放棄吧，不要再抵抗了。」

男人很不甘心地看著鮫島。他左腳一彎，膝頭一軟跪地，嘴裡吐著紊亂粗重的氣息。
相反地，鮫島則終於站了起來。左手從休閒褲的後口袋裡掏出照片，丟在男人面前。
男人蜷著身子，忍著痛苦，看也不看這張丟過來的照片。
鮫島看看周圍，他正在找剛剛被踢出去時不知彈到哪裡去的手電筒。
但是他這時才發現，天空已經漸漸泛藍。現在的亮度即使沒有手電筒，也看得見照片。
「你看！Look！Look at the picture！（看！看這張照片！）」
鮫島大吼著。男人抬起臉，慢慢伸出右手拉過照片。
「郭，是郭先生！」
鮫島緊接著說。當他說出郭的名字時，又覺得鼻子後方一股熱流，眼淚快要湧出。
男人一直看著照片，接著他轉向鮫島，「郭……」
「He is dead.」（他死了。）
鮫島說。男人眼裡出現了變化，鮫島覺得自己的聲音裡帶著哽咽。
「But he saved 清娜。She is alive。」（但是他救了清娜。她還活著。）
男人抬起眼睛。
「清娜……」他痛苦地說。
「She is in hospital.」（她在醫院裡。）
男人輕輕點頭。
「You are 毒猿？」鮫島問道。不愧是曾經待過精英部隊的人，看來聽得懂英文。
男人看著鮫島，他看來很痛苦地扭曲著臉頰，看來是在笑。
「Are you hurt or sick？」（你受傷了？還是生病了？）

鮫島問。男人動了動他蒼白的嘴唇，聲音輕得幾乎聽不見。

「Sick. Sick kill me. No body can kill me.」（生病。病會殺了我，但是沒有人能殺我。）

接著他就這樣臉朝下趴著，不再動彈。

警笛已經來到很近的地方，警車似乎從大木戶門和正門直接開進了苑內。

鮫島也不再動彈。警車駛過砂礫，來到臺灣閣之前，鮫島都拿槍指著毒猿，一直站著。

毒猿劉鎮生在救護車送到醫院途中斷了氣。解剖的結果，雖然右大腿和左手上臂受了槍傷，但是死因是盲腸炎惡化導致的腹膜炎。

新宿御苑中石和組的死者有二十二名，其中包含年輕頭目羽太，另有其中一名生存者因為爆炸而受了視覺損傷。另外，從位於御苑中央的「中之池」水底，發現了包含安井在內等四名安井興業社員的屍體。屍體被刀割裂喉嚨，被綁著側溝鐵蓋，臉朝下地沉到池底。

根據警視廳搜查一課的整理，毒猿劉鎮生手中的被害者如下：

死者，三十六名；傷者，七名。

死者當中有三名是臺灣人。另外也有一名死者、四名傷者的身分為警官。

石和組頭目石和竹藏出院之後，提出退隱申請，解散了石和組。

另外，臺灣媒體報導，臺北市政府警察局刑警大隊偵二隊分隊長郭榮民，休假旅行中在日本遭遇事故身亡，但在那之後，日本警視廳國際搜查課送來意外時的狀況報告，根據當時與郭共同行動的日本國警察官申告，以公務執行中殉職處理，特別晉升兩階，成為組長。以日本的警察階級來說，組長相當於警視。

36

奈美在醫院的候診室。到了晚上，想一個人靜一靜的時候，候診室是最理想的地方。

那個叫鮫島的新宿署刑警剛剛回去。鮫島到醫院探望奈美，這次是第二次。第一次是偵訊，今天說是來探病。

鮫島來報告楊的事。他說，楊很擔心奈美。他還告訴奈美，楊的本名叫劉鎮生。

帶著花來的鮫島，臨走前留下一個白色信封。

——如果妳想忘記，就把這信封丟掉。如果，妳不想忘記的話……

鮫島這麼說。他自己手裡也有一張複本，他還說，自己應該一輩子都不會忘記。

鮫島回去後，奈美打開了信封。

裡面放著一張照片。在一艘軍艦般的小船上，身穿潛水衣的男人們搭著肩，其中一個是年輕時的楊。

奈美心想，照片裡的楊看起來比自己還要年輕。

黑暗的候診室裡，奈美在指示逃生出口的燈光下，看了照片好幾回。幾次將照片收進信封，打算回病房，但是一拄著枴杖開始走，就又想看看照片。

她沒有流眼淚。她心想，往後這一輩子，不管發生什麼事，應該都不會流淚了吧。事實上當她聽到楊的死訊，也並沒有流淚。

奈美反而很想去旅行。等到審判結束，如果自己真有重獲自由的那一天——鮫島說，奈美不會被判死刑——想到臺灣去旅行。想到臺灣去，看看小時候楊潛水抓魚的那片海。

護士因為擔心出來找她，奈美這才打算回病房。

回到病房後，躺在病床上，她開始想像臺灣的海，南邊島嶼的海。曬得黝黑的孩子，跳進蔚藍的大海中抓魚。

她將深深烙印在自己眼中楊年輕時的長相，重疊在這孩子身上。

不知不覺中，奈美覺得眼淚滿溢，即將奪眶。她將臉埋在枕頭裡，靜靜地哭泣。接著她想，下次掉眼淚，將是看到臺灣那片海的時候了吧。

本作品純屬虛構，與特定個人、團體等一律無關。

——作者謹識

ARIMASA OSAWA
大澤在昌作品集
1

THE SAINT IN SODOM

大澤在昌

新宿鮫

人性的灰色地帶通常是無害的，
除非，有人硬要分出黑白！

榮獲「**吉川英治文學新人賞**」、「**推理作家協會賞**」！
榮登「**這本推理小說真厲害！**」年度**10**大推理小說第**1**名！
改編拍成電影，由性格巨星真田廣之主演！

しんじゅくざめ

鮫島是在頸背上挨了一刀之後，才明瞭自己的「警察魂」並沒有死盡……

在總共六百名員工的新宿警署裡，防犯課的鮫島警部是個從天而降的偶像，跟著他的竊竊耳語從來沒有停過。而在這之前他曾是警視廳看好的明日之星，但是一場臥底者被出賣慘死、同僚以日本刀攻擊他的事件，卻徹底粉碎了他對組織的看法，而他身上背負的秘密更成了一顆能從根底動搖整個警察體系的不定時炸彈！

高層對鮫島施加威脅、收買，卻都無法逼他辭去警職，於是只好將他降職踢到新宿街頭。雖然備受打壓，卻激發出鮫島維護正義的怒氣，也因為他總是悄無聲息、攻其不備的鯊魚式出擊，不但締造破紀錄的罪犯逮捕率，還被道上封了「新宿鮫」的名號！

就在此時，新宿街頭發生了槍殺警察的事件，使得原本早已緊繃的各方街頭勢力，面臨一觸即爆的失控邊緣！但鮫島卻發現這一切都跟他正在追蹤的改造槍械高手木津有關。然而，當他深入木津的巢穴時才明白，即使是一匹孤狼，也有不該單打獨鬥的時候……

與宮部美幸、京極夏彥齊名的大澤在昌，以《新宿鮫》系列勇奪日本文壇最高榮譽「直木賞」，並成為家喻戶曉的暢銷天王！他擅長放大灰色地帶的人性衝突，以及突顯受挫心靈的危險反擊。筆下猶如獵鯊般的鮫島警部與兇手、同僚之間的鬥智過程機鋒處處，展現大膽而精鍊的邏輯視角，也成為讀者心目中的最佳作品！

☐集滿4個印花贈品（二款任選其一）：

A：【推理謎】LOGO皮質燙銀典藏書套一個
（黑色，25開本適用，限量1000個）

B：【推理謎】吉祥物『獨角獸』圖案皮質燙金典藏書套一個
（咖啡色，25開本適用，限量1000個）

☐集滿8個印花贈品（二款任選其一）：

C：【推理謎】LOGO皮質燙金證件名片夾一個
（紅色，11.5cm x 8.6cm，限量500個）

D：【推理謎】吉祥物『獨角獸』圖案環保購物袋一個
（米色，不織布材質，41.5cm x 38.6cm，限量1000個）

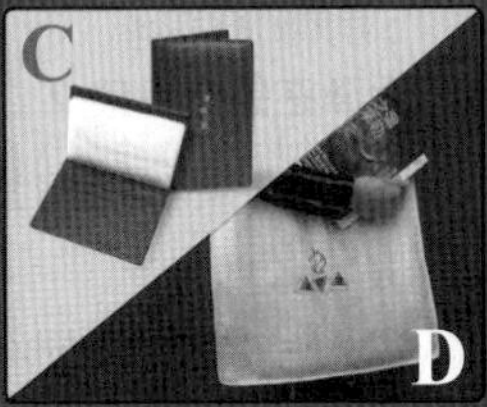

☐集滿12個印花贈品（三款任選其一）：

E：【推理謎】LOGO不鏽鋼繩鑰匙圈一個
（限量500個）

F：【推理謎】吉祥物『獨角獸』圖案馬克杯一個
（白色，320cc容量，限量500個）

G：【密室裡的大師特展】限量專屬T-SHIRT
（黑色，限量150件。尺寸分為XXL、XL、L、M、S，各尺寸數量有限，兌換時請註明所需尺寸，如未註明或該尺寸已換完，則由皇冠直接改換其他尺寸，恕不另通知，並不接受更換尺寸）

【注意事項】
◎本活動僅限台灣地區讀者參加。
◎贈品兌換期限自即日起至2011年12月31日止（以郵戳為憑）。
◎贈品圖片僅供參考，所有贈品應以實物為準。
◎所有贈品數量有限，送完為止。如讀者欲兌換的贈品已送完，皇冠文化集團有權直接改換其他贈品，不另徵求同意和通知。贈品存量將定期在【22號密室】官網上公佈，請讀者在兌換前先行查閱或直接致電：（02）27168888分機114、303讀者服務部確認。
◎皇冠文化集團保留修改或取消謎人俱樂部活動辦法的權利。辦法如有更動，將隨時在【22號密室】官網上公佈。

國家圖書館出版品預行編目資料

毒猿・新宿鮫II / 大澤在昌著 ; 詹慕如譯. --
初版. -- 臺北市 : 皇冠, 2010[民99].12
面;公分.--(皇冠叢書;第4058種)(大澤在昌作品集;02)
譯自 :毒猿 新宿鮫II
ISBN 978-957-33-2747-9(平裝)

861.57 99022949

皇冠叢書第4058種
大澤在昌作品集 2
毒猿・新宿鮫 II

作　　者—大澤在昌
譯　　者—詹慕如
發 行 人—平雲
出版發行—皇冠文化出版有限公司
台北市敦化北路120巷50號
電話◎02-27168888
郵撥帳號◎15261516號
皇冠出版社(香港)有限公司
香港上環文咸東街50號寶恒商業中心
23樓2301-3室
電話◎2529-1778　傳真◎2527-0904
出版統籌—盧春旭
責任編輯—許婷婷
版權負責—莊靜君
外文編輯—蔡君平
美術設計—王瓊瑤
行銷企劃—林泓伸
印　　務—江宥廷
校　　對—鮑秀珍・施亞蒨・許婷婷
著作完成日期—1991年
初版一刷日期—2010年12月

法律顧問—王惠光律師
有著作權・翻印必究
如有破損或裝訂錯誤，請寄回本社更換
讀者服務傳真專線◎02-27150507
電腦編號◎532002
ISBN◎978-957-33-2747-9
Printed in Taiwan
本書定價◎新台幣320元　港幣107元

謎人俱樂部贈品兌換卡

我要選擇以下贈品(須符合印花數量):□A □B □C □D □E □F □G 尺寸:________

1	2	3	4
5	6	7	8
9	10	11	12

本人同意皇冠文化集團得使用以下本人之個人資料建立該公司之讀者資料庫,以便寄送新書或活動相關資訊。

我的基本資料

姓名:________________

出生:________ 年 ________ 月 ________ 日　性別:□男 □女

職業:□學生 □軍公教 □工 □商 □服務業

□家管 □自由業 □其他 ________________

地址:□□□□□ ________________

電話:(家)________________ (公司)________________

手機:________________

e-mail:________________

您所填寫之個人資料,依個人資料保護法之規定,本公司將對您的個人資料予以保密,並採取必要之安全措以免資料外洩。本公司將使用您的個人資料建立讀者資料庫,做為寄送新書或活動相關資訊,以及與讀者連繫之用。您對於您的個人資料可隨時查詢、補充、更正,並得要求將您的個人資料刪除或停止使用。

我對【大澤在昌作品集】系列的建議：

寄件人：

地址：□□□□□

北區郵政管理局登
記證北台字1648號
免 貼 郵 票

〔限國內讀者使用〕

10547

台北市敦化北路120巷50號

皇冠文化出版有限公司　收

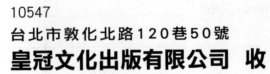